新約

とある魔術の禁書目録《インデックス》 22

リバース

鎌池和馬

イラスト・はいむらきよたか

デザイン・渡邊宏一（2725 Inc.）

序章　終戦までの流れ　Road_to_the_Peace.

イギリスの首都ロンドン。

中でも異彩を放っているのがこの処刑塔《ロンドンとう》だ。

夕暮れのオレンジ色に染まるテムズ川の沿岸に据え置かれた年代物の大監獄はクロウリーズ・ハザードによる災禍の最中、重厚な石壁が内側から派手に崩落したところを複数の市民から目撃されている。

……実際には異形の化け物が押し寄せた訳でも虚空《こくう》から降り注いだ古代のエジプト遺跡が踏み潰していった訳でもなく、捕まっていたツンツン頭の少年が右手の幻想殺し《イマジンブレイカー》で知らずに施設の設備を破壊してしまっただけなのだが、それはさておいて。

浮足立った空気はこんな所にまで忍び寄っていた。

目立たないよう灰色の工事用シートを被《かぶ》せ、当座の修繕を行っている最中だが、恐る恐るといった調子で顔を出した野次馬達がデジカメやスマートフォンを向けている。腐っても英国の歴史と共に歩んできた重要施設だ、こんな写真をアップして注目を集めようなどとしようものならば大炎上間違いなしというところにまではどうやら気が回っていないらしい。

そんな中、だ。


「そう。戦争は終わったのね」


鈴を転がすような愛らしい少女の声が滑り込んだ。

アンナ＝シュプレンゲル、『黄金』よりも格段に長い歴史を持つ『薔薇十字《ローゼンクロイツ》』。

その栄えあるドイツ第一聖堂の主。

しかし、誰もその来訪に気づかない。

各々《おのおの》が自前のデジタル機器を摑《つか》み、群衆自体が一個の巨大な複眼を形成していたとしても。

それどころか、実際には灰色のシートの『奥』までは決して覗《のぞ》かせないよう、『人払い』を中心とした欺瞞《ぎまん》と隠蔽の術式を何重にも張り巡らせているイギリス清教《せいきょう》の看守達すら、誰一人。

『薔薇十字《ばらじゅうじ》』の規則にはこうある。

真なる魔術師はあくまでも市井に紛れて暮らし、十分な研鑽《けんさん》を積んだ誠実な心を持つ有資格者のみとコンタクトを取る、と。

「おさらいをしましょう、エイワス。わらわの体を盗まれていた間に何があったかについて聞いておきたいわ」

『良《い》いだろう。私もまた、伝える天使ではあるからな』

歳《とし》の頃なら一〇歳程度の少女が歩を進める。

シークレットチーフについて、生命の薬を呑《の》んだ者でなければありえない目鼻立ちをしている、と述べたのはメイザースだったか。

『魔神』とは似て非なる存在。

人間を超えた実力を持つ達人。

あらゆる魔術結社に対する開設と運営の許可を出し、人類を陰から導く者……とまで呼んでしまうのは、流石《さすが》にウェストコットの言を鵜呑《うの》みにし過ぎか。

厳密には彼はシークレットチーフを『薔薇十字《ばらじゆうじ》』の達人とは断言していないが、『黄金』が『薔薇《ばら》』を重視しているのは間違いない。何しろ（ウェストコットの用意した建前では）『薔薇十字《ばらじゆうじ》』から許可をもらって開設した魔術結社なので、『黄金』としては『薔薇《ばら》』を引き立てるしかない。大元の『薔薇《ばら》』がインチキだったら後に続く自分達の評価も地に落ちてしまうからだ。

そして、やはり正確に言えばアンナ＝シュプレンゲルはシークレットチーフではない。

彼女はかの存在と自由にコンタクトを取れる、巫女《みこ》の立場だ。

エイワスとオティヌスを見比べてみると、シークレットチーフと『魔神』の違いについての参考になるかもしれない。

「シークレットチーフなんていちいち目指さなくても、その力を引き出せるポジションに就ければ何も問題ないのにね。超越存在なんてクレカと同じだわ」

『何か言ったかね？』

そのまま、潜る。壁の大穴を。

縦ロールを潰して先をまとめたような、いくつものエビフライ。足首辺りまである赤みの強い金髪を引きずり、元はと言えば妖艶《ようえん》な肢体を包んでいたドレスをベッドシーツのように薄い胸元にかき抱いたままだ。ぺたぺたという裸足《はだし》の足音は、他はともあれ靴のサイズが合わないのが致命的だったからだろう。大き過ぎても小さ過ぎても、今のアンナには害にしかならない。

『事の起こりから話せば長くなるので割愛するが、直接の引き金はローラ＝スチュアート……大悪魔コロンゾンが学園都市の統括理事長アレイスターへ奇襲を仕掛けたところから始まる』

「すでに意味不明だわ。コロンゾンが畏怖または愛着を持つ誰かに化けたがるのはいつもの悪癖として、彼我のスペックを見比べれば明白じゃない。大悪魔が本気になったら、クロウリー側が逃げ切れると思う？」

『アレイスターなら死んださ。統合体としてはね。ただそこをきっかけに、ヤツが抱えていた一〇億以上のクロウリーがこの表層世界に飛び散った。これがクロウリーズ・ハザード』

何もこんな所に立ち寄る必要もなかったのではないか？

そんな風に思う者もいるかもしれない。

しかしそれなら一体どこなら相応《ふさわ》しいというのか。ホワイトハウス、バッキンガム宮殿、あるいは今はもう使われていないマチュピチュやオリュンピアの遺跡まで思い浮かべたところで虚《むな》しいものだ。

アンナ＝シュプレンゲルに見合う場所など、どこにもない。

逆に言えば彼女達は、その日の気分でどこにでも平等に現れる。

「だから、それで何とかなったらクロウリーは最初からそうしていたでしょう？　派手にやっても勝てないから、極東に流れ着いて細かく手を動かしていた」

『手、その上下にしている右手』

「何よ愚鈍、お上品に両手で包んでほしかった？」

『頭が痛い……。とはいえ実際に「神威混淆《ディバインミクスチャ》」……エジプト神話とギリシャ神話を橋渡しする、イシスの技術が出てきた時点ですでにガタガタだった。そこへコロンゾンがトドメに放ったのがオリジナルの「黄金」、厳密にはタロットという人間の設計図に個人のクセをつけて味付けした防衛装置の魔術師達だ』

「オリジナル、ねえ？」

『言ってやるな。君は見ていないからかもしれないが、アレイスターもメイザースもなかなか感動的だったぞ。あの十字架嫌いが自分の手で聖書を掴《つか》んで奇跡の力を引き出したくらいだしな』

「オシリスの時代《アイオーン》か。わざわざ見せびらかすようなもの？　聖書なんてそれこそ世界中に散らばっている教材でしょう。そもそも『神の子』には隠すつもりすらなかった。理解できなかったのは、分かったふりだけしていた群衆の頭の問題よ」

『それは目の前に原子があるなら組み替えれば良いじゃないと言うのと同じ理屈だぞ、フロイライン。……ああいや、当たり前にできる天才に言ってもキョトンとされるだけか、悪かった』

処刑塔《ロンドンとう》を守る看守兼衛兵のビーフィーター達に見つかって捕まれば、観光名所の蠟人形《ろうにんぎょう》にもできないようなえげつない拷問フルコースが待っているはずなのだが、彼女達の歩みに躊躇《ちゅうちょ》はない。深く暗い石造りのダンジョンをぺたぺた進み、一つのドアの前で立ち止まった。

そのまま仁王立ち。

雑に赤いドレスを胸元に寄せてはいるが、どうにもお尻の面倒に頭が回るほどの思慮と奥ゆかしさは身についていないらしい。

「ここ、ここ。どうせなら一度楽しんでみたかったのよね☆」

『悪趣味』

「ニュルンベルグは名前ばかりで退屈だわ。ここはロンドン、対魔術師戦闘と拷問処刑具の総本山！　さあて、人類の歩みに絶望するくらいの変態コレクションがずらりと並んでいると良《い》いんだけど」

もはや鼻歌でも歌いかねない勢いのアンナ＝シュプレンゲルに対し、さしもの聖守護天使もしばし口を噤《つぐ》んでいた。

重苦しい石造りの四角い空間。

四方の壁に沿ってぐるりと並べられているのは、おそらく人の脂を吸う事で永きにわたって錆《さび》や風化から身を守ってきたであろう、『歴戦』とでも言うべき刃や槌《つち》、棘《とげ》や棒、それにベルトや鎖の数々だ。

他の欧州の国々と同じく、イギリスでは妖精の名を直接呼ばない、という民間伝承がある。近しい人や小さな人という言葉で迂回《うかい》する事で、彼らを怒らせないよう配慮する訳だ。であれば、ここに並ぶ品々もまた忌避と良識をもって名を伏せるべきだろう。

「けど、そこからは？」

『メイザースでもアレイスターを止められなかった時点で、コロンゾンが平静さを見失った。

結局、ヤツが自分でトドメを刺すのが一番効果的だったのさ』

「……だから最初からそうしていれば良かったのに」

『それは最初から結果が見えている者の、ああ失礼、やっぱり普通に見えている者に言っても意味のない話にしかならないか。ともあれ、本性を表に出した時点でコロンゾン側も止まれなくなったのさ。モ・アサイアの儀。あらゆる神話の基盤となる底の底、物理世界を叩《たた》き割《わ》ってありとあらゆる位相を巨大な排水溝に流し込もうとした訳だ』

「これでホルスの領域まで突入？　大言壮語も不発に終われば虚《むな》しいものだわ」

あろう事か、一〇歳程度の少女はおそらく最も禍々《まがまが》しい代物へ目を付けた。

見た目は背もたれと肘掛けのついた鉄の椅子に見える。だが実際にはその全てから太い釘《くぎ》の先端がびっしりと突き出た拷問器具だ。

「ふんふん、むふふう」

『フロイライン……』

「あらあら愚鈍、苦悩の梨やバイオリンよりはまともでしょ」

正式名称はない。

ただ審問椅子と呼ばれる事もあるが、それも正しくない。

……そもそもこれは、使う機会のない道具だからだ。根本的に杭《くい》や針は、細く尖《とが》った一点に荷重が集中するから深く突き刺さるのだ。数百単位でびっしり植えられた場合、そっと腰掛けると体重が分散されてそのまま無傷で座れてしまう、という仮説まであるほどだった。

あくまでも雰囲気作り。

手始めに禍々《まがまが》しい空気で被疑者を呑《の》み込《こ》み、容易にパニックを起こせる環境を整えておく事で、最小の傷で『爆発』を起こすように仕向ける。無駄な抵抗が長引くのを予防するための舞台装置である。

『世界は今日も続いている』

「まあ、安っぽい崩壊がお好み？　それならオティヌスを支持でもしていれば良かったじゃない」

『君にとっては祝福すべき事態だったか』

「そうよ、もう女王様なんて真っ平。わらわは潤んだ瞳で天を見上げ、両手ですくって雲の切れ間から射《さ》し込《こ》む光を受け止めたいの。どこかの誰かが与えてくれる、奇跡や恩恵、そういった配給をただ貪って楽して生きていきたい。そういう意味では、叩《たた》いても壊しても続いてくれる世界というのはありがたいわね」

『……それを息苦しい牢獄《ろうごく》のように感じたりは？』

「場所の問題じゃないわ愚鈍。他人の手で押し込められれば硬く冷たい独房だけど、自分で決めて入れば快適なひきこもりライフじゃない」

が、

「えいやっ☆」

エイワスが止める暇もなかった。

あろう事かアンナ＝シュプレンゲルはお気に入りのベッドに飛び込むくらいの勢いで、びっしりと釘《くぎ》の生えた椅子へ身を投げてしまったのだ。今の彼女は、ぶかぶかすぎるドレスを胸の辺りで抱いているだけだ。背中からお尻にかけてのラインは完全に無防備。こうも勢い良く体を叩《たた》き付《つ》けては、珍説の提唱者すら絶句して医者を呼ぶ事だろう。

しかしだ。

またしても、覆《くつがえ》る。

「……ふうん、あまり変わらないのね。ニュルンベルグの乙女辺りと似た感触だわ」

『まったく、統計があやふやだったおかげでいつの間にか世界の人口は七五億を超えていたらしいが、嬉々《きき》として鉄の処女に潜り込む物好きなんてのは君くらいだ。自殺志願者だって方法くらいは選びたがるというのに』

「愚鈍、性や快楽そのものに貴賤《きせん》や善悪は存在しないわ。『薔薇十字《ばらじゅうじ》』において一〇枚の花弁で表現される薔薇《ばら》は女性の生産性の象徴でしょ。つまりオマ

『徹底的に黙れこの野郎。そもそも全面びっしり釘《くぎ》の生えた椅子はもはや性の領域ですらねぇんだよ』

「こっちもそのつもりないわよ、快楽は欲しいけど。管理が行き届かないとね、情緒が不安定になるものよ。そういう時は適度な痛みで自分を罰したくなる気分になるの。死なない程度の常習的なリストカットのようにね？」

そうは言うが、彼女の柔肌には傷一つない。

もっとも、赤い雫《しずく》が垂れたら垂れたでどんな奇跡が顔を出すか分かったものではないが。

『破滅よりは継続、できればそれ以上に踏み込みたい。そうなると、君のお気に入りはやはりあの右手を持つ上条当麻《かみじょうとうま》か』

「いいえ愚鈍。一つ勘違いしているようなら正しておかなくてはならないわ」

結局は、ただのお遊びだった。

アンナ＝シュプレンゲルにとっては、自分の知らない情報を教えてもらっているというよりも、頭の中にある正しい答えとどこがどうなって間違ってしまったのか、世界全体を点検しているといった方が相応《ふさわ》しかったのかもしれない。

だから、だ。

細い脚を組んで両手を上に伸ばし、リラックスして背もたれに体重を預けながら、その少女は改めて口を開いた。仕草だけで見れば、バスタブでくつろいでいるようにも見えるから不思議だ。

そのまま、である。

未だはまる事のない首輪でも待ち焦がれるように己の細い首を軽くさすって、不自然に整った柔肌を晒《さら》す少女は妖しく微笑《ほほえ》んだのだ。

舌なめずりすら伴って。

「わらわが焦がれているのは上条当麻《かみじょうとうま》じゃない。……神浄の討魔の方よ？」

第一章　笑顔　After_Battle.

1

やあみんな、ナマイキなおっぱいの話をしよう。


「……、」

「……、」


試着室と言うにはあまりに広い、学校の家庭科室二つ分くらいはありそうな部屋だった。そんな中、長い銀髪の少女インデックスと栗色《くりいろ》の髪をショートで整えた少女御坂美琴《みさかみこと》は揃《そろ》って口を小さな三角にしていた。

ジト目の先に二つの山がある。

「痛っつ、つっつっつっつつつ……。や、やっぱり無理なんてするものじゃないわねぇ」

食蜂操祈《しょくほうみさき》。

他の少女達と同じく下着一枚ではあるものの、破壊力が違う。その長い蜂蜜色の髪が滑らかな肌の起伏をなぞるように振《ふ》り撒《ま》かれ、暖房で温められた空気に地肌を直接くすぐられて背筋を妖しく震わせている。英国型王室御用達《おうしつごようたし》なメイド達数人に囲まれて何やらあちこち体を支えられている女神は、土台、根っこのところが違ったのだ。こう、なんていうか、不意打ちの雨に降られてずぶ濡《ぬ》れになったって適当に髪を拭いてぶかぶかのワイシャツでも借りてりゃ良《い》いでしょ的な、胸部に重力を感じない少女達とは!!

よって。

細いくらいしか取り柄のない（自信なき）二名としては、メイド達の眼前で両手を緩く上げてホールドアップ、されるがままに布の巻尺で体のサイズを測られている（大層自信がおありなご様子の）食蜂《しょくほう》を睨《にら》んでもはや餓《う》えた野良犬《のらいぬ》みたいな呻《うめ》きを出すしかないのだッ!!

「爆弾か」

「禁断の果実なんだよ」

インデックスは華奢《きゃしゃ》な腰に両手を当て、御坂美琴《みさかみこと》は顔を真っ赤にしながら自分の胸元を腕で隠して身を小さくしていた。このお嬢さん、逆にしなやかな背中の丸みを強調している事にまで気が回っていないご様子だが。

ちなみに。

何やら重要な事をさらっと言ったが、下着である。一〇万三〇〇〇冊以上の魔道書を頭の中に収めた禁書目録も生身で巡洋艦とケンカできる学園都市第三位の超能力者《レベル5》も、一枚であった。ブラすらない。それも私物ではなく、エステや施術などで使う薄い桜色の紙の下着一つで同じ空間にいなくちゃならないというのだから滅法居心地が悪い。

（いつものバッグがないと気分が落ち着かないわねぇ……）

などと考えている食蜂《しょくほう》は、その細い指先で銀色の輝きを弄んでいた。金属質ではなく、塗料のもの。どこにでも転がっていそうな安物の防災ホイッスルである。

逆に言えば、第五位の超能力《レベル5》を制御するリモコンをしこたま詰めたバッグよりも、プラスチックの笛の方が大切という事なんだろうか。

ちなみに今は一二月の夕暮れだが、紙の下着一枚でも寒さで全身が震えたり鳥肌が浮かぶ事はない。広い空間を柔らかく満たしているのは機械的な暖房ではなく、昔ながらの火を使った暖炉の熱であった。

にゃあ、という子猫の鳴き声があった。

暖炉の前で丸まっている三毛猫、実はキ○タマがついているというのは重要な事実である。まだ銭湯で女湯に行ける年齢と同じ系統という事でどうかご容赦いただきたい。

「こんな格好でも、前に比べりゃ随分快適だから困っちゃうわよね」

実は体から微弱な電磁波駄々漏れな美琴《みこと》には決して近づこうとしない三毛猫にやや寂しさが募る、薄い紙の下着一枚のまんま両腕で胸元を覆う女子中学生であったが、

「どっかの暴走リニア娘のせいで今の今まで水着にレインコートで一二月の寒空に放り出されていたものねぇ」

いいや。食蜂《しょくほう》に限って言えば、インデックスや美琴《みこと》とは少々事情が違う。

体の前へ流した金髪以外に豊かな胸を守るモノなど見当たらない状況だというのに、それとは別に柔らかいお腹《なか》の辺りをウレタンみたいな素材で包んでいたのだ。でっかいおっぱい乗っけたまま緩く両手を挙げているお嬢様の後ろへ英国本式の近衛侍女《メイドオブオナー》が回って、何やらT字のハンドルみたいなのを背中に突き刺している。

もちろんゼンマイ回して動力を与えようとしている訳ではなく、

「では、もうちょっと……固く締めてみますか。こんな感じでいかがですっ？」

「おっ？　何だか腰が楽になってきたんダゾ☆　その調子その調子、おーらいおーらいはいストップ。ストップよ？」

「えーと、むにゃむにゃ、腰をもっと細く魅せるにはここを絞って……」

「今そんな話はしてねえしッ！　あのっ、あのう、ひょっとして戦争力がどうのこうので寝不足だったりしますぅ？　ストップだってばねえちょっ☆　はぎゅうギョルギョル⁉」

必要以上にウレタンでお腹《なか》を締め上げられた食蜂操祈《しょくほうみさき》がどったんばったん、何やら周りのメイド達から手足を押さえ付けられている。

銀髪をたなびかせる少女が目をまん丸にしていた。

「わあ、これ見てて良いのかな。おばさんがお腹《なか》の肉を押されてのた打ち回っているんだよ」

「おばっ⁉　なぁんですってぇ‼」

「ダメよ根が素直なシスターの子、歳《とし》の話が問題なんじゃないわ。歳《とし》の話をされると無条件で怒り出す辺りがおばさんの線引きなのよ」

「どさくさに紛れてナニを確定させようとしてんのよ御坂《みさか》さぁん‼　正真正銘の同い年でしょうがこの発育不良ッ‼」

金切り声を受け流しつつ美琴《みこと》も美琴《みこと》で観念して、自分の方に回ってきたメイドさんを見て両手をそっと広げる。

目を合わせられない。

いかに女同士とはいえ少々恥ずかしい。

イギリス式使用人の両手にあるのは採寸用のメジャーだった。今日び学校の健康診断でも胸囲なんぞ測らなくなったというのに、まさか外国まで来てこうか。笑顔のメイド達は容赦なしである。

常盤台《ときわだい》お嬢ワールドとはまた違った距離感を感じる。

思わず両目を瞑《つむ》ってしまうと、かえって頬の熱が強く意識に浮かび上がってくるようだ。白井黒子《しらいくろこ》のせいかもしれない。

正面から、いきなり胸の高さでメジャーを交差された。

リボンに似た布の質感が美琴《みこと》の肌をくすぐる。泣きぼくろ装備でやたらと存在感マシマシなメイドさんは腰を折って目線を合わせると、メジャーの表面に並べられた目盛りを眺めて、

「くす」

「今笑ったかこの」

美琴《みこと》が無表情で尋ねたが王室御用達《おうしつごようたし》は教育が行き届いていた。頬の微熱を押し殺してくわっと両目を開いた時にはメイドの変化は消失している。

傍《かたわ》らで一連の流れを眺めていた食蜂操祈《しょくほうみさき》は半ば呆《あき》れたように、

「あらあら、そちらのメイドさんは大変そうねぇ。ボディに変化も起伏もないと同じ作業でも単調になっちゃうでしょうしぃ」

「きさま今なんと？」

「ほら見てご覧なさい」

ちなみにちょい下、肋骨《ろっこつ》の辺り。つまりアンダーバストは測ってもくれなかった。

まさかの平面宣言。

四捨五入でゼロ扱い、戦力外通知である。そのまんまメイドの操るメジャーの輪がすとんと縦長のおへその辺り、つまりウエストへ移ってしまう。

「こいつ……っ!!」

「全世界共通の法則ってあるものねぇ」

この無防備なメイドの頭のてっぺんにゲンコツを落としてくれようか、と美琴《みこと》はわなわなしながらも、

「食蜂《しょくほう》、やっぱアンタ欠席した方が良《い》いんじゃないの？　てかエディンバラ城じゃあの変な髪束にやられて垂直に三メートル打ち上げられた挙げ句、石の階段に落とされたんでしょ。今その腰どうなってんのよ」

「じっ、冗談じゃないわぁせっかく国を挙げてのパーティが始まるっていうのに、一人寂しく病院のベッドで体丸めて激痛力に耐えて遠足お休みコース卒業写真の端っこ枠に収まるだなんてぇ。そもそもぉ？　スポットライトの下が空っぽだったら困るでしょ。華の華、中央に立つべきこの私が出席してあげるっていうんだから感謝なさ、っぴぎィ⁉」

不意打ちでオクターブが二つくらい跳ね上がった。どうも周りのメイドさん達が蜂蜜色の少女の腰を押さえるコルセットをいったん緩めた途端、自分の全体重が痛みの源泉へ襲いかかってきたらしい。感電でもしたように背を反らして両手は中途半端《ちゅうとはんぱ》な高さで震え、涙目で口をパクパク開閉させていた。

「あっ、あぁ、あかっ、かはぁ……っ」

「カンペキにその胸のせいじゃない。天罰だわ」

あと痛みを堪えているはずなのに妙に色っぽい吐息である。変に背中を反らしているものだからただでさえ大きな胸の自己主張が止まらなくなっているし、うなじの辺りから宝石みたい

に透明な汗の珠《たま》が浮かんじゃっている始末である。何というかもう、これが格闘ゲームなら操作性や勝利の爽快感ではなく、やられボイスの方でファンがつきそうな感じの。

「体重なら、げぶ、みっ、御坂《みさか》さんみたいなっ、全身ガッチガチの筋肉の塊と比べれば総合力では軽い方だと思いますけどぉ？」

「あのーメイドさん、ここ？　この辺ぶっ叩《たた》けば良いの？　ちぇいさー回し蹴りで？？？」

「待ってそこ腰の後ろさすらないでッッ‼　ろっロックオンが怖いんダゾ、ひいいお仕置きするなら頭でもお尻でも他にどこでも差し出しますからぁ‼」

割と本気の泣きとすがりつきが来てしまった。どうやら内股へっぴり腰で子鹿みたいにぷるぷる震えている食蜂操祈《しょくほうみさき》、今回ばかりはいっぱいいっぱいのようである。ぷるぷるがどこの擬音かなんてみんなで想像しなよ！　広いとは言っても同じ部屋の片隅にテレビのリモコンしこたま詰めたブランドバッグを置いてきただけでもうこの体たらくであった。常盤台《ときわだい》の最強お嬢だろうが最大派閥の女王だろうが、何の能力にも頼れなければやはり中学生の女の子である。

でもって、だ。

そもそも彼女達がどうして紙の下着一枚でメイド達から柔肌にリボンみたいなメジャーを巻き付けられ、自分の個人情報のかなーり深い層を切り売りしているのかと言えば、

「食蜂様《しょくほうさま》。こちらの見立てでは、やはりウエスト回りのコルセットからバスト、ヒップまでの一体型をベースにロングスカートタイプに派生していき、必要ならスリットの数などで適宜

華を盛っていく方向がベストのコーディネートと進言させていただきます」

「分かるけど……なんかカスタムしまくったバニーガールみたいにならない？　ウサギか、なんかつくづく縁があるわねぇ……」

長い髪を片手でずばっと払う食蜂操祈《しょくほうみさき》は何やらぶつぶつ呟《つぶや》いた後、

「けどまあ、そういう事か」

「第一印象では派手に見えますが、実際には肩を出している以外に胴体はほぼ覆ってしまうのでワンピース水着程度のものでしかありません。特に、食蜂様《しょくほうさま》の場合は外から見て腰の支えが目立ってしまってしまう事態は避けて通りたいので。オープンなようでいて、閉じている。腰回りをコルセットで覆って隠す分、胸元や脚の露出を増やして調整すべきと申し上げます」

「まあ良《い》いわ。見えそうで見えないは制服女子の基本力ですものねぇ。それで、カラーリングは？」

「九六色の中からお好きなものを」

「ならベースは黄色で、明るめな方が好みだわ。差し色はそちらに任せるわねぇ」

流れるようなやり取りを耳にしていれば分かる通り、やはりこれは『採寸』なのだ。

より正確には、パーティドレス一式。

それもフォーマルな式典に耐えうるレベルの、である。

「食蜂様《しょくほうさま》と当たった私は幸せ者です。久方ぶりに腕が鳴ります」

「あらまあ、誰にでも同じ事を言っていないと良《い》いけれどぉ？」

何も食蜂《しょくほう》一人に限った話ではない。

彼女がちょっと視線を横に振ってみれば、だ。

「はあ、はあ。大丈夫、大丈夫ですよ勝っています。慣れない旅先の夜はお姉さんに全部任せて……。そうですよせっかくの一四歳ですもの、むしろ余計な脂肪なんて不要!!　はァあ、そうです、一三でも一五でもなく一四歳は長い人生でもこの一年間だけなんです……。やはりドレスのロマンはシンデレラ、ビフォアとアフターの背伸び感こそが華ですものね！　キケンな夜遊び、夜の華!!　存分に演出させていただきます!!」

「ねえ怖いよ、黒子《くろこ》とは違った意味での悪寒《おかん》をビシバシ感じるけどこの人何なの!?　割と女同士でも油断ならない香りがするんだけど……ッ!!」

「あらあら。やはりインデックス様は絵本の中のお姫様がベストの選択よね。ふふふ。こう、こうして、大きなスカートの中に何枚もペティコートを重ねてドームのように膨らませて、うふふ。セクシャル狙いなんて不要、生臭い体温なんて排斥して、全体的には硬質なお人形さんのように着飾って……」

「……イロイロ言いたい事はあるんだけど、ひとまず私の人権はまだ残っているんだよね？

おきれいですねーと言ってもフランス人形的な扱いじゃなくてなんだよ」

少なくとも、だ。

あのやり取りを耳にしている限り、リップサービスで誰でも一〇〇点評価、というメイドさん達ではなさそうだ。おそらくメイド達の間で入念な話し合いが行われ、各々《おのおの》の好みと合致した選択をしている。

(それにしても……)

仕方がないというのは分かる。何しろ食蜂操祈《しょくほうみさき》と御坂美琴《みさかみこと》は水着にレインコートなんて馬鹿げた格好で一二月のイギリス国内を練り歩き、銀髪ロングヘアの修道女はあちこちを安全ピンで留《と》めただけの謎の修道服である。このままではパーティに参加どころか署までご同行をお願いされても不思議ではないビジュアルだった。ドレスコードを設定してある会場で、主催者の側が一張羅を用意してくれるというのは破格の待遇だ。

では、何故《なぜ》よそではそういった事をしないのか。理由は明白過ぎる。

紙の下着一枚でくびれた腰の横に手をやり、ウレタンに包まれたおへその辺りに意識を集中し、慎重に腰の調子を確かめる食蜂操祈《しょくほうみさき》。彼女はそこで音もなく眉をひそめて、

「今から採寸なんてやって、間に合うものなのかしら？　型紙製作から始めて普通力にドレスを完成させるとしたら、それだけで二ヶ月くらいはかかりそうだけどぉ」

「その辺りはご心配なく」

　にっこりとした、完璧な笑顔だった。

　そのまま英国王室に仕える近衛侍女《メイドオブオナー》は即答したのだ。

「わたくしどもは、普通ではございませんので」

　型紙すらなかった。

　ガッシャ!!　とバネ仕掛《じか》けの罠《わな》が作動するような音と共に、近衛侍女《メイドオブオナー》の背中、特に右側一面から八本のアームが飛び出したのだ。節くれだった関節をいくつも持つそれらは、人間の腕を模しているというよりも蜘蛛《くも》の脚の方が近い。

「ひゃっ」

「ご安心を。針や糸巻きがずらりとあるから物々しく映るかもしれませんが、こちら、アラクネ八式には人を傷つけるような機能はありませんので」

　二本足で立つ猫みたいに大きな胸の前で両手を小さく畳んだ蜂蜜色の少女に、近衛侍女《メイドオブオナー》はクリップボードにまとめたクライアントのボディサイズの一覧を眺めながらそう答えていた。

　……自分には戦う力がない、とは言わない辺りが王族の身の回りの世話と護衛を兼ね備える英国本式のメイドのプライドなのか。

　御坂美琴《みさかみこと》のA.A.A.とは異なる、塗料とニスを何重にも塗って艶《つや》やかな光沢を出した木の輝きだった。質感としては学校の音楽室のヌシと化しているピアノが近い。

「本来は、前線基地で破断した鎧《よろい》や僧服を修繕して、装備がなければ戦えないと駄々をこねる騎士や僧兵どもを戦場へ叩《たた》き返《かえ》すための霊装なんですけどね♪」

笑ったまま、だ。

家庭科室にある電動ミシンとは似て非なる動きだった。

布と布を糸で縫って型紙通りの形を作っていくのではなく、そもそも糸の一本一本から一枚の布を形作るところから始めていくオーダーメイド。さしもの食蜂操祈《しょくほうみさき》とて、今日びの女子中学生が『機織り機』なんていう時代がかった言葉で表現される機材を生で目にする機会はなかなかないだろう。

じゃじゃチャチャチャチャチャ!!　と高速で動き回る八本の脚は、よくもまあ自分で自分を引っ掛けないものだと感心するほどだった。縦に横に、空気に透けるほど細い絹糸が交差するたびにその厚みを獲得し、その厚みによってガラスや氷のように次第に色を増していく。あっという間、であった。彫刻や絵画のように、まず輪郭を作ってから細部を詰めていくのではない。端から順にいきなり細部の細部、飾りの一つまで一気に編み上げられていくが、コピー機や3Dプリンタともまた違う。あるいは、手編みの毛糸を顕微鏡サイズまでミクロ化すればこんな感じになるだろうか。独特の動きで正確にイメージ通りの完成像が出力されていく。

手持ち無沙汰になると、非現実ムードに追いやられていた普通の羞恥心の指先が背筋を上に上にと這《は》い寄《よ》ってくる。

そう、誰が何と言おうが今現在、蜂蜜色の少女は紙の下着一枚なのだ。

でもって、

「できましたー」

ひらりと舞ったのは薄い黄色のショーツであった。

ただでさえ両サイドは紐《ひも》で縛るタイプで表面積が少ないのに、そこからさらに要所にレースの透かしをあしらった『人を選ぶ』超絶仕様である。

食蜂操祈《しょくほうみさき》、大きな胸と同じくらいの高さで、両手の指を使ってそっと摘《つま》んで広げてみるしかない。

もうアルファベットで言っちゃおう。

Tである。

頑張ったらYになるかもしれない。

「……、」

「あら、お気に召しません？　いきなりドレスにアタックするよりも、まず小さな形で出来栄《できば》えをご覧になっていただきたかったのですが」

分かる。

それは分かる。実に合理的なのだが、流石《さすが》の全方位パーフェクトお嬢も生まれて初めての経験だったのだ。目の前でぱんちー作った人と会話して、それを自分の脚に通す日がやってくるだなんて。

何ともコメントに困る心境に口をもにょもにょ、目も合わせられずに、食蜂《しょくほう》はとりあえず出来上がった下着を指先でもみもみ。……腕は本物のようだ。やや生地が薄すぎるのが難ではあるが、手触りや軽さは悪くない。ゴムやワイヤーを通している様子はないのに、不思議と伸び縮みするし形も整っている。

特にストップがかからなければ同意したとみなすのか、近衛侍女《メイドオブオナー》はさらに背中の八本脚を高速で動かして次の品へと移っていく。ぽんぽん、と手袋やアクセサリなどが次々と宙を舞った。手編みのセーターをひたすら高速、繊細、複雑化させた動きに近かったのだが、そこで、端から世界に出力されていく総シルクを見て食蜂《しょくほう》は怪訝《けげん》な目になった。

「あのう、これドレス本体よねぇ？」

「はいそれが？」

「ええと、ショーツや手袋は分かったけど、ブラは？」

「えっ？」

「えっ？」

変な疑問をお互いに返す羽目になった。

いつまで経《た》っても大きな胸はそのままである。

どうやら食蜂操祈《しょくほうみさき》、今宵《こよい》はブラジャー着用不可の特殊装備、いったん着たら脱げないというか脱げたら大変なコトになる色々とこぼれ落ちそうな呪いのドレスを押し付けられる模様。

一方、だ。

食蜂《しょくほう》だけではない、ちょっと摘《つま》んで引っ張っただけで破けてしまう紙の下着一枚の美琴《みこと》やインデックスも各々《おのおの》群がるメイド達の手でダイレクトにドレスを作ってもらっているようだった。それも、あらくね八しき？　だけでなく、色々な機材があるらしい。

「ふうむ、本日のワルキュリア・スワン三式はガラス細工のような繊細ボディがどストライクと見た……。敢《あ》えての起伏、しかし下品な脂肪の塊ではなく慎《つつ》ましいなだらかな起伏を存分に愛《め》でる仕様がベストと判断します!!　そう、一ミリの価値を知る者だけが本物の美を嗜《たしな》む事ができる、起伏と言うならあわよくば肋骨《ろっこつ》の凹凸まで浮かばせちゃいましょうッ!!」

「骨ッ!?　私は今何マニアとかち合ってんだよ!?」

「あらいやだ、ハベトロット二式の滑車には触らないでちょうだい」

「ここはこう。メンテの仕方も間違っているんだよ。指先でちょこちょこやるんじゃなくて、スコティッシュボーダーズの妖精ならちょっとばっちくても糸紡《いとつむ》ぎには唇を使わないと」

食蜂《しょくほう》としても、ただ肌を見られるのと、着替えているところをまじまじと見られるのではまた違う羞恥心がうなじの辺りに熱気を呼び込むものだ。とはいえカーテンや衝立《ついたて》などの仕切りもないので、もう食蜂《しょくほう》は自分の方が両目を瞑《つぶ》って現実を切り離すしかなかった。出来上がった品を一つ一つ着込んでいく。普通のドレス……とはやはり違うようだ。前述の通りゴムやワイヤーはないのだが、身に纏《まと》った途端に体を包む布全体が一つの生き物のようにきゅっと縮んで密着してくる。

(水着というか、うわあ、ほんとにベースはバニーに近いわねぇ……)

……腰を気にしてゆっくりと体全体をひねり、お尻の辺りをやや気にしつつ。

後ろは背中の中ほどまでは硬い布地で覆われるようだ。医療用コルセットを隠さないといけない、という第一の目的があるからだろうが、おそらく本職(?)のバニーさんよりはちょっと腰の位置が高い。

アルファベットのTに近い紐型《ひもがた》のアレは、ひょっとしたらレオタードの下につける用途での『覆い』だったのかもしれない。

(使っているのはあくまでもシルク、で良《い》いのかしら? よくもまあ、何のガイドもワイヤーもなくあんなエナメル素材みたいに硬く仕上げられるものねぇ)

シルクにしては妙に硬くてテカテカした光沢が出ているのは、おそらく必要以上に染料を染《し》み込《こ》ませた結果だろう。普通の布に接着剤を吸わせたらどうなるか、と考えると分かりやすい。

くびれた腰を守るウレタンガードも、最初からドレスも込みで一つのセットと考えられていたらしい。ただ紙の下着一枚の時より大分負担が軽くなっている事に、食蜂《しょくほう》は遅れて気づく。

追い風やエアコンと同じで、人は本当に快適な変化に対しては壁を作らないものだ。

(なんかこう、ここまでくると、介護士関係で使っている医療用のロボットスーツみたいに見えてくるわぁ……）

　そして機織りを担当した近衛侍女《メイドオブオナー》は背中の八本足を衣服の中へ収納しつつ、口元へ手を当てて驚きの声を放つ。

「あら不思議な手順、まず大きなタオルで腰を包んでからショーツを穿《は》き替《か》えるのですね」

「たとえ女同士でも色々あるの。プールの授業で諸々《もろもろ》のガード技術が発達した日本の学校文化を舐《な》めないでよねぇ」

　ちなみにそんな文化と無縁のインデックスは普通に脱いで普通に着ていた。突っ立ったまま片足を上げて、右足、左足、いっちに、で順番に足を通している。食蜂《しょくほう》の方が思わず両手で顔を覆いたくなるような事態だ。このタイミングで目を開くんじゃなかったと変な罪悪感まで働く。

　そんなこんながありつつ。

　両手を後ろにやって、グラマラスな少女は長い金髪を束ねていく。後ろ髪を二段にして流す、というのが近いか。髪留めとして渡されたのは小さな王冠を模したアクセサリだった。被《かぶ》るというよりバンドで引っ掛ける、ゴスロリ系のミニハットと同じ系統か。

　食蜂操祈《しょくほうみさき》は見る人の視線を腰回りから逸《そ》らすため、硬質なバニースーツから出発して肩を大きく出したりスリットスカートなどの工夫を凝らした明るい黄色のカクテルドレス。

御坂美琴《みさかみこと》は深い青をベースにしておへそや脇腹などシルエットの要所に透かしを織り交ぜた、スカート短めのランジェリードレス。

そしてインデックスは絵本の中のお姫様のような、ロングスカートをもこもこと大きく膨らませた白地に明るい赤紫のラインを引いたプリンセスドレスだ。

「ま、こんなものかしらねぇ？」

「「対象年齢的なレベルキャップの存在を感じる」」

発泡ワインのような黄金色のバニーガールに長めのスカート足しましたといった感じの出《い》で立《た》ち。大きな胸元に安物の防災ホイッスルを押し込み、腰の横の造花にスマートフォンをしまう余裕の女王食蜂操祈《しょくほうみさき》に対し、長い銀髪のサイドを頭の左右でお団子状にまとめたインデックスと薄いヴェールで頭を飾る御坂美琴《みさかみこと》が何やら抗議の声を上げていた。

簡単なようだが、重大な意味を持つ場面でもあった。

そう。

『王室派』付きのメイド達は、学園都市出身者に対してもはや魔術の存在を隠していない。

もっとも、受け取っている美琴《みこと》や食蜂達《しょくほうたち》が生命力を魔力に精製するところから完璧に把握できているかと言われればかなり疑問はあるが。

ちなみに（一部どっかのシスターが子供のように脱ぎ散らかしてる）彼女達の私物はメイド達が一時的に預かる運びとなった。となると困ったのが美琴《みこと》の大型装備A.A.A.だ。

透けている度合が気になるのか、天下のビリビリ娘御坂美琴《みさかみこと》は片手を腰にやりつつも、やや顔が赤らんでいた。早く慣れたい、と顔に書いてある。

「まったく……それはそうと、どうしようかなこれ。こいつも無駄に悪目立ちしそうだけど」

「みさーかさん☆」

ひっ⁉　と美琴《みこと》が背筋をピンと伸ばしたのは、食蜂《しょくほう》がその人差し指でビリビリ娘の背筋を下から上へなぞったからだ。後ろはほとんど剝《む》き出《だ》しなので刺激がダイレクト過ぎる。

「ハンドバッグより大きな物はクロークに預けておきなさいよ。そんな物騒力なカタマリ抱えてパーティ会場に出向いたら黒服達に取り押さえられるわよぉ？　英国式タキシードのマッチョって、本場も本場じゃない」

「な、なんかこう、せめてもうちょい角の取れた、禍々《まがまが》しくない形にならないものか……うーん……とりあえず、いっせーのっ、うわっほんとに変形した‼」

どうやらよっぽどご主人様と別れたくないのか、卒業写真の端っこ枠を嫌った謎機材がアドリブで対応した。ガチャチャチャチャ‼　と立体パズルを組むような硬い音が連続したと思ったら、小さな車輪で床を踏む、黒っぽい細長い箱に変形していったのだ。車輪は装甲車のように多いが、全体のバランスを見るとむしろゴツい路面電車や護送車のミニチュアみたいだ。

大きさ的にはちょっとしたベンチほどの細長い箱。高さ的にはベンチそのものより裏へ回って背もたれに腰掛けるくらいの肌感覚になりそうだが、ぶっちゃけると座るのにちょうど良《い》い。

試しに食蜂操祈《しょくほうみさき》は自分のお尻を乗っけてみた。

きゅっという小さな音が鳴るのは、光沢を放つドレスの布地のせいか。

ちょうど正面からやってきたので高めのスツールを意識してそっと腰掛けた蜂蜜少女は、スカートのスリットも気にせず床から浮いた両足をぶらぶらさせながら、なんか温泉に肩まで浸《つ》かったような顔になる。

「あー、これひたすら楽だわぁ。腰やってるとこういうちょっとしたサポートが心に沁《し》みるんダゾ……」

「拒絶しろよA.A.A.ッ!!　苦もなく秒殺で尻に敷かれてやがるし!!」

ここんとこタンデムで使う機会が多かったのが災いしたのか。正式登録された管理者はあくまでも御坂美琴《みさかみこと》だが、同じサービスを共有するゲストさん扱いで食蜂操祈《しょくほうみさき》が食い込み始めているのかもしれなかった。

ひとまず移動式のセーブポイントを獲得。

食蜂操祈《しょくほうみさき》は慎重に腰を浮かせて再び床に足を着ける。

「さ・て。ドレスの方は何とかなったけど、これからどうしようかしら。試着室でじっとしているのはつまらないし、かと言ってまだパーティ会場は開いていないでしょうしぃ」

「城内を見て回るのもよし、的を絞るなら遊戯室でくつろぐもよしですけど」

近衛侍女《メイドオブオナー》の言葉に食いついてきたのは、意外にも美琴《みこと》であった。

常日頃からゲームセンターのコインをどっさり隠し持っている彼女は、(電気の力で何とかなってしまう)デジタルだけでなく、アナログゲームにも興味があるのかもしれない。

「それってダーツとかビリヤードとか？」

「……腰やってる私の前で、良くもまあ九〇度ぺこりと曲げるゲームの話ができるわねぇ？」

「あるいは我々の流儀ですと、一杯の紅茶と共に時間を潰す手もございますが」

食べ物飲み物の話とくればもちろんあいつだ。

しかし意外にも銀髪お団子ＬＲモンスターは警戒気味であった。

「ご飯の前にお菓子を食べるととうまに怒られるんだよ！」

「あらあらインデックス様。よもや完全記憶能力をお持ちのあなたが、極東での生活に慣れて英国式の習わしをお忘れになられたのですか？　紅茶はご飯に入りません☆」

食蜂《しょくほう》や美琴《みこと》としても、パーティ会場に並べられた料理を完全制覇するガツガツスタイルを貫くつもりはない。ちょっと胃を慣らしておくくらいはあってもばちは当たらないだろう。

近衛侍女《メイドオブオナー》の案内でいったん試着室から外へ出る事に。

なんか空気が変わった。

「っ」

今さらのように、美琴《みこと》は自分の体をちょっとくの字に折って両手で胸元を隠す。外に出た。何しろレースの下着のようにおへそまで肌を透かせるランジェリードレスだ、当然ながら彼女自身の趣味ではない。改めて考えるとわずかな空気の流れすら乳白色の肌を嬲《なぶ》って羞恥心を煽《あお》ってくる。小さくまとめた髪の裏、熱を持った自分のうなじから甘い匂いが出てくるような錯覚がしたが、自分で意識してどうにかできるものでもない。

御坂美琴《みさかみこと》もお嬢様なので、フォーマルなパーティに縁がない訳ではない。

が、今回は少々勝手が変わってきそうだ。

「うん？」

「背中丸めて何アピールしているのぉ、御坂《みさか》さぁん」

ちなみに絵本のお姫様とイカれたバニーはキョトンとしているだけだった。おそらく各々《おのおの》の胸の中にある心の動きは全くの別物だろうが。

と。

手持ち無沙汰になっていたのは、少女達（とちょっとしたベンチ大の黒い路面電車や護送車に似た何か）だけではなかったようだ。

絨毯《じゅうたん》敷きの通路を少し歩くと、途中にあった休憩スペースでぼーっとしていた影があった。

「うっ……」

「？」

ボッ!!　と美琴《みこと》の顔全体が真っ赤に染まる。

ほっぺどころか、うなじから開いた背中にかけて一気に熱で埋まる。

開いたまんまの両目が元に戻らない。

もこもこ膨らんだインデックスは不思議そうな顔をしているが、美琴《みこと》は美琴《みこと》でほとんどボディスーツのような青の下着素材で華奢《きゃしゃ》な胴体を覆って腰回りにスカートつけているのに近いのだ。見知った男の子の前に出ると、思わず両手で体を覆って顔が赤くなってしまう。

そう。

見かけたのはツンツン頭の高校生だ。

「どう、あ、なっ……」

「???　どしたんだビリビリ」

「あうあーっ!!」

「おっかねえな！　今そういう高圧電流はいらねえの!!」

暴走して前髪からぶっ飛んだ青白い閃光《せんこう》を、年上の少年が慌てふためきながらも右手で払いのけていく。

一方の美琴《みこと》は体をくの字に曲げ、両腕をクロスして薄い胸元を守ったままだった。堅いガードだが、丸めた背中のラインが全部見えてしまっている事にまで頭が回っていないらしい。

「大丈夫ですかぁ、上条《かみじょう》さぁん。ウチの子が野蛮でごめんなさいねぇ？」

「は、はあ……」

今さらのようではあるが、上条当麻《かみじょうとうま》、空いた手で携帯電話を握っていた。

機材の尻の部分からケーブルが揺れている。

向こうは携帯電話をいじくろうとしたけどバッテリー不足にぶち当たったのか、壁のコンセントと格闘しようとしてしかしプラグの形が合わない事に嘆いている真っ最中のようだった。

誰がどう見ても相変わらず不幸な少年だ。もっとも、電流電圧の変換を考えず無理に突き刺していたら、メイドインジャパンの機材なんぞ吹っ飛んでいただろうが。

そしてやっぱり何かが違った。

上条当麻《かみじょうとうま》もまた、今日は普段のパーカーや学ランではない。

彼は彼で、映画に出てくるような黒一色のタキシードとアスコットタイで身を包んでいたのだ。

「とうまがおめかししてる！」

「はいはい。お前のそれ、なんかすげーな。靴見えないいじゃん。ドレスの方が色々大変そうだけど」

「ほら御坂《みさか》さぁん。いつまでそうやって縮まっているつもりなのぉ？」

「くっ……」

ぷるぷると、であった。

顔を真っ赤にして、もうちょっと押したら目尻から涙が浮かびそうな顔色で、美琴《みこと》はゆっくりと背筋を伸ばしていく。動きに合わせてクロスしていた両腕の力を抜いていった。両手は後ろに。それでようやっと、彼女が纏《まと》っていたランジェリードレスの全貌が明らかになっていく。

上条当麻《かみじょうとうま》は言った。

「わあー」

「喜怒哀楽どの感情か教えてもらえる？　事と次第によってはぶっ飛ばすけど!!」

もうほとんどヤケクソ気味に叫ぶしかなかった。

イカれたメイド達にお仕着せされたドレスの違和感なんぞ、なくなる訳もない。

しかし一方で、だ。

冷静に考えると、ここまで無自覚に大きく踏み込んだ事はあったたか。

（えっ、あう……なんか近い!?　こんな格好なのに!!）

びっくりしたけど構造的に後ろには下がれない猫みたいに固まっている美琴《みこと》とは別の角度から、（平たい靴でも履いているのか）パカパカ音を鳴らすインデックスが声を投げかけた。

「これからお紅茶が待っているんでしてよ。とうまはどうする？」

「いいかインデックス、俺はもらえるものなら何でももらう主義だ。お金がないのは辛い、昼の間にその辺のショッピングセンターでプラスチックの保存容器を買ってこられなかった己を恥じている真っ最中だぞ」

一方で、にゃあと三毛猫が甘えた鳴き声を発していた。

小さな頭を足首の辺りにすりすりしているが、学園都市第五位は動かない。

あれだけ、だ。

あれだけスポットライトの中央に立っていたはずの蜂蜜色の少女が、借りてきた猫のようになっていた。身を縮めたのか、光沢を放つドレスの腰回りがきゅっと音を立てていた。彼女だけが、前には出られない。怖いという想《おも》いもあったのだろう。もう防ぎようはないと分かっていても、食蜂操祈《しょくほうみさき》はある少年の記憶や認識の中に残る事はできない、そんな現実を突き付けられるのがどうしても怖くて。

そんな時だった。

ツンツン頭の少年がこちらへ振り返ったのだ。

それは何の前触れもなくて、でも、いつも理詰めの彼女を驚かせてくれた。

上条当麻《かみじょうとうま》は笑ってこう言ったのだ。

「何してんだよ。早く行こうぜ、食蜂《しょくほう》」

そして食蜂操祈《しょくほうみさき》は大きな胸の前で両手を合わせると、潤んだ瞳でこう言った。

「……はい」

「秒殺ッ!?　アンタら私の知らないトコで何かあったのか!?」

「…………………………………………………………………………………ぽやー」

「ねえ待ってー何そのオトメな沈黙。今の否定してほしかったところよ？　まさかマジじゃないよね、ねっ!?」

美琴《みこと》が何か情緒不安定になっているが、こればかりは細かく説明するつもりはない。
おそらくはツンツン頭の少年すらも覚えていないだろう。
誰にでもできる簡単な呼びかけ。
でもそこにどれだけの奇跡が働いているか、きっと少年は知らない。
絶対になくす。
それは分かっている。
だけど……。
彼女はきゅっと己の唇を噛《か》んで、何かを堪えてから、
（……そうよね）
臆する必要はない。
むしろ押しのけたって良《い》い。食蜂操祈《しょくほうみさき》は大きく前へ一歩踏み出す。

ブランドバッグのリモコンはいらない。

こんな時くらいは、能力なんかなくて良い。

思い出と、胸元にそっと忍ばせた約束《ホイッスル》さえあれば。

(今日は私達が戦争に勝った、記念の日ですもの。奇跡力の一つくらい起きなきゃ嘘《うそ》ってものよねぇ!)

2

さて、待ちぼうけの上条当麻《かみじょうとうま》は一体何をしていたのか。

その少し前の話だった。


ロンドン郊外、テムズ川のほとりにあるのはウィンザー城。

すでに使われなくなって久しい、観光名所となった大阪城《おおさかじょう》やベルサイユとは違う。一部は博物館や資料館のように公開されているものの、未だに英国王室の面々が居住空間として普通に使っている、正真正銘、女王の城である。

全体的な構造としては、中央庭園にある円筒形のラウンドタワーを挟んで、左右にそれぞれ角ばった、コの字に近い石造りの建造物が待っている。全体で大きな長方形の枠組みのようだが、敷地《しきち》を取り囲んでいるのは壁ではなく、これ自体が城である。

片方には聖ジョージ礼拝堂があり、もう片方には来賓の応接や記者会見などを行うステートアパートメントを収めている。

見れば分かる通り、世界的な遊園地のど真ん中にあるとんがったお城と違ってイギリスの城は基本的に横に広い。これは日本と違って銃や砲が比較的早い段階で戦争に取り入れられた西洋の戦争において、放物線を描いて飛んでくる砲弾に対して縦と横、どう対処するかの考え方によって国や時代ごとに設計がかなり変わってくるものらしいのだ。平地の城は水平方向に距離を取り、山肌や崖に造る城は元々あった高さを利用する。

略式とはいえ見よう見まねで正装に着替えた上条《かみじょう》が佇《たたず》んでいるのは、ステートアパートメントを収めている側、観光サイトなどでは立入禁止と書かれている居住区画だ。やはりこちらも石垣を積んででんと構える日本の城と違って、上空から眺めればコの字に曲がって庭園を囲む巨大な石の壁や、あるいは複雑に接続した学校の校舎のように見えたかもしれない。

冬の話だ。

太陽が落ちるのも早い。

「……普通、ゲストを招くと言ったら迎賓区画の方なんだけど。まあ身内で内々に人を集めて行うのだから、居住区画を使った方がアットホームな雰囲気は出るでしょうという英国女王《おかあさま》の判断よ。毎度の破天荒でごめんなさいね」

輪切りのレモンを浮かべた紅茶のカップから唇を離し、そんな風に囁《ささや》いたのはテレビの中でしか見られない人だった。

第一王女リメエア。

肩にかかる艶《つや》やかな黒髪に時代がかった片眼鏡。イベントに背中を押されておっかなびっくり着替える上条達《かみじょうたち》と違って、四六時中ボディラインに合わせた青いドレスを纏《まと》うお姫様である。……正直に言うと目と鼻の先に姫がいるとか言われてもいまいちピンとこないツンツン頭。そしてこの人はこんな所で何しているのだろう?

「ん」

素っ気ない調子で席から腰も上げず、リメエアは雑な感じで対面を進めた。

少年がそちらの椅子を引いてみると、テーブルに刻まれた装飾が目に留まる。

薔薇だ。

「さほど珍しい象徴でもないわよ」

第一王女はそっと紅茶のカップに唇をつけてから、

「薔薇《ばら》の象徴は円卓にも記されていたというしね。古い時代の記号については、本来の役割なんか超越して使われているケースも少なくないもの」

「うっ……。な、なんか実はすごいものだったりします?」

何となく右手の置場に困る上条《かみじょう》。

処刑塔《ロンドンとう》ではオティヌスに言われるがまま行動して、結構あちこち壊してしまったはずだ。

リメエアはうっすらと笑って、

「そうね。ここは一般観光客の来場を禁じているプライベートスペースだから、かえって珍しい霊装なんかが転がっている事もあるわ。例の魔道書図書館と一緒に行動していた方が、ついうっかりのリスクは減るかもね」

言うには言うが、あまり気にしている素振りもなさそうだ。

それだけ少年を信頼しているのか、あるいは『自分の家』であるリメエアにとっては、国の宝なんて生活雑貨と同じくらいの扱いでしかないのか。

「なんかこう、分かりやすい目印的なものはないのか……」

「色々あり過ぎてかえって混乱するわよ。例えばドラゴンなんて、悪魔の暗喩なのよ。なのに家の紋章として掲げているでしょう」

ドラゴンという言葉が、わずかに少年の胸に引っかかる。

薔薇《ばら》に、竜。

というかだ。

この第一王女はこれからパーティだというのにこんな所で何をしているのだ。

上条《かみじょう》の視線に対して、片眼鏡のお姫様はやや陰気な感じでじろりと見返した後に、

「あら、私はパーティには参加しないわよ」

「えっ？」

「国賊アレイスターの喪に服すつもりなんてないから勘違いしないように」

そういえば、国葬そのものは国全体が大騒ぎの時期を越えてから、という事になっていたか。そもそも西洋のお葬式の手順にイメージが追い着かない上条《かみじょう》には何が正しいのかいまいちピンとこない。戦争が終わった直後だと、祝勝と葬式、どちらを先にやるのが『一般的』だろう？

ともあれ、

「お城のパーティなんて肩書きが幅《はば》を利《き》かせる伏魔殿の権化《ごんげ》みたいなイベントじゃない。ああ、やだやだ。姫を姫と見てすり寄ってくる輩《やから》に囲まれるだなんて、考えるだけでおぞましい……。シンデレラって良いわよね、あれだけ目立って時間になったらしれっと帰っちゃうんだもの。だから、パーティが始まる前にこうして顔を合わせる機会を作っておいたの。余計な肩書きがのっかる前にね」

……この調子だと一番上のお姉ちゃんなのに国儀についても全く興味ナシの人みたいだった。次女の武闘派キャーリサは監獄の奥にぶち込まれ中だし、おどおど三女のヴィリアンの負担が増すばかりのようである。

彼女は薄いクラッカーの上にクセの強い山羊《やぎ》のバターを一塗り、そいつを口に含んでから、

「だからただのリメエアとして感謝の気持ちを伝えておくわ、少年。私の生まれた国を守ってくれてありがとう。地位も立場も興味はないけれど、この窓の外に広がる街の明かりは何にも

替えられない私の宝物よ」

「……、」

「黙っていても永遠に消えない明かりなんて、クリスチャン＝ローゼンクロイツの伝説くらいのものだわ。ありふれた街の光は、それでも、努力して保たなくてはならないのよ。あなたはそれを為《な》してくれた」

上条《かみじょう》もわずかに、窓の外へ目をやった。

その向こうへ広がるものを視界に収める。それは香港《ホンコン》、ニューヨーク、新宿《しんじゅく》などの一〇〇万ドルなんて言われる大都会の光の洪水とは違うのかもしれない。だけどあのぽつぽつとした明かりの一つ一つでは夕飯の準備が進められていて、学校の宿題と格闘する子供がいて、テレビやネットから伝わってくる戦争終結の報を繰り返し確認して、そんなドラマが変わりなく続いているのだろう。

ややあって、だ。

「……へっ」

「？」

その小さな笑みに、リメエアは音もなく小首を傾《かし》げていた。

陰気な王女は、だからこそ我が物とした空気の湿り気には敏感だ。少年の笑みは、単純に喜んでいる訳でもなさそうだったのだ。

一〇代の心は、そこまで単純ではない。

「俺は何もしてないよ。……本性を暴露してまで企てたのはコロンゾンで、身を削って立ち向かったのはアレイスターだ。どっちも後戻りのできない所まで、自分の決断で踏み込んでいった。最初から最後まで、俺はずっと振り回されてきただけだ。手を引かれて歩いているのに、自分の帰る場所を、未練がましく何度も何度も振り返りながらさ」

「あのクロウリーを救国のMVP扱いするというのは、未だに違和感があるけれど」

「けど、実際にそうなんだ」

上条《かみじょう》はそっと息を吐いた。

決して人間として一〇〇点満点だった訳じゃない。多くの人が苦しめられてきたのも事実。だけどアレイスターがこの世界を守ると決めて心臓が止まる瞬間まで戦いを続けなければ、きっと歴史は今この時まで残らなかった。

「俺はただ、最後まで生き残ったってだけ。中心に立てなかったから、核心に届かなかったから、たまたま安全な傍観者の位置にすっぽり収まったってだけさ」

ここまで残れなかった者も多い。

それこそ事件の核心とも言えたアレイスターやコロンゾンは、もういない。

戦死。

日本の高校生にはあまりにも遠いその言葉をどう受け止めて良いのか、この少年にも心の整理ができていないのかもしれない。

「けれど」

リメエアはそっと言葉を添えた。

「その英傑なり猛将なりが我が国と世界を守り通したのは、一人で何でもできたからではないのでしょう？　あの魔術師は、他の誰かに背中を預けられたから安心してそこまで上り詰めた。だから、この国はあなたが守ったのよ。他の多くの英国国民が、ここで終わるにはもったいないと思えるような国を作ってくれたのと同じように、ね」

「……だとすれば、崖っぷちまで歩いたあいつの背中を最後に押したのは、俺の右手って事になる。同じ場所からその手を摑《つか》んで、引き止める事もできたかもしれなかったのに」

「魔術師がそれを望んだのなら。だけどもしもそうしていたら、クロウリーは同じ歴史を繰り返したでしょうね。つまり毎度の通り、挫折と失敗にまみれて世界の隅でのた打ち回るだけの人生から抜け出せなかった」

「……、」

「何が最良の選択だったかなんて、外から決められるものではないわ。大罪人がそう選択したというのなら、私達はどのように評価するにせよ、行為そのものを打ち消す事はできないの。私にとっては、未だに魔術師クロウリーは偏屈で社会と折り合いをつけられない、魔術と薬物と少年に溺れた変態でしかないわ。けど、あなたが見てきた統括理事長アレイスターは違うのでしょう？　なら語って聞かせなさいな、一番近くで見てきた者として。肩書きに縛られる事のない『人間』アレイスター＝クロウリーをね」

そこまで言うと、第一王女リメエアは音もなくそっと椅子から腰を浮かせた。

思わず顔を上げる上条《かみじょう》に、

「パーティには参加しないと言ったでしょう」

歴戦の近衛侍女達《メイドオブオナーたち》は隙あらば姫を縛り上げてでも会場へ連れていく気まんまんのようだが、リメエアは涼しい顔だった。

「今日という日を楽しみなさいな。勝って帰ってきたあなたの時間を」

3

「ティーでしてよ」

「インデックス、分かったからひとまず猫を遠ざけろ」

本格的なパーティが始まるまでの、隙間の時間。

ウィンザー城の一角、広い空間だった。

お城の中ではこれが大きな部屋なのか小さな部屋なのか、基準は全く見えないが。

ともあれ、興味のあるものは何でも噛《か》むか猫パンチかな三毛猫を上条《かみじょう》が両手で掴《つか》んでティーセットから引き離していると、ドレスのくせにもこもこ膨らんでちょっと暑そうな感じのインデックスがぷんすか怒り始めた。

白地に赤紫のラインで飾ったドレスの女の子は、

「とうまはいっつもそればっかり！　あれもダメこれもダメ、こんなのじゃあスフィンクスだってグレちゃうんだよ」

「うるせえ確かにネギやチョコほど有名じゃないけどきっとカフェインもダメっぽいぞ。ていうかそもそも人間が食べるものをそのまんま猫に与えようなんて考えるんじゃねえっ!!」

「なんと⁉　それじゃあ日本が生んだねこまんまの文化はどうなるんだよ⁉」

「何百年前の常識に根差した話なんだよっ。下手したら化け猫って夜な夜な行灯《あんどん》の油を舐《な》めるんですよーっていうのと同じくらいソースが古いんじゃねえのか⁉」

大抵の事は雑に仕上げるでお馴染《なじ》みの上条当麻《かみじょうとうま》だが、流石《さすが》に本格的な茶器となるとお手上げだ。何をどこに入れて何分待てば良いのやら。なんか時間を計るための砂時計だけで二つくらいある。

上条《かみじょう》はとりあえずシルエットだけ馴染《なじ》みのある、白い陶器のポットの蓋をカパカパ開け閉めしながら、

「良く分からんがお茶っ葉入れてお湯を注げば良いんだろ？」

「早くおティーを飲みたいんだよ」

「こっちの四角いのが紅茶の缶。いくつかあるけどどれでも一緒か？　じゃあ蓋開けてここにざざーっと」

「うおおおーいっ!!　計量スプーンッ!?」

いきなりジャパンな急須みたいな扱いをし始めた上条《かみじよう》に、常盤台《ときわだい》のお嬢がダブルで絶叫して食い止めた。

どうやらポットの容積に合わせて茶葉の量を計らないとダメらしい。

身を乗り出した途端に、少女達のドレスの青い胸元や黄色の腰回りがキュキュッと軋《きし》んだ音を立てた。ジーンズや革ジャンとは違うのだ。なんかちょっと引っ掛けただけで子供に渡したプレゼントの包みみたいに破けてしまいそうでおっかない。

実に様々な理由で顔を赤くした上条《かみじよう》が慌てて叫ぶ。

「し、知ってますよ！　なんかお湯を入れて蒸らしてから注ぐ例のアレでしょ!?　そのための砂時計がこれっ。上条《かみじよう》さんは全部分かってるんだから!!」

「うるせえな他にも色々あるのよ、手順が!!」

思わず体を伸ばして茶器を取り上げてから、これでは透け透けのランジェリードレスを隠す事もできないと遅れて気づく美琴《みこと》。

陶器のポットよりも発熱しているショートヘアの少女とは別に、もう一つの声があった。

「……追い詰められると色々まくし立ててイニシアチブを取ろうとするクセは変わっていないようねぇ。まったく困った人なんだから」

バニーっぽいテカテカ素材の少女が呆《あき》れたように息を吐いていた。

青いドレスを纏《まと》う美琴《みこと》は一つ一つ間違いを確認していく格好で、

「そもそもお茶っ葉はこれって、何!?　どんなお茶をどれくらい引き出して飲みたいの。渋みとか酸味とかはベースになる茶葉で変わってくるし、さらに茶葉の量で濃い目薄い目、それをどれくらい蒸らすか空気に触れさせるかでも最終的な味は全然別物になっていくのよ？」

「ストレートで飲むのかレモンやアップルでアクセントを加えるかでも淹《い》れ方《かた》は選ばないとねぇ？　極端な話、ロイヤルミルクティーならそもそもお湯を注ぐ時点で手順力を間違えているし」

小刻みに震える上条《かみじょう》はこう質問するしかなかった。

何とかしてお茶を飲みたいのにお湯を使ったらダメとか難易度が高過ぎる。

「……どこからはじめたらよいですか？」

この少年、変に強がらず何でも聞くのが唯一の救いだ。

ずぶ濡《ぬ》れの子犬になった上条《かみじょう》に（自分の羞恥がちょっと麻痺《まひ》してきたのか）美琴《みこと》は片目を瞑《つむ》って、

「今日の気分は？」

「ペットボトルのキャップをひねって今すぐ気軽に飲めるくらいの紅茶」ならちょっと売店まで走ってこいよと反射で言わなかっただけ、常盤台《ときわだい》のお嬢様方は慈愛に満ちている。

「だったら普通力にダージリンで良《い》いんじゃなぁい？」

「もったいない。せっかく紅茶の国の王室御用達《おうしつごようたし》アッサムなんてバケモノがあるのに……」

美琴《みこと》は身を乗り出し、開いた背中をぐぐっと伸ばして、手元からやや離れた場所にある紅茶の缶を手に取ろうとするが、

「みさーかさん☆」

「やめんか背中を指でつつつーとするのっ!!」

ガードされたが蜂蜜色の少女はあまり気に留《と》めず、

「悪くはないけど渋みを楽しむ銘柄力でしょぉ？　メジャー志向のパンピーちゃんのお口には合わないんダゾ☆」

「……食蜂《しょくほう》キサマ何故《なぜ》あの馬鹿の好みを知っているような口振りを？」

「何故《なぜ》だと思います？」

胸元に忍ばせていた銀色の防災ホイッスルを指先でいじくりながら、蜂蜜色の少女はそんな風に笑う。

そんなこんなで適当に言い合いながら、美琴《みこと》と蜂蜜少女がちゃちゃっとやってしまった。あ

まりにもあっさりしすぎていて、結局ツンツン頭としては何をどうしたのかいまいちパッと分からない。お手本があっても見るべき所が分からなければ、知識の吸収はできないのだ。上条当麻《かみじょうとうま》、台所に立つお姉ちゃんを見ている子供のようなものかもしれない。

「んーっ！」

「これインデックス、今は待つべき時間と見た」

それでも流石《さすが》に砂時計の砂が流れている間くらいどうするべきかは理解できる上条《かみじょう》。

美琴《みこと》は頬杖《ほおづえ》ついてテーブル下で組んだ脚をブラブラ。目線の先で全部砂が落ちるのを待ってから、

「ま、スタンダードならこんなものかしらね。余計に蒸らす必要はないでしょうし」

「……カップ麵《めん》を三分ジャストじゃなくて、早めに切り上げて歯応えを楽しんだりわざとのびさせたりするあの感じか？」

「それ以上高貴な香りを台無しにしたら流石《さすが》にぶつわよ？」

陶器のポットを手に取った美琴《みこと》がそれぞれのカップへ紅茶を注いでいく。直接ではなくなんか目の細かい金網みたいなのを通していたし、一度にカップを満たすのではなく、何やらちびちび全部のカップへ少しずつ注《つ》ぎ足《た》していっている。

「何してんの？」

「みんな平等に。ほら、最後の一滴はサービスしてやるわよ」

ちなみに上条《かみじょう》は最初にそのまま一口含んでから、素直に角砂糖の詰まったケースへ手を伸ばした。インデックスは最初から決め打ちで砂糖は二つと確定させていたらしい。彼らが香りを楽しむという文化がある事を知ったのは、常盤台《ときわだい》のお嬢達がカップの中の液体を小さく揺すったままいつまで経《た》っても口には含まねえと気づいた辺りだった。

速攻で飲んじゃった以上はもうこのスタイルを崩せない。

ぷるぷる震えながら上条《かみじょう》は虚勢を張る事にした。

「全部分かってたし？」

「なら別にそれで良《い》いじゃない。楽しみ方なんて人それぞれでしょ」

小馬鹿にされると思ったらさらっと受け入れられてしまった。どうやらこの勝負、ジャンルは互いの体力を削り合う格闘ゲームではないらしい。上条当麻《かみじょうとうま》、前後左右どう動くべきかの指針を見失う。その時だ。

「ほら、シュガーポットを抱えないの。元々あなたは砂糖は一つだったでしょう」

「え、あう？」

「代わりに蜂蜜を小さじで一杯注ぐのよね。味のこだわりというよりは、訳知り顔の小娘の前で何か一つでも格好つけたかったんでしょうけどねぇ」

無駄に身構える庶民の前で蜂蜜色の少女は勝手に進めてしまう。

彼女自身は砂糖でもミルクでもなく、りんごのジャムをスプーンですくって自分のカップへ落とし、一口含んでいた。

「好きなのよね、このやり方は間違っているって言う人もいるけど。それにしても、ふうん、及第点といったところかしらね。水のせいで得しているのかもしれないけどぉ」

「お得ねえ？　そのまま飲んだらお腹《なか》の調子が崩れるような配分なのに？」

この後に夕食を兼ねたパーティが待っているのであまりお腹《なか》に溜《た》まるものでは困る。なのでお茶菓子は無塩の薄いクラッカー程度のものだったが、ここでインデックスが暴挙に出た。一度に五枚くらい手に取って厚みを確保し始めたのだ。

「ああもうっ、ばりばり行くなよインデックス！　ドレスがっ、あちこちぽろぽろ落ちてるってば!!」

「んー」

「……お前微妙に眠いのか？　さっきから『んー』しか言わなくなってねえ？」

「んんー」

返事が面倒臭くなる程度には眠たいらしい。

紅茶のカフェインが全身を駆け巡る頃にはまた調子が変わってくるだろう。仕方がないのでそれまでの間は上条《かみじよう》が面倒を見るしかない。ひとまず放《ほう》ったらかしの口周りやレースの首飾りなどをハンカチで拭って、ドレスの上に落ちたクラッカーの欠片《かけら》も取り除いてやる事に。無塩のクラッカーなので、三毛猫が少女の膝に乗って舌で舐《な》め取っていた。

と、

「……、」

りんごのジャムを溶かした紅茶を口に含む蜂蜜色の髪の少女が、音もなくゆっくりと目を細めている事には気づいていただろうか。

苦笑しながらも、小さな女の子の面倒を見ているツンツン頭の少年。

それを眺め、何を思い出しているのかまで。

4

そして。

そうしてだ。

「クロウリーズ・ハザードに端を発し、大悪魔コロンゾンにまで至った英国の危機はもはや終結の運びとなった。散っていった者達のためにも、我々はここに杯を掲げなくてはならない。真摯な想《おも》いで祈りを捧《ささ》げ、そして生きて帰ったこの命でもって人生を楽しむ心を忘れるな！

では乾杯!!」

英国女王《クイーンレグナント》エリザードはこういう時も相変わらずだった。

湿っぽい空気を湿っぽいままでは終わらせない。テロに戦争、疫病に災害。様々な国難に投げ込まれても、それを鼓舞するための言葉に変換できなければ国は振り回されるがままだ。実際のところ、例えば非道な事件によって国を揺さぶろうとしているテロリズムに対し、自粛だ不謹慎だと犯人以外の人間を選んで噛《か》みつく自称有識者の皆様は、むしろ間接的に犯人達の望む流れへ拍車をかけているに過ぎない。いかなる状況であろうが、いつもの生活をただ守る。民の上に立ち皆を守る傘となる指導者には、こんな力も必要なのかもしれない。

ウィンザー城のダンスホール、その一つ。

……一応こちらは城の中でもプライベートな居住区画のはずなのだが、事が『王室派』となると日常生活の中でも社交ダンスくらい嗜《たしな》むものなのだろうか。冷静に考えてみると、彼らがどこでダンスを練習しているのかは窺《うかが》い知《し》れないが。

いわゆる立食形式だった。

英国式のメイド達、近衛侍女《メイドオブオナー》がある一角で固まっていた。

給仕係《きゆうじがかり》として来賓の皆様の行き来を邪魔しないように壁際《かべぎわ》で待機、とかいう話ではない。祝勝の日なので、彼女達も彼女達でパーティを楽しんでいる。

というより。

遠い海の向こうからやってきた東洋の血をすっかり取り囲んでいたのだ。

人口比のためか、なんかここだけ女子更衣室みたいな香りが漂っている。

みんなしてニッポンダンジにメロメロであった。

『ええーっ、すごーいそれじゃあほんとに日本からやってきたんですかあ？』

『はい、おててをお借りしまーす。お姉さんと一緒に拭き拭きしましょうねえ』

『あげますあげますっ、こちらはわたくしの自信作でして。は、はい。もしよろしければ……はいアーン』

にゃーん、という鳴き声が床からあった。

極めて特殊な遺伝形式を持つ日本の三毛猫は、イギリスではまずお目にかかれない希少な品種だ。レア度で言えば物好きな品種改良を繰り返した地肌丸出しの猫くらいである。秋田犬や柴犬もそうだが、日本では当たり前でも外国では注目度が違う、というのは良くある話。

三色ワンセットのあの野郎、チヤホヤ度が違った。

ヤツは呑気《のんき》に前脚で顔を洗っているだけなのに。

『『『きゃーもうきゃーきゃーきゃーっ!!』』』

「……なんかこう、全体的に悔しい……」

どうせメイドの山から撒《ま》き散《ち》らされる英語なんてさっぱり分からねえだろうに、ツンツン頭の少年から怨嗟《えんさ》の声が漏れていた。

とはいえ、肩の力を抜いて楽しめるよう配慮されているのは間違いない。

政財界にもその存在を公開せず、報道陣も排除した内々のホームパーティだ。変にかしこまったセレモニーよりも自由に歩き回って談笑し、戦争の終わりを分かち合えるように配慮してくれたのだろう。

白地に鮮やかな赤紫のライン。

もこもこスカートを膨らませたお姫様ドレスのインデックスはあちこち指差して、

「とうまっ。あっちもこっちもたくさん料理が並んでいるんだよ！」

「そうですか」

「とうまの分も取ってくるっ。私のお姉さんぶりに恐《おそ》れ戦《おのの》くと良《い》いかも!!」

「お待ちなさいインデックスさん、正直アンタのセンスが信じられん。ビュッフェのお皿には人の心が映し出されるのですよ。肉のち肉ときどき炭水化物または肉ところにより脂肪と全体的に砂糖なんかにならないだろうなっ⁉」

パカパカという靴音が消えていく。ちなみにそのセンスを育んできたのは普段の学生寮での壮絶な食生活にあるはずなのだが、さてツンツン頭の少年はそこまで考えが及んでいるのやら。

一方、しれっと御坂美琴《みさかみこと》や食蜂操祈《しょくほうみさき》は数ある料理の中でも和食のコーナーにすり寄っていた。金髪のメイド達と普通に英語で話しているチューガクセーは、英語の教科書すら難儀する高校生の上条《かみじょう》からすれば摩訶不思議《まかふしぎ》以外の何物でもない。

とはいえ、妙である。

何で中央じゃないのか。

ホームシックにかかっているのかと思いきや、そういう訳ではないらしく、

「おいお嬢ども、アンタら何でそんな端の方にまとまっている訳？」

「……、」

「……。」

質問に、二人の少女は自分のドレスを両腕で抱いて、微妙に目を逸《そ》らしていた。

ちょっと頬が赤い。

あと呆《あき》れたようなため息まであった。

鈍い人、といったような。

どうやらメイド達の用意した悪ノリドレス、少女達としては知り合い以外の多くの目にさらしたい格好ではないらしい。……ただ体全体を使って胸元を守ろうとすると、丸めた背中の艶《なま》めかしさが強調されてしまう事まで頭は回っていないようだが。

それ以外にも、

「いやその……イギリスのご飯なのよね？　これって、ご招待いただいている側からすると結構ばち当たりな考えかもしれないけど」

「紅茶とお菓子の組み合わせはドンピシャなんだけどぉ、もっと重めのご飯になると途端に好

みが分かれるって話は良く聞くんダゾ☆」

えっ、と上条《かみじょう》が今さらながら絶句した。

そして慌てて振り返るが、すでに人混みの中に消えたインデックスがどこにいるかは不明。

ヤツが何をどれだけ山盛りにしてくるかは想像がつかない。

「で、二人とも和食コーナー？」

「中華でも良かったんだけどね。世界的なハンバーガーほどじゃないけど、割とアジア圏の料理って世界中どこでも市民権を得ているものなのよ」

ひとまずここを取っ掛かりにして、合格点ならよそも見て回ろうという訳か。

しかし上条《かみじょう》は並べられた品に目をやり、

「見てこの太巻。冬の新作ケンブリッジロールですって」

「もはやカリフォルニアですらねえし!?　和食がズタズタだとこの先もう割と手も足も出ないかもしれないわよ……ッ!!」

「酢飯にアボカドの組み合わせは普通にアメリカ発祥の郷土料理って呼んで良いわよねぇ。私達、別にそこまで権利力を主張したりはしないんだけどぉ……」

ただし食べてみると普通に美味《おい》しいから困る。

全体的にはチーズでアクセントをつけた天むすみたいな味だった。

海苔《のり》とご飯の中に白身魚のフライとチーズと他諸々が詰め込まれているビジュアルは和食と

断言すると奈良や京都辺りの人達がすげえー渋い顔をしそうなものだったが、科学の街学園都市に生きる中高生は柔軟だ。コンビニなんかにある不思議なおにぎりと考えれば受け入れの取っ掛かりがない訳でもない。

「あむ、あむあむ。……あむ？　あむーっ!!」

一体何が正しいのか、食蜂操祈《しょくほうみさき》、なんか太巻相手に苦戦していた。本来はヨーロピアンスタイル、ナイフとフォークを使って手頃なサイズで切り分けてから食べるモノのようだが、なまじ日本人としての常識が邪魔をしたのだ。なんか普通にしなやかな五指で手に取って、二月三日のアレみたいな感じで頬張っている。よっていつまで経《た》っても格闘が終わらない。

微妙に直視しがたい領域に突入しちゃったお恥ずかしいグラマラス女子中学生の頬張りっぷりを見ていられなかったのか、上条《かみじょう》は手元の（市民権を得た）太巻へ視線を落とし、

「これなら警戒する必要なくね？　大体、何だかんだ言っても女王様やお姫様の口に入るモノ作ってるぷろへっしょなるなコックさん達が集まってんでしょ。どういうピラミッド構造か知らんがイギリスの料理人の中じゃあトップもトップなんだろうし……」

「とうまー、ご飯持ってきた。なんかケチャップみたいなので大量のお豆を煮てぐじゅぐじゅにしたんだって!!」

おっと失礼、と二人のお嬢がしれっと距離を置きやがった。

そして回るお寿司《すし》と馬鹿みたいな量の背脂ラーメンとビュッフェスタイルは器の中に料理を

残してはならぬが基本であった。上条当麻《かみじょうとうま》にも分かる。とっさに差し出されたものを受け取ってしまった時点で、一人の男子高校生《そだちざかり》がこの誓いを破ったら切腹モノであると。覚悟を決めていただきますをしたかった。

しかしだ。

豆である。

肉でも魚でもねえ。

メインの食材としてありなのか。

豆腐とかに加工せずそのままびっしりだとインパクトが違う。

「……見た目が赤系のカラフルだから余計に違和感が……。豆ってもっと大人しいポジションじゃない？」

嘆く。

嘆くけどお皿の重量感は変わらない。

そんな日もある。

『キャットＯＫ』のアイコンがくっついていたと完全記憶能力を持つインデックスが得意げに話していたので、上条《かみじょう》がちょいと足元の三毛猫にやってみようと思ったら全力で手の甲を引《ひ》っ掻《か》かれた。せれぶりちーなキャットフードの味を覚えてしまったヤツはもう人間如きのおこぼれなんぞになびかないらしい。

結果として、こうなってしまうとフォークというよりスプーンの出番であった。日本ではあんまり見かける機会のないゴロゴロした豆のスープをかき分けるような格好で、割とぴっちりなお豆軍団をすくい上げてのリベンジ戦である。

そもそも、であった。

枝豆・大豆系以外の豆を受け入れられるかどうかが分かれ道だった。

小豆とグリーンピースくらいしか思い浮かぶものがない？

つまり日本のスーパーになかなか入ってこないという時点で、そこに住む人々の口に合う豆はそれくらい少ないと証明してしまっている。みんながみんな、ピーナッツやカカオのような市民権を得ている訳ではないのだ。

美味《おい》しい美味《おい》しくない以前の話として、まずこう言わなくてはならない。

「……スープなのに口の中パサパサする……」

これが本当に本気を出した豆の恐怖である。味、香り、食感、そういった食べ物としての魅力を全部ぶっ飛ばして、トップバッターの売り文句に栄養と保存性が来る実用品はやる事が違う。もはやそら豆どころのパサパサ感じゃねえ。

「ふぁふぁふぁーにははふぁふぁに？」

「そしていつも通りのお構いなしだよインデックス……。お前はほんとに、地球を回ってどこにでも飛んでいけるな」

ちなみに、だ。

会場には燕尾服《えんびふく》やドレスを纏《まと》う人々が多く集まっているが、それでもあの戦いに関わった全員が全員、という訳でもなかった。抜けているのはアレイスターのように終戦記念碑に名前を刻む羽目になった者達ばかりでもない。

美琴《みこと》も美琴《みこと》で呆《あき》れたように息を吐いて、辺りを見回す。

青っぽいランジェリードレスのせいだろう。頬を上気させてちょっと縮まっているからか、小動物みたいな動きだ。だがショートの髪を後ろでまとめたこのお嬢、おかげで滑らかな背中が健康的にしなっているところまで気が回っているのやら。

「……そもそも、緊急時とは言っても良く逮捕されなかったわよね、私達。みんな揃《そろ》ってパスポートにスタンプも押していないのよ？」

「そもそも持ってないし。何しろこっちなんかクロウリーズ・ハザードの騒ぎに乗じてドーバー海峡《かいきょう》渡った時点では完全にイギリスへ攻める側だったからな」

「えと、上条《かみじょう》さぁん？　改めてお聞きしますけどあなた一体ナニやってここまで流れ着いたんですかぁ？？？」

上条《かみじょう》・インデックス組《ぐみ》と美琴《みこと》・食蜂組《しょくほうぐみ》では実は入国までの流れが大きく違うので、この辺りで食い違いがあるのは仕方のない話ではあった。

そして、共にドーバー海峡を渡った人間については、ほとんどこのパーティ会場には顔を出していない。

結局、立場は大きく分かれたのだ。

分かりやすいところだと、科学サイドなんてほとんどいない。

一方通行《アクセラレータ》はコロンゾンが手掛けた人造の悪魔クリファパズル545と共に行方を晦《くら》まし、浜面仕上《はまづらしあげ》については終盤ではその大悪魔本人と共闘する素振りまで見せていたと言う。烏丸府蘭《からすまふらん》についても源流を辿《たど》るとローラ（＝つまりコロンゾン）の手駒としてイレギュラーな上里勢力《かみさとせいりょく》を学園都市に引き入れて大きな混乱を起こし、アレイスター殺害へ間接的に関わった特殊工作員となる。アレイスターとコロンゾンのゴタゴタで曖昧になってはいたが、根本的な話なら土御門元春《つちみかどもとはる》と共に学園都市の『外』へ消える手はずになっていたのだ。事情を考えると、戦争が終わったからと言ってそう簡単にウィンザー城に顔を出せる立場ではないのだろう。

戦争は善や悪では語れない。

手垢《てあか》のついた言葉だったし、現場で巻き起こる悲劇や憎しみを無視して机の上で語りたがる輩《やから》の美辞麗句のようであまり好ましいフレーズとも思えないが、実際、上条達《かみじょうたち》はたまたま隙間のような枠へ引っかかっただけだ。

勝って、なおかつ裁かれない側に。

ここにいない者が全力を出してくれなければ、勝てない戦いだったのに。

「……棘《とげ》が残るよな、実際」

「本当に核心へ迫った人ほど華々しいパーティから離れていくって？」

頭の後ろから丸めた背中にかけて、大きなヴェールを流した美琴《みこと》は苦笑しながら、

「私はそうとも言い切れないと思う。生きているにせよ、死んでしまったにせよ、自分で逃げる道を選ぶ事ができた人に限って言えば、きっと恐れていた部分もあったんじゃないかなって」

「？」

「私達だって戦争が終わった時、イギリスから歓迎されるって分かっていたから、安全だからって理由で逃げずに踏《ふ》み止《とど》まった訳じゃないでしょ。捕まって、取り調べを受けて、裁判で有罪判決を受ける可能性だってあった。それでも正直に事情を話すためにちゃんと残った。結果の、このパーティよ。生きて逃げ延びたにしても、満足しながら死んでいったにしても、きっと彼らは怖かったのよ。みっともない結果に終わるんじゃないかって、そんなリスクを考えただけで震え上がって勝負から降りてしまうほどね」

御坂《みさか》美琴《みこと》は、この辺りを無条件で美化しない。

良くも悪くも多くの死と関わり、それでも他を押しのけるような復讐心《ふくしゅうしん》や被害者意識に染め上げられる事もなく、ただいつもの通りに生きていくクローンの『妹』達の強さを目《ま》の当《あ》たりにしてきたからかもしれない。

どこか大人びた吐息と共に、であった。

一四歳の少女はくすりと笑って、

「そういう意味では、これだって私達が自分の手でもぎ取った勝ちの形よ。イギリス中で喜びを分かち合っているような大きな戦争の話じゃなくて、もっと小さくて自分本位なギャンブルの話だけどね」

「イギリス中って言えば、大都市の方も結構な騒ぎになっているみたいねぇ」

　蜂蜜色の髪をまとめた（乳白色に輝くうなじ全開の）食蜂操祈《しょくほうみさき》がそんな風に差し込んできた。足元で三毛猫がごろごろしているのも放って、彼女はこんなパーティ会場でも自前のスマートフォンを軽く振っていたのだ。バニースーツから膨らませていったようなドレスにポケットがないからか、腰の横にあるリボンの造花の裏に引っ掛けていたアレだ。

「普通の人が分かっているのは、クロウリーズ・ハザード？　とにかくその、海からやってきた化け物の群れの辺りまでらしいけどぉ。どこもかしこもサッカー大会で優勝した時みたいにお酒をぶっかけ合っているんですって」

「……女王陛下が内々のホームパーティにするって言い出したのもその辺が原因かもな」

　それこそ国を挙げての、という話になったら何百万人が謁見に押し寄せてくるか分かったものではない。冗談抜きに、今日くらいはそんな展開になってもおかしくなさそうだ。

　戦争は終わった。

　大悪魔コロンゾンの脅威は消えた。

　どう受け取るべきか少年が思案していたところで、騎士団長《ナイトリーダー》を秘書か何かのように連れ歩く英国女王《クイーンレグナント》エリザードが近づいてきた。

「楽しんでいるか、少年」

「今アンタの国の食文化に体当たりで挑んでるトコ」

「ま、その辺りは理屈で考えるな。我が国の料理はビールと同じだよ、慣れるしかない。実を言うと私もガキの頃は良く舌を出していた。隠れてこっそりフランスのお菓子ばっかり食べていたら親父殿からしこたまゲンコツ落とされたがね」

高校生には難しいたとえを持ち出されてしまった。

あまり謁見に慣れていないのか、お嬢様成分の塊みたいな御坂美琴《みさかみこと》や食蜂操祈《しょくほうみさき》が急に背筋をピシッとし始めたのはちょっと面白くもあったが。流石《さすが》に先進国の女王が相手では荷が重いようだ。メイドの悪ノリドレスであるバニーやランジェリードレスを両腕で隠すように、改めて自分で自分を抱いている。……どうやらお嬢さん方、恥じらうから何か匂い立つのだというキホンはご理解いただけていない様子である。

全く関係ねえ不作法なツンツン頭がこう言った。

「アンタの方こそ良かったのか？　上の娘はここに来てないようだけど」

「リメエアはリメエアなりの楽しみ方を心得ているから気にするな。今も革ジャンとジーンズに穿《は》き替《か》えて街の酒場にでも繰り出しているさ。第一王女リメエアとしてではなく、名も知らぬ街の女として自分を見てくれる人達に囲まれて、馬鹿デカいジョッキで乾杯するためにな」

ちなみにグレた姉達と違ってきちんと出席する三女のヴィリアンはパーティ会場の一角でちょこんと身を小さくしたまま、多くの騎士達に囲まれているようだった。あの戦いの終盤では格別な戦果は上げなかったものの、陰ながら多くの負傷兵の手当てを行ってきた『人徳』のヴィリアンである。どうやら上から目線でどつき倒すキャーリサとは違った方法で支持を集めつつあるらしい。

「アンタはどう見てる。今回の戦い……」

「必要な事を、必要なだけ行った」

即答であった。

それからエリザードは肩の力を抜いて、

「国を守るというのはそういう事だよ。今回はたまたま問題が大きく表面化したがね。本質的に、国家とは支えるものだ。黙っていれば永遠に平和が続く訳じゃないし、そもそも柱の置き方一つで基準となる善や悪の形も変わってしまう。傾く。だから、気を抜く日はないのさ。墜落させる訳にはいかないし、間違った方向へ迷走させる訳にもいかない。アダムとイヴだって一度は常春《とこはる》の国から追い出されたんだぞ。まして人が作った国に、絶対なんて言葉はないよ」

5

「スフィンクスー、そろそろ戻ってきてー」

絵本のお姫様みたいになっているインデックスがそんな風に声を掛けていた。

猫は基本的にテリトリーを重視する生き物なので、旅行に連れていくと『借りてきた猫』になってしまうというので有名なのだが、例の三毛猫、物怖《ものお》じしなさすぎである。料理を乗せた長テーブルの下、壁際《かべぎわ》に調理ブースの裏手、挙げ句は豪奢《ごうしゃ》なドレスを纏《まと》う貴婦人の右足と左足の間まで。ちょっとでも隙間があればどこでも潜り込んで丸まり、安住の地としてしまう。

白をベースに赤紫のラインで飾ったスカートを翻《ひるがえ》し、パカパカ足音を鳴らして、ロングのくせにあちこち危なっかしい少女が決意の顔でこう言った。

「……こうなったら食べ物で釣るしかないかも」

「お前が食べたいだけだろ。そもそもそこらじゅうのメイドさん達が信じられないほどお高いキャットフードあげまくってたから食べ物は飽きてんじゃね？」

「ならどうすれば良いんだよ？」

「腹ごなしに運動でもさせてみれば？」

言いながら、例のツンツン頭はその辺で拾ってきたらしき飾りの造花を取り出した。針金の先に薔薇《ばら》っぽいイミテーションがついているだけだが、こんなものでも即席の猫じゃらしになる。

「おらー、さっさと出てこい三毛猫」

上条当麻《かみじょうとうま》はその場でしゃがみ込んで三毛猫を引きずり出す事に。

ちょうど貴婦人のロングスカートに隠れていた三毛猫に立ち向かってみるも、割と本気の前脚の爪で手の甲を引《ひ》っ掻《か》かれた挙げ句貴婦人からツヤツヤしたハイヒールで顔を蹴られた。

「貴様《きさま》さっきから何をしているのだッ!?」

なんか声に聞き覚えがあると思ったら、顔を真っ赤にしているのは何かとご縁のある女性騎士であった。戦争中は鎧《よろい》とか軍馬とかのイメージばっかりだったが、やっぱり基本はハイソなお方らしい。

6

「ふう」

発泡ワインにも似た明るい黄色の、バニーから盛っていったようなデザインの特徴的なドレスを纏《まと》っている食蜂操祈《しょくほうみさき》はそっと息を吐く。

この手のパーティに慣れていると言えば慣れていた。食蜂《しょくほう》くらいになれば、英国式のナイトのみならず、こんな時代になってもガチで爵位を持っている連中と会話するのも珍しくない。

そんな笑顔と笑顔の合間だった。

少し空白の時間ができると、指先で安物の防災ホイッスルをいじくっている己を蜂蜜色の少女は自覚する。

貴族向けではない。

傍《かたわ》らでは御坂美琴《みさかみこと》が極限の愛想笑《あいそわら》いを浮かべていた。

身を屈《かが》め、体を丸めて大きく開いた背筋のラインをばっちり強調。そのまんま話しかけている先にいるのは、

「に、にゃんこー？　私もキャットフードもらってきたんだけども」

ふしゃあ!!

「傷つくっ⁉」

（……体から放出しまくってる電磁波のせいで動物から嫌われているんだから、どうにもならないんダゾ。無駄力全開な努力が好きなのねぇ）

食蜂《しょくほう》自身は能力の余波とか関係なしに、特に動物に好かれるタイプでもない。能力と言えばそもそも『心理掌握《メンタルアウト》』は人間にしか効かないので、犬や猫については苦手意識すらあった。が、美琴《みこと》があんな調子だと自然とこちらを盾にせざるを得ないらしい。さっきから三毛猫に懐《なつ》かれまくりである。食蜂《しょくほう》のヒールの足首まわりににゃんこの首をぐりぐり押し付けている。

実際のところ、上条当麻《かみじょうとうま》はかなり気を配ってくれていると思う。

見た目は賑《にぎ》やかなパーティ会場ではあるが、食蜂《しょくほう》や美琴《みこと》はここにいる英国勢とはほとんど接点がない。もちろん社交の場にも慣れている蜂蜜色の少女なら完璧な笑みを浮かべてお作法通りに言葉を交わせばどこにだって溶け込める自信はあるものの、それで心が和むかと言われれば首を縦には振れない。

この場のほとんど全員と面識がある上条《かみじょう》がそれでも場所を動かないのは、結局、新参者の食蜂《しょくほう》や美琴《みこと》がぽつんと孤立しないように、という配慮なのだろう。おそらく本人にはその自覚すらないだろうが。

けど、だからこそだ。

ふとしたタイミングで彼が化粧室へ向かってしまうと、それだけで周囲の雑踏が遠のくような感じがした。

「ではイングランド―スコットランド間のハイウェイでは共に戦っていたという事になるのか。驚いたな、対魔術師戦闘はほとんど初めてだったのだろう？　相手は聞きしに勝るオリジナルの『黄金』だったんだぞ」

「ええ、まあ」

「私の方は散々だった。女王陛下と国家のためにご奉公するはずが、行きずりの男と共に戦場送りになるとはな。まったく、あの男。ついさっきも人様のスカートへ真正面から潜り込もうとするとは……」

「けど実際に暴れ回っていたのはほとんどそっちの怪力娘よぉ？」

金髪ショートの女性……騎士？　とにこやかに言葉を交わしながらも、ざわつく。

取り留めもないと分かっていても。

意識が目の前でなく、よそへ向く。

彼の視界から消えてしまう事が、怖い。何か、の偶然で留《とど》まっている記憶や認識が、あのドアから戻ってきた時には奇麗さっぱりリセットされているのではないかと考えてしまうと、どうしても平静ではいられなくなってしまう。

(情けない……。とっくの昔に納得したつもりなのにねぇ)

「おや、グラスが空いたな。何か飲み物を持ってこよう。ノンアルだと、サラトガクーラー辺りで良《い》いかな？」

「それならシャーリーテンプルにしてちょうだぁい、ジンジャーエールは辛口力で……っつ！」

食蜂操祈《しょくほうみさき》、乳白色の背筋が不自然にピンと伸びた時だった。

そっと、だ。

常に御坂美琴《みさかみこと》の傍《そば》に侍《はべ》っていた路面電車や護送車のミニチュアみたいな細長い箱が、音もなく食蜂《しょくほう》の後ろへ回った。内股でふらついた彼女がそのまま腰を下ろせる位置へ。

両足が床から浮く程度、スツールくらいの高さですとんとお尻を置く事になった蜂蜜色の少女が目を白黒させていると、腰の後ろの痛みから解放された食蜂《しょくほう》の方は見ないで美琴《みこと》は幅広のグラスに口をつけていた。フロリダ、ようは複数の果物ジュースを組み合わせたミックスジュースだ。ガッツがあればファミレスのドリンクバーでも作れる。

周りの視線を気にしつつ、美琴《みこと》はそのまま小声で言う。

「わがまま娘。ドレスの中にウレタンでできたコルセット仕込んでいるにしても、結構騙《だま》し騙《だま》しなんでしょ。大悪魔？　とにかく変な髪の毛攻撃のせいで。ちょこちょこで良《い》いから休んでおきなさいって」

「……どういうつもりぃ？」

「そっちこそ。なんか知らんが意地でも使わないのね、『心理掌握《メンタルアウト》』。その気になれば、鎮痛どころか自分の頭の中をお花畑にもできるでしょうに」

「色々あるのよ、合理性以外にも」

いじけた子供のような声だった。

あるいは、同じ夏を経験したあの人ならばこちらの方が『らしい』と言ってくれただろうか。

食蜂《しょくほう》はそっと息を吐いて大きな胸を上下させ、長い脚を組む。

余裕というよりは、どこまでやると痛みがぶり返すか恐る恐る試している、といった感じだ。猫じゃらしやレーザーポインターのように三毛猫が足の先へまとわりついてくるのは、ヒールのキラキラとした光沢のせいだろうか。

「……それにしたって感慨深いんダゾ。まさかあなたに弱い所を見せる日が来るだなんて」

「アンタだって結構見てんじゃない」

「私は良《い》いのよ。そういう裏方力、フィクサーの立ち位置なんだからぁ☆」

自分勝手な言い分だとは分かっていた。

他人を操り、常に一つ上のステージから全体を眺めたいと願うのは、つまり自分の知らない所で何かが進行して不意打ちで手を切られるリスクに対する脅《おび》えの裏返しと考えても構わない。

絆《きずな》を切られるのが怖い、自分だけ舞い上がっているのが怖い。

だから、か、か、管理する。

常盤台中学最大派閥《ときわだいちゅうがくさいだいはばつ》の女王なんて、蓋を開けてみればただの小娘だ。失う事に脅《おび》えて、手に入れたと思ったものが崩れていくのが耐えられなくて、ずっとずっとそんな足掻きを続けている。……あるいはそれも、ある夏の日に目の前でツンツン頭の少年との繋《つな》がりを失った反動かもしれないが。

優越感と劣等感は紙一重。

そもそも寂しがりでもなければ、常盤台中学《ときわだいちゅうがく》で最大の派閥なんて作ろうとはしない。本当に情報不足が怖くないなら、SNSのカリスマどころか発信力にも興味を持たない。

「御坂《みさか》さぁん」

「何よ?」

「あなた、怖いものってある？」

夜会で乳白色の背中をさらす美琴《みこと》は鼻から息を吐いた。

持て余したようにグラスの中身を軽く揺らして、

「……今でも悪夢を見る事くらいあるわよ。山のように積み上げられた無機質なマネキンの中で溺れる悪夢をね。プロトタイプにあれだけ関わったアンタに、原因が何だか知らないとは言わせないけど」

だから。

だから、だ。

素直に自分の心と向き合ってみれば、怖いに決まっているのだ。誰だってそんなものに縛られている。たとえ人の心を直接操る能力を持っていたとしても。

怖い。

そんな可能性は、考えるだけで。

だけどそんな恐怖と付き合っていくのもまた、矜持《きょうじ》でもある。例えば御坂美琴《みさかみこと》は、リモコン一つで肩の荷を下ろせると言われても、首を縦には振らないだろう。

食蜂操祈《しょくほうみさき》だってそう。

どれだけ辛《つら》い痛みを胸にもたらすものだとしても、もはや頭の中にしかない大切な人の笑顔までなくしてしまいたくはない。絶対に。

「そうねぇ。私も時々見るわ、益体もない夢を」

「へえ、ほんとに珍しい。アンタが体の方じゃなくて、心の方で弱音を吐くだなんて。例えばどんなのなのよ、ベッドの中で震えて目を覚ますような悪夢って」

「……今、この光景よ」

銀色の防災ホイッスルをいじくる指先が、止まる。

こんな幸せは、いつまでも続かない。絶対に何かのタイミングで破綻する。

いつかどこかで、食蜂操祈《しょくほうみさき》はとある少年から忘れられる。それはもう避けられない。

分かっている。

分かっている、けど。

でも、今日くらいは。

せめて、こんな一時くらいは。

7

「ちくしょう、鼻血とか出てねえだろうな……」

顔を押さえながらツンツン頭の少年はぶつくさ呟《つぶや》いていた。

見目麗《みめうるわ》しいセレブなイギリス人からハイヒールで鼻っ柱を叩《たた》かれるというのはなかなかレアな経験だ。どうせ錯覚だろうが、指先で鼻の辺りを押さえると心なしかパキパキ小さな音が鳴っているような？　どれくらいのダメージなのかちょっと想像しにくかったので、きちんと鏡で確かめてみたかったのだ。

そんな訳でちょっと化粧室に行くくらいの気持ちだったのに、その途中の直線通路で上条《かみじょう》当麻《とうま》はすげえーのを見つけてしまった。

「あらあらまああ。やっぱり地球は回っていたのでございますよおー？」

「うわあーっ!!　めっちゃくちゃに酔ってんじゃんオルソラぁあああああああ!?」

両手でツンツン頭を抱えて叫ぶしかなかった。

通路の床にお尻をつけ、窓際《まどぎわ》の壁へくてっと体を預けるようにして。もはや自分の足で立ってもいられない感じでしなだれかかっているのはショートの金髪にぐらまらすぼでーの持ち主、オルソラ＝アクィナスであった。普段は頭の上から足の先まで黒の修道服でぴっちり覆っているはずなのだが、今日に限っては背中の大きく見えるパーティドレスであった。そしておかしい。何かおかしい。あちこちほどけてファスナーも開いて、かろうじて片手を横にして胸元でシルクの布地と首から下げた十字架を押さえているシスターさんは、なんていうかもう防御力で言ったら聞きしに勝る伝説の裸エプロンとどっこいどっこいな事になっていらっしゃった。

ツンツン頭の脳裏でとてつもない警告のサイレンが鳴り響く。

経験が語っている。

(……いけないっ。ハイヒールで顔面蹴られた直後とはいえ、ここで一滴でも鼻血が垂れたら取り返しがつかない方向に転がってしまう!!)

同じ建物にはいるのだ、恐怖の猛獣インデックスとビリビリ電気娘が。あれをダブルでもらったら上条当麻《かみじょうとうま》は日本へ帰れなくなってしまうかもしれない。

そしてあっちこっちに転がっていた。

お酒の瓶やグラスが、ではない。ラベルは英語だったが、おそらく酔い止めの類だろう。ウコンだとか肝臓エキスだとか、身近なコンビニやドラッグストアの棚にはあるものの、高校生のライフスタイルとは全く交差しねえ宣伝文句がちりばめられた茶色い小瓶や粉薬の袋が床に散らばっていたのだ。

「ええー……対策してこうなの？　してなかったら一体何がどうなってたの？？？　てか弱いって自覚があるならどうしてトライしたし!?」

「うふふ。かんぱいかんぱーい☆」

なんかにこにこ笑ったまま、誰にも見えないグラスを掲げてオルソラが同じ言葉を繰り返していた。……なんというか、目に浮かぶ。普段はあんまり呑《の》まないのにせっかくの記念だからとメイドさんから受け取ったグラスをみんなと一緒に掲げて、貰い物の度数も分かんないくせに捨ててしまうのは気が引けるからそのままぐっと喉に通してしまったお人好《ひとよ》しなサマが。そう、慣れていないが故にぐっと一気に全部胃袋まで落としてしまうドジ姉さんぶりが!!　そしてグラスを上げる仕草をした途端に胸元のなけなしガードが外れ、世界から最後の良心が失われた。くしゃくしゃになったうっすーいドレスの布がすとんと落ちる。

頭なんて真っ白だ。

なので目の前の状況に対してきちんとした説明が追い着かずに申し訳ない。

だがこの場合、ばるんっ!!　以外に表現できる言葉をこの世界は知らない。

ちなみにオルソラの胸部にバイクのエンジンが搭載されている訳ではないのでご注意を。

「あぁっ!!」

「はー……ぽやぽやが止まりません。火照った体を冷やさなくてはでございます……」

慌てて隠すどころか、丸出しな部分にパタパタ掌《てのひら》で風を覆っているにこにこお姉さん。

上条《かみじょう》は額に手をやっていた。真剣に眩暈《めまい》を感じる。

そう。

もうぶっちゃけると、こちとら授業中に辞書を開いている時にスケベな単語を見つけたら思わず赤のボールペンで印をつけたくなるほど思春期だというのに、見ている側が罪悪感を覚えるビジュアルである。

「……そうだよ。インデックスでも御坂《みさか》でもないんだよ。本当の本当にいつでも肌色祭りなのって実はオルソラなんじゃねえの⁉　なんか『神威混淆《ディバインミクスチャ》』の時も冷静に思い返すととんでもない事になってたし‼」

「けっぷ」

急にシリアスな顔になったオルソラの妖しい唇から、怪しいの方で変な音が出た。

ヤバい。

というか真剣に何か起こりそうだ。

思えば学園都市の道端でぐでんぐでんの御坂美鈴《みさかみすず》に絡《から》まれた時もそれはもうひどい騒ぎになったものだが、あっちはまだ状況に慣れていた節がある。今度は違う。なんかこう、自分で自分の限界を知らない人を相手にするのはやたらと緊張感がみなぎるのだ。

「おいっ、立てるかオルソラ？　ここではやめろ、絶対ダメだ。お城の絨毯《じゅうたん》とかメチャクチャ高そうだし……ひとまず化粧室まで行くぞ。立てるかってば！」

「うー」

「立って自分の力でッ‼　甘え上手な感じでしなだれかかってこないで‼」

真っ赤になったうなじの辺りから何やら目に見えない甘いガスでも、具体的には冷蔵庫にご一緒させておくだけで反り返ったバナナが熟れて美味《おい》しくなっちゃう林檎《りんご》みたいな何かが出ているんじゃないかってくらい妖艶《ようえん》なのに、仕草の方が唇尖《くちびるとが》らせた小さな子供だと破壊力が違う。

「あああもう……。腕を取って肩を貸すと前が全開になっちゃうし……これどうすんだ？　どこをどう縛るんだよ……？？？」

「だ・め・な・ひ・と。普段からお姫様抱っこの練習をしておかないから、いざという時困るのでございますよ」

「何が哀《かな》しくて一人寂しくエアーで人さらいの練習なんぞしなくちゃならんのだ⁉」

「めっ☆でございます。きゃはきゃはきゃはきゃはきゃは‼」

子供みたいに両足をばたばた（するもんだからストッキングは伝線しまくって生脚より艶《なま》めかしい事になっている）、普段はゼッタイ見せない躁《そう》な笑いが押し寄せてきてしまった。

「んぐっ！」

上条当麻《かみじょうとうま》、見よう見まねでお姫様抱っこ。

だが実際にやってみると、思ったよりも重心が前に行く。うっかりしてると足を滑らせて今そこで揺れてる二つの山に顔から突っ込んでしまいそうだ。

後は腐ってもお姉さん、人様の唇に指を押し当ての『めっ』の一発がケタ外れ過ぎる。何にしても文明の利器に乏しい石のお城で良かった。……こんな所が動画で撮影されてしまったら最後、後日正気に戻ったオルソラはどっかの山奥にでも籠ってしまうかもしれないと。

流石《さすが》に騒ぎ過ぎたのかもしれない。

パーティ会場とはまた違う扉が開き、和装から手を加えていったと思《おぼ》しき多国籍なドレスで身を包んだ黒髪ポニーテールが何事かと顔を出してきた。

神裂火織《かんざきかおり》。

今日の警備担当でもあるのか、こんな日まで腰に二メートル近い刀を差した和の国のお姉さんを見つけ、上条《かみじょう》は何とかして片手を振った。

「うおーい!! たすけてっ、へるーぷ!! 何だかオルソラが大変な事になっちまってるみたいで……」

「……大変な事をしているのではなく……?」

「待て待って、あのう、インデックスと違って物理最強のアンタはまずいよ? 今はオルソラがボケで神裂《かんざき》がツッコミでしょ!? 『聖人』サマだとビンタ一発の破壊力が違うッ! この勘違いは人生最大の危機に直結する恐れがあるんじゃねェェェえええ!!!???」

8

人が変わったとはこの事かもしれない。

とはいえ、この戦争でそうなるに足る濃密な経験を積んだのだから仕方がないが。

誰かと言われれば、ホレグレス＝ミレーツである。

どぶしゃめしゃーっ!!　という城の方からの異音を耳にして、衛兵詰め所にいた彼は椅子から勢い良く立ち上がる。

「なに、何だ、何事だッ⁉」

「定時の見回りならさっきも行ったばかりでしょう？　城内警備班とも密に連絡取り合ってますから問題ねえですってば。緊急伝達がねえって事は異状なしってな事です。騎士なり魔術師なりがハメでも外したのでは？」

一応お金は賭けないという線は引いているのか、一口チョコをチップの代わりにして仲間の修道女達と手作りボードゲームを睨《にら》んでいたアニェーゼ＝サンクティスが呆《あき》れたような口で一応止めておくが、こいつが人の話を聞かない事は先刻承知だった。

「これは天草式なる者どもから聞いた話だが、東洋には勝って兜《かぶと》の緒を締めよ、という言葉があるらしい。実に素晴らしい、常在戦場の思想だ！　祝勝の宴《うたげ》を四つの地方の内我々イングランド方面で開いていただくだけでも光栄なのに、万に一つも水を差すような事があってはならぬ。故に行かねばならんのだ！　見回りに!!」

カンテラを手にした小太りの騎士が、この寒い中のしのし歩いてどっか行ってしまった。あんなのでも『騎士派』の重鎮だ、夜行性のキツネ辺りと目が合って、ひっくり返りながら護身用の二連銃でも発砲したらコトである。

結果、アニェーゼ＝サンクティスも壁に立てかけていた『蓮の杖《ロータスワンド》』を摑《つか》み、暖かい衛兵詰め所から追い駆けるしかないのだ。

「ああもう！　待って、待ってください!!　私も連れてって!!」

戦争が始まった頃は元ローマ正教や天草式を平気な顔して使い潰そうとしていたらしいのだから、そこから考えると何とも奇妙な関係であった。そもそも自分の既得権益を第一に考えて特権階級の椅子にひたすらしがみつき、人を顎で使うフィクサーの立ち位置を望んだ黒幕が、下《した》っ端《ぱ》も下《した》っ端《ぱ》がやるような冬の見回りを率先して行う時点で色々おかしい。

白い怪物に、英国第三王女。

たとえ触れた機会は少なくても、その時間を軽視しなければ、人は学べる。

やり直せる。

「ああっ！　し、シスター・アニェーゼが勝負を有耶無耶《うやむや》にしてまた出て行きましたよ!!　自分で作った極悪すごろくなのに……」

「お待ちなさいシスター・アンジェレネ。私達だけで先に進めておいて、ヤツが戻ってきた時に飛ばしたターン数だけまとめてサイコロを振らせればよいのです。まったく、一応今のサイコロ分だけ駒を進めておきますか。ええと、シスター・アニェーゼの出した目は五だから、一、二、三、四……げえっ!!　他のプレイヤーを自由に選んで一口チョコ三つ奪うですって!?」

後ろの方ではアンラッキーにしがみつかれたシスターどもが何か喚《わめ》いていたがアニェーゼは気にしない。

ウィンザー城は縦ではなく横に広がった構造をしている。その外周をぐるりと一周回るだけでもちょっとしたジョギングコースになる。冷たい風に揺られた木々の枝がざわざわと音を立てていた。とはいえ、寂しげな空気ばかりでもない。ここは首都ロンドンから四〇キロほど離れた郊外だが、三万人程度の小さな街でも時折ポンポン花火が上がっていたのだ。ロンドンの方ではそれこそ一分間に五万発とか、馬鹿げたスケールで繰り広げていてもおかしくない。この分だとハッピーニューイヤーの頃には国中から花火の在庫がなくなっているかもしれなかった。

もちろん白い息を吐くアニェーゼはうんざり顔で自分の肩を抱きながら、先を行く小太りの背中を追い駆ける。

「もう五六回目の見回りですよお？　ずるずる続いちまっているのは五〇回のキリ番でちゃんとイベント作らなかった呪いか何かですか？？？」

「うむ、今回も何もないな。それならよし！　清々《すがすが》しい!!」

……トラブルの発生を望んでいるのではなく、異状がなくて喜んでいるというのだからいよいよやめ時がない。この分だと一晩かけて延々ぐるぐる城の周りを回っていそうだ。

なので。

この小さな変化は、ホレグレス＝ミレーツにとって果たして歓迎される事態だったのだろうか。修道服のくせにミニスカートなアニェーゼが両足の太股《ふともも》を擦り合わせるようにして寒さを凌《しの》ぎながら、ふとこんな風に言ったのだ。

「ありゃ？　何かありますよ」

「む」

一度は通り過ぎた場所へ、小太りの騎士は再びカンテラを向ける。

とはいえ彼が見過ごしてしまったのも無理はない。アニェーゼが見つけたのは、あからさまな侵入者や不審な積み荷をぶら下げたドローンなどではなかったのだから。

光の矛先は足元、地面であった。

そこに奇妙な痕跡が残っている。

見つけたアニェーゼ自身、『蓮の杖《ロータスワンド》』を両手で抱きながら（何しろ銀でできているものだから、常に自分の体温で温めておかないと手がかじかむのだっ！）怪訝《けげん》な顔をして、

「……何ですかね、こいつは？　足跡？？？」

疑問形だったのは、それが人間のものとはあまりにかけ離れていたからだ。狐《きつね》や猫といった、見慣れた動物でもない。もっと大きいし、禍々《まがまが》しい。猛禽《もうきん》の爪のような強烈な跡が、熊のようなサイズで芝を抉《えぐ》って刻み付けられているのだ。

当然ながら、見た事もない代物だった。

彼らがものを知らないのではない。ようなようなと繰り返しているのも、正体を指す言葉がないからだ。おそらくどんな動物図鑑を開いても、いっそ恐竜図鑑に手を伸ばしたってこんな足跡の持ち主は見つかるまい。こういう形の軽歩行補助機械《パワーアシストスーツ》の可能性まで頭に浮かべたくらいだった。

「……、」

かつてと違い、ホレグレスは迷わなかった。空いた手で『左の剣』を抜き払う。決闘において、かさばる盾を持っての街歩きを嫌った貴族達の間で発達した『相手の刃を受け止めるための、防御の短剣』である。バネ仕掛《じか》けの音が広がった。それもそのはず、ホレグレスの場合は分厚い刃に櫛《くし》のような溝をいくつも刻んだソードブレイカーやマインゴーシュではなく、剣の根元から枝に似た補助刃を扇状に展開して敵対者の刃を搦《から》め捕《と》る、パリーイングダガーなのだから。

無謀な攻撃よりも、まず確実な防御。

そう判断したのは利《き》き手《て》の右を光源のカンテラに塞がれていたのもあるが、生きてこの異状を本隊へ確実に伝えなくてはならないという、騎士の感覚によるものだろう。

『蓮の杖《ロータスワンド》』を構え直したアニェーゼと背中を合わせ、油断なく辺りへ光を投げかけながら、錆《さ》びた刃を研ぎ直したホレグレス＝ミレーツはこう呟《つぶや》いていた。

「何かいる？」

アニェーゼも手にした『蓮の杖《ロータスワンド》』の先端で、天使の羽のような花弁を広げていく。銀の杖《つえ》の側面部分が、シャボン球や水たまりの油膜のような一二色の輝きをうっすらと伸ばしていく。

「……これ五六回目の見回りですよ。ほんの少し前にもここ通りましたよね？　その時にゃ何も見つからなかった」

「なら訂正しよう」

引き締まったデブが言う。

「何かが来た、それもついさっきだ」

9

ちょっと化粧室に向かった、その帰りだった。

慣れないタキシードとアスコットタイの上条当麻《かみじょうとうま》は直線の通路にずらりと並んだ窓の一つ、そのカーテンが風に揺られているのをふと見つけた。ここは二階なのに、お構いなしに。

「何だ」

そして気づく。

彼は振り返る。つい先ほどまで自分が通ってきたはずの通路を。

そこに誰かいた。

一度は知らずに通り過ぎたのだから、相手は壁際《かべぎわ》にある貴金属や美術品を並べたショーケースの裏や真下にでも隠れていたのだろうか。

にも拘《かかわ》らず、だ。上条当麻《かみじょうとうま》は古い友でも見つけたような顔でこう言ったのだ。

自分の右手の五指を、握って開き、確かめながら。

途切れていたものを繋ぐように。

「これまた時間かかったな。もっと早く来るもんだと思ってたのに」

相手から返事はなかった。

視界の中で乱舞するのは、自然界の生き物からかけ離れたスカイブルーに、鮮やかなレモンイエローのラインがいくつか。

無言のまま。

水平に振るった腕の動きと共に、あまりにも巨大な鉤爪《かぎづめ》が、ガッシャ‼　と音を立てて手の中から飛び出したのだ。

世にも禍々《まがまが》しき、竜の爪が。

行間 一

「……」


西洋喪服に猫の耳と尻尾。

黒猫の魔女ミナ＝メイザース、キャンピングカーの片隅で体育座り。涙目でほっぺまで膨ませての猛抗議中であった。

カエル顔の医者は息を吐いて、

「ついにバレたね？」

『これについては全面的に君が悪いだろう』

ゴールデンレトリバー・木原脳幹《きはらのうかん》から呆《あき》れたような声が飛んできた。厳密に言えば指示出ししたのはアレイスターなのだが、当人はもういないのだから釈明のしようがない。

どんよりムードの中、

「アラン＝ベネットと……。『黄金』の魔術師アラン＝ベネットと言うからこちらは胸襟を開いて色々明かしてきたというのに。結局こいつ一体何者なんですか……」

ぶつくさ呟《つぶや》く（西洋喪服なのに物理的に胸元を大きく開いちゃっている）ミナ＝メイザースに理性的な会話が通じるとも思えない。というか、なんか暇を持て余している間に作っていた赤毛に白いドレス、黒い箱を抱えたあみぐるみに爪を立てている始末だった。元は黒い喪服のにゃんことセットであんなに仲良さそうだったのに、今ではぶちぶち音が響いている。

カエル顔の医者、ここは小児科の理論で乗り切るしかなさそうだった。

「アメリカンドッグで手を打とうと思うけどどうかな？」

「イギリスなのにですか⁉」

上から目線でダメならツッコミ待ちに徹するのが有効な日もある。

うー、という唸《うな》りがあった。

ベビーベッドのリリスからだ。彼女はもう人の言葉を話さないし、哺乳瓶を手放せなくなっている。どんな方法であれ、人の肉体を手に入れてしまえばこんなものだ。剝《む》き出《だ》しの魂で奇跡を振るい、ロウソクの火よりも頼りなく揺れる存在ではなくなっていた。

戦争が終わり、父親が死んで、そしてキャンピングカーの外は大騒ぎである。夜のロンドンは自分で自分の街に火でも放っているんじゃあるまいかという勢いで大量の花火を打ち上げていた。もう少し場がエキサイトしそうなら路肩に停《と》めているキャンピングカーをよそへ移した方が良《い》いかもしれない。

　果たして娘の目線からはこの光景がどう映っているのやら。

　リリスに罪はないためか、自前のあみぐるみを手放したミナは床からお尻を上げ、哺乳瓶の準備を進めつつ、

「……つまり、ウェストコットは『雲』だったのですね」

　ぽつりと。

　不機嫌なにゃんこ未亡人（!?）ミナ＝メイザースは不貞腐れた子供のように唇を尖《とが》らせたまま呟《つぶや》いたものだった。

　木原脳幹《きはらのうかん》は犬の首を傾《かし》げて、

『雲、とは？』

「あまりにも深い『薔薇十字《ローゼンクロイツ》』のテキストは様々な解釈が存在します。中には表に知られているものは本当の目的を隠すための囮《おとり》であり、真なる集団や活動目的は別にあると唱える集団もいるほどに。……ヨハン＝ヴァレンティン＝アンドレーエが全部私の創作でしたと暴露しても、誰も聞く耳を持たなかったのもそのためですね」

　説明していると気分がアガるのは魔術・科学を問わずインテリ層の特徴でもある。

　カエル顔の医者も木原脳幹《きはらのうかん》も自分と照らし合わせてこの辺りを学習しているので、今はミナ

の言葉に任せておく事にした。

逆に、大して分かっていないのに適当に口を挟むと大噴火コースまっしぐらである。

「ウェストコットが『黄金』で見せびらかしていたシュプレンゲル書簡は、間違いなく彼の手で作られた贋作《がんさく》です。わざわざドイツ人のご令嬢っぽい筆跡を猛勉強してまで、リアリティ追求のため歯を食いしばって一人文通を繰り返していた訳ですね」

『……いつ聞いても壮絶な人生だ……』

「ところが、ウェストコットが手紙の捏造《ねつぞう》をしていたとしても、アンナ＝シュプレンゲルという女性が存在しなかったという証明にはなりません。ウェストコットの一人文通のサイクルとは離れた位置に、本物が立っていた可能性はゼロではない」

ミナ＝メイザースは温めた哺乳瓶の先をベビーベッドから抱き上げたリリスの口元へ運ぶ。

赤子の唇が目の前にある本物の方へロックオンしてくるのを巧みにかわしつつも、

「これが『雲』です。ウェストコットはシュプレンゲル嬢の存在を確信していたが、同じ『黄金』のメンバーの目から隠すためにわざと嘘《うそ》をついた。もっともらしい嘘《うそ》をついて早々に暴かれる事で、それ以上奥には何もないと思い込ませるために、です」

……アレイスターはシュプレンゲル書簡の件を利用して、メイザースとウェストコットの二大派閥を衝突させていた。

ウェストコットからすれば、自分がハメられたと気づいてなお、あれは贋作《がんさく》だったが裏には本物のアンナがいるとは言えないくらいの信仰心があったのか。

たとえブライスロードの戦いを起こしてでも、アンナ＝シュプレンゲルの存在は隠すべし。むしろ自分の失態によって大きな騒乱に発展してしまえば贋作説《がんさくせつ》の信憑性《しんぴょうせい》を高められる、と。

しかし、

「哀れな人。『雲』は、考え方によってはいくらでも学説を否定できるイカサマの理屈でしかありません。たとえどんな新説が出てきても、信じたくない者は指を差して一言言えば済むのです。自分以外の話は全て『雲』だと」

「……、」

「『雲』の話に終わりはありません。ウェストコットが信じていたシュプレンゲル嬢もまた、別の『雲』かもしれないのですから。そうやって、全てを疑いながらタマネギを表面から一枚一枚めくっていった先に一体何が残っているのやら。めくってめくってめくってめくって、気がついたら手の中に何も残っていなかった、とならなければよいものですが」

ゴールデンレトリバーはキャンピングカーを降りて外の空気に身をさらした。

肉体を得た赤子の前で煙草《タバコ》を吸う訳にはいかなかったからだが、葉巻の吸い口を刃物で切ったところで気がついた。外は外で路上喫煙禁止《ノースモーキングエリア》の表示がアスファルト一面にデカデカとペイントされている。

犬だって泣きたい日はあった。

（えーん、花火の煙で夜空の星が見えなくなっているほどなのにい……）

げんなりするしかない。

これはもう、どこにでも持ち運べて簡単に組み立てられる、ゼッタイ誰にも迷惑をかけない完全密閉型喫煙犬小屋を研究開発するべきだ。敢《あ》えて特許は取るまい、差別も偏見もない素晴らしい世界のために広く普及を促すのだッ‼

そして煙草《タバコ》が恋しくなるくらいには、心に引っかかるものがあった。

『人間』アレイスター。

だがゴールデンレトリバーの胸に去来するのは、湿っぽい感傷ではない。

研究者としての嗅覚が告げている。

『「木原《きはら》」という枠組みはアレイスターの「原形制御《アーキタイプコントローラ》」によって支えられている部分もあるんだがな』

つまり。

何が言いたいのかと問われれば、だ。

『……まだ「ヤツ」の匂いがする』

第二章　ささやかな栄冠　Party_for_Winners.

1

ガラスの割れる音があった。

「とうまっ！」

バタバタ走り回るには不向きなのだろう。白地に赤紫のライン。絵本のお姫様みたいに、大きく膨らんだスカートを両手で摘《つま》むようにしてインデックスが通路に飛び出してきた。

あちこちに鋭く輝く光源が散らばっている。

割れた窓の破片が床の絨毯《じゆうたん》へと落ちているのだ。

長い銀髪の両サイドをお団子にしたインデックスが顔を出した時、ツンツン頭の少年の他、すでにそこには何人か人が集まっていた。例えば神裂火織《かんざきかおり》や五和《いつわ》など。パーティへの参加を辞退して屋内警備に従事していた『清教派《せいきようは》』の魔術師達が多い。彼らは床の絨毯《じゆうたん》に残る足跡や、壊れた窓を検分しているようだ。

何だか小さな三毛猫までびくびく震えて警戒していた。雰囲気に当てられる、というのは動物にも伝染していくものなのだろうか。

当の上条当麻《かみじょうとうま》はと言えば、苦笑しながら携帯電話を左手でかざしていた。元は拳の形だったのか、右手をぷらぷらと振りながら、

「くそっ、電池切れだ……。きちんと充電してりゃ一枚くらい撮れたかもしれなかったのにな」

「け、怪我《けが》がなければそれで充分ですよ。変に深追いして大変な目に遭われてしまっては元も子もありませんから……」

おどおどした感じで語る五和《いつわ》は、そのおどおどに反して随分と丈の短い攻めのドレスでボディラインを固めていた。そう、なんていうかオリアナ＝トムソン向き。夜九時以降、ロンドンの街角には絶対立たせてはいけないビジュアルである。というか、そもそもあれは本当に自分で選んだドレスなのだろうか？

長い黒髪をポニーテールにした神裂火織《かんざきかおり》は自分の耳元に片手の掌《てのひら》をやって、

「……屋外警備を担当しているアニェーゼ＝サンクティスからの報告も芳《かんば》しくありませんね。問題の足跡は途中で消えているそうです」

「消えた？」

怪訝《けげん》な顔をする上条《かみじょう》に対して、和洋折衷なドレスの神裂《かんざき》は肩をすくめて、

「森の木々を利用して枝から枝へ跳んだか、いっそ翼でも使って真上へ飛び立ったか、ですね。あなたの証言が正しければ、一概に否定もできないでしょう？」

インデックス達の視線がツンツン頭に集まった。

——人間よりも大きな怪物だった。

——スカイブルーとレモンイエローの塊だった。

——どちらかと言えば四足のトカゲに近い化け物だった。

——全身は筋肉のようなものに覆われていて、背中には大きな翼があった。

——人の手に似た前脚からは太い鉤爪《かぎづめ》が飛び出た。

「いやいやちょっと待て！　顔が怖いよ‼　そんな風に真面目に色々細かくメモされると困るっ、怖い‼　俺だっていきなり襲われてパニクっていたんだぞ⁉」

「しかしあなたの声が一番のヒントになるのは事実でしょう」

和洋折衷のドレスにはポケットがないのか、豊かな胸元から取り出した（!?）、千代紙《ちよがみ》で表紙を飾った手帳と格闘する神裂火織《かんざきかおり》は上条《かみじょう》の顔など見ていなかったが、

「だってあの時、神裂《かんざき》にぶん殴られた直後だぜ。頭が誤作動してたかもしれねえし」

「そこは蒸し返さなくて良いのですっ」

いったん手帳を閉じ、何やら顔を赤らめて神裂《かんざき》が釘《くぎ》を刺していた。

彼女は小さな子供のように唇を尖《とが》らせて、

「それにスカイブルーやレモンイエローという色彩は引っかかりますが、形状だけなら……魔術の分野では有翼のトカゲというのはさほど珍しい象徴ではありません。誘惑する者、悪なる魔、地底と財宝の番人、あるいは竜」

神裂《かんざき》は思いつくものを順番に並べているだけだったかもしれない。

だけどそこで、上条《かみじょう》の肩がぴくんと震えた。

「……竜？」

「モチーフとしては、テレビゲームにも出てくるくらい有名でしょう？　一般には悪魔と同一視されているものの、『騎士派』では己の家と血筋を掲げるための紋章としても取り扱われる、不思議な象徴ですよ。善悪の二元論がかっちり決まり、情状の酌量もなく幽霊は悪として滅ぼしてしまう十字教文化では極めて珍しい、清濁を併せ持つ記号ですね」

「……、」

ついに、どこにでもいる平凡な高校生が黙り込んでしまう。

竜。

頭の中で、ただ繰り返す。

ふと見てみれば、割れたガラスの散乱する通路の床で、三毛猫が低い唸《うな》りを発していた。猫が得意とするのは目？　耳？　それとも鼻？　この現場、動物にしか分からない何かでも残留しているのだろうか。

上条《かみじょう》はわずかに、誰にも気づかれないようそっと自分の右手へ視線を投げてから、

「逃げていったのなら、やっぱり追い駆けた方が良《い》いのかな。変に立て直されたらまたいつやってくるか分かんないし。あいつが襲うのはここだけとは限らない。もしもお金が欲しいとか食べ物が欲しいとかで辺りの家とかお店まで踏み込んでいったら……」

そっと息を吐いたのは神裂《かんざき》だった。

「どうしてそこであなたに頼らなくてはならないのですか。我々はそのために用意された戦力です。そもそも、素性も分からぬ輩《やから》に女王滞在中のウィンザー城の屋内まで踏み込まれた時点で非常事態宣言を出してウィンザー近郊を全て検問で封鎖してしまっても構わないくらいなのですよ？」

「女教皇《プリエステス》様……。や、やはりコロンゾンの残党か何かでしょうか？　人造の悪魔を製造していたという報告は受けていますが」

「いいえ五和《いつわ》、初動捜査では先入観を捨てて全ての可能性をテーブルに並べましょう。他の危険分子、イギリス清教《せいきょう》の管理を嫌う魔術結社の可能性もあります。イギリス国内の基盤が緩んだこのタイミングをチャンスとみなしたか……」

上条《かみじょう》も上条《かみじょう》で、思わずこう呟《つぶや》いていた。

「全ての可能性、か」

そもそも、だ。

大悪魔コロンゾン。イギリスの国難は、本当にここでおしまいなのか。

最初の最初から、その奥に別の誰かがいるという可能性は本当にないのか？

二重底。

あるいは『雲』を掴《つか》むような、何かが。

ごくりという誰かが喉を鳴らす音が、上条《かみじょう》の耳まで届いた。

おそらく全員が不安や懸念《けねん》を頭に浮かべている。

あるいは、もしも。

これは何の根拠もない仮の話でしかないのだが。

コロンゾン撃破によって、国中の手綱が緩んだお祭り騒ぎのこの状況。これすらもどこかの誰かが舞台設定したものだとしたら……？　どうしても、どうあっても、心の隙が広がるこの瞬間を、あらかじめ織り込んで『何か』が組み上げられているとしたら……？？？

誰が言い出した訳でもなく。

それでいて全員の胸の内からじわりと懸念《けねん》が染《し》み出《で》てくる。

「優先は警戒態勢の増強だ。外の捜索については別の部署に任せろ。向こうの狙いが分からん以上、ウィンザー城の人員を分散させるのは避けた方が良《い》い」

そこまで言うと、英国女王《クイーンレグナント》エリザードは屋内警備を担当する天草式の『聖人』にそっと耳打ちした。

「……必要なら奉仕作業の許可を出す。『王室派』への書類提出は事後で構わん」

「了解しました」

パンパン!! とエリザードは両手を叩《たた》いて沈みかけた空気を吹き散らした。

「我が国には廊下で飲み食いする文化はない。立ち話ならダンスホールに戻ろう、どうせやる事は変わらんのだ、美味《うま》い酒と食べ物がある場所で話し合った方がお得だろう?」

それで人の流れができる。

みゃあみゃあ鳴いている三毛猫をインデックスは両手で抱えて、パーティ会場へ戻っていく。

何となくそこへ乗っかろうとした上条《かみじょう》だったが、一応神裂《かんざき》に尋ねてみた。

「奉仕作業って何?」

「処刑塔《ロンドンとう》に幽閉中の囚人を、ビーフィーターの監督下で一時的に表へ出して対魔術師戦闘へ従事させる特別措置です。つまり第二王女キャーリサ様や、私と同じ『聖人』のウィリアム=オルウェルを実戦投入できる訳ですね」

「マジかおっかねえッ!?」

「本当に最後の手段ですよ。そもそも彼ら自身、戦功を稼いでの恩赦で刑期を短縮される展開など望んでいません」

言われてみれば、クロウリーズ・ハザードで首都ロンドンが落ちる落ちないの瀬戸際《せとぎわ》まで追い詰められていた時もそんな措置は実行に移されなかったのだ。人間に良識が残っている間は絶対に押さない、くらいのでっかいスイッチなのだろう。

「上条当麻《かみじょうとうま》。あなたは国を救った側の人間です、こちらの都合は気にせず、どうか思い出に残る一時を」

「けどさっ……」

いつもの通りだった。

必要もないのに首を突っ込もうとする上条《かみじょう》に、神裂《かんざき》はくすりと笑って、

「大丈夫です。敵の目的は不明ですが、和やかな空気を破壊して国内全域に社会不安を伝播《でんぱ》させる事だとすれば、相手のやり方に乗ってしまう事それ自体が思うつぼでもあるのです。そういう意味では、パーティを切り上げて戦場へ戻るなどもってのほか。ですから警備の仕事は警備に任せてください。いつも通りでいるのは、それだけで社会に揺るぎない力を与えてくれるものなのですよ。どうか、平和のための捜査活動へご協力をお願いします」

「ずるい言い方だ……」

「ですよ」

和洋折衷なドレスを纏《まと》う神裂火織《かんざきかおり》は上条《かみじょう》の唇にそっと人差し指を当てる。

ふわりと、長い黒髪からお香のような匂いが少年の鼻をくすぐった。

「お忘れですか、これでも一応あなたよりは年上ですので。多少の言い回しくらいは身に付けるものですよ」

2

お姫様みたいなドレスを纏《まと》うインデックスはパカパカ靴音を鳴らして、パーティ会場へ戻る前にちょっと別の部屋へ寄っていた。白に赤紫のラインが入ったロングスカートをひらひら危なっかしく揺らしている事には気づいていない様子で、

「おいでースフィンクス」

(……とうまはいつでもどこでも怪我《けが》をしそうだから、絆創膏《ばんそうこう》とかもらっておこう)

医務室である。

ウィンザー城、お城と言えば大仰だがようは人の住んでいる家である。なのにどの階にも壁に派手な色の耐水バッグに収まったＡＥＤが引っ掛けてあり、独立した医療施設がドカンと置

いてあるというのは、冷静に考えると不思議な感じが止まらない。それだけ『万に一つ』が起こってはならないという事なのかもしれないが。

「ごめんくださーいなんだよ」

小さな手でノックをしてドアを開ける。

中にはメガネの女医さんが一人にナースさんが三人ほど。ただインデックスがレースの首飾りからロングスカートまで全身動物の毛でいっぱいだと分かった瞬間にギョッと顔を強張《こわば》らせていた。金髪ナースさんが慌てて猫を廊下に押《お》し留《とど》めた上、ぶしゃぶしゃっ!! と変なスプレーを自分の両手とインデックスのドレスに噴き付けてくる。

迷子対応か、小児科モードなのか。

今日はどうしたのかなー？ という（実は次何するか全く予想のできない人に対する感じで）猫撫《ねこな》で声《ごえ》の女医さんに、インデックスは両手を挙げてその場でぴょこぴょこ飛び跳ねながら、

「とうまのために救急箱をくださいな！」

救急箱はくれなかった。

タイトスカートの女医さんが手渡してきたのは、分厚いビニールでできた小さなバッグだったのだ。お泊まり用の歯磨きセットみたいな感じだが、中には消毒薬、絆創膏《ばんそうこう》、包帯などが小分けして詰め込んである。用意が良《い》いのは、ウィンザー城の広大な庭園を管理する庭師達のためかもしれない。こちらについては、基本的に城の医務室は王族のお世話か観光客の急病人の

手当てをするための設備なので、城の保守点検を行う膨大な従業員の小さな切り傷や毛虫の虫刺されをいちいち全部診ていたら大行列になってしまう、という事情があるのは秘密だ。

パッケージの表面にはこうあった。

三段の台座の上に十字架、そしてその中央を飾る薔薇《ばら》の模様である。

と、

「うー……。頭が重いのでございますう……」

なんかカーテンで仕切られた方から間延びした声が飛んできた。

首を傾《かし》げたインデックスがとてとて歩いてカーテンを開けてみた途端、である。

何か透明な分厚い壁みたいなので鼻っ柱を叩《たた》かれたようだった。

今まで封をされていた甘い匂いが一気に押し寄せてくる。

休憩用のベッドがあった。その上で誰か突っ伏している。派手なドレスから黒い修道服に着替える途中でダウンしたのか、中途半端《ちゅうとはんぱ》に袖を通した状態でギブアップしていた。奇麗に仰向けになっているというよりは四つん這いから腕が崩れてぐったり、お尻を高く突き上げている状態の方が近い。

大きめの枕に顔を突っ込んだまま呻《うめ》いているのは、オルソラ＝アクィナスだった。

なんか耳からうなじにかけて真っ赤になっていた。

「ううううおおおおお、な、何か良からぬ記憶が、深い深い海の底から……。あ、あれは現実？　いえまさか、そんなはずはございません……」

そして自分と戦っているらしい。

銀の髪を揺らし、インデックスは首を傾《かし》げて、

「一体何をしているんだよ？」

ぴたりと小刻みな震えが止まった。

さらにバランスが崩れてグラマラスな金髪ショートの美女がころんと転がる。横倒しで胎児みたいに背中を丸めたオルソラは自分の親指を口に含む。仕草は可愛《かわい》らしいが、途端に甘くてキケンなお姉さん臭が一段と強くなる。

ちなみに何かと禁欲的な十字教だが、飲酒そのものは特に制限されていない。というより、重要な儀式である聖体拝領に葡萄酒《ぶどうしゅ》が登場するくらいだ。

もちろん七つの大罪に暴食がある事からも分かる通り、適量の域を超える事は推奨されていないが。

「……こんな日にアレですけれど、懺悔《ざんげ》をお願いしても？」

「顔、お互いの顔が見えてるんだよ」

インデックスには完全記憶能力があるので、このオープンな環境で罪や悩みを聞き出すのはあまりに食い合わせが悪い。あとこの腹ぺこシスターにお悩み相談をしても返ってくる答えは食って寝ろしか出てこないので要注意だ。

化粧室の辺りでダウンしていた、とはメガネの女医さんのお話。

オルソラはオルソラで、この戦争では『神威混淆《ディバインミクスチャ》』などで極度の緊張にさらされてきたはずだ。みんなと顔を合わせにくかったという側面もあるのだろう。普段はあまり慣れないグラスを手に取ってしまったとしても不思議な話ではない。

インデックスはそっと息を吐いて、

「大丈夫だよ、これで終わりじゃないし。今日はゆっくり休んで、また明日みんなとお話しすれば良いかも」

「いやー、なぐさめてー。私を置いていかないでくださいでございますー」

「聞いちゃいないし⁉　分かりにくいけどこれまだ酔っ払っているんだよ⁉」

3

ちなみに、だ。

どうしてこの騒ぎの中、頭の後ろへヴェールを流した御坂美琴《みさかみこと》や蜂蜜色の髪を二段にまとめて後ろへ流した食蜂操祈《しょくほうみさき》が通路へ顔を出さなかったのかと言われれば。

「ぴぎッ⁉」

「ああっ、はいはい！　びっくりしたからって急に体強張《こわば》らせるからよ」

涙目になった蜂蜜色の少女の後ろから椅子代わりのA.A.A.を滑り込ませつつ、青系のランジェリードレスが恥ずかし過ぎて体を丸める美琴《みこと》は美琴《みこと》で、そっとため息をついていた。

と、またがる格好になった食蜂《しょくほう》から変な声が聞こえた。

「おっ、おお？」

バイクのタイヤの部分でも再利用したのか、たくさん車輪のついた路面電車や護送車みたいなA.A.A.の先端部分、食蜂《しょくほう》がお尻を下ろした辺りが真ん丸に膨らみ始めたのだ。ビーチボールよりは大きな、一抱えほどの風船大の塊に腰を下ろす格好になっている。

「ちょ、待って御坂《みさか》さん何これっ、バランスボール？　やわらか素材で気を遣っているつもりかもしれないけどこれちょっと普通に痛い腰いった⁉　ひぎい‼」

「わっ、私じゃない！　A.A.A.ちょっと鎮まりなさい‼　あと食蜂《しょくほう》、アンタもアンタでばいんばいん上下に暴れてんじゃあねえーっ‼」

美琴《みこと》としては、スポーツジムでちょっと直視しがたい無邪気な若奥様みたいになっている蜂蜜少女のお腹《なか》に両手を回して押《お》し留《とど》めるしかない。おかげでランジェリードレスの少女も背中全開だ。

腰については結構本気で堪えているのか、目尻に涙を浮かべる食蜂《しょくほう》の肌はしっとり濡《ぬ》れていた。汗の珠《たま》だ。うなじの辺りも薄桃色に上気している。

「ほら拭ける所は自分で何とかしなさいよ。背中は私がやってあげるから」

「私の場合は血行力が良くなればそれだけ甘い香りを振り撒《ま》くから関係ないんですぅ」

「唇《くちびる》尖《とが》らせんな似合わない。ほら、うなじの辺りも」

美琴《みこと》はハンカチを使って食蜂《しょくほう》の首の後ろの辺りをなぞってやり、ついでにほつれた金髪を整えてやる。基本的に根っこが女王様なのか、お世話されている間の食蜂操祈《しょくほうみさき》は為《な》すがままだ。

「七〇点といったところかしらねぇ。御坂《みさか》さん、この調子で精進すればやがてはイイ使用人になれるかもしれないわぁ」

「A.A.A.、上下にばいんばいん」

あばっあばっアハハ!! という謎の掛け声と共に蜂蜜色の少女の腰が跳ね上がった。死なない程度の痛みであちこち痙攣《けいれん》している。こんな調子では自転車のサドルが弱点疑惑を払拭《ふっしょく》できなくなりそうだ。

適当に心をほぐしたところで美琴《みこと》は停止命令を出しつつ、

「……しっかし何かしらね、今の。ガラスの割れるような音だったけど」

「あっ、あぶっ、あの人……廊下に飾ってある薔薇《ばら》の花瓶とか、倒していないと良《い》いけれどぉ……」

ありえる話だった。

こういう場所の美術品や骨董品《こっとうひん》は大抵高額保険で守られているものだが、当然、時価相当の現金さえ戻ってくれれば万事解決とはいかない品も多い。そして人は、意識して避けよう避けようと思うほどドツボにはまっていく生き物なのだ。不幸人間ミスター上条《かみじょう》がちょっと躓《つまず》いてからの奇跡のドミノ倒しをやらかしている可能性は決して低くないようにも思える。

「おっ、戻ってきた」

美琴《みこと》がドアの方を振り返り、適当な調子で呟《つぶや》いた。プールサイドの無防備な準備運動のように、背中のラインが滑らかにしなる。

彼女の一言だけで、食蜂操祈《しょくほうみさき》の胸がちょっと跳ねた。

胸の真ん中、そっと忍ばせた防災ホイッスルの辺りに掌《てのひら》を当ててしまう。当たり前と言えば当たり前のように、ツンツン頭の少年はこちらへ手を振ってきた。だけどその当たり前が、どうしようもなく少女の涙腺を攻撃してくる。

覚えていてくれた。

まだ、ほんの少しだけ、この奇跡は続いてくれるようだった。

そして上条当麻《かみじょうとうま》は寄ってくるなり開口一番、全部ぶっ壊した。

「へい、お嬢さん方。ケータイ持ってない？」

「「はい？」」

「こいつのバッテリーがすっからかんだったばっかりに、とんでもないの撮り損ねた。なんかコンセントは穴の形が全然違うからどうにもならねえしっ」

「「……、」」

「で、思い出したんだよ裏技を！　確か非接触の充電ってあったよな？　ケータイとケータイを重ねて設定いじると、片方をモバイルバッテリーみたいに扱えるんだって。半分、いや三分の一で良《い》い！　ひとまずいざって時に一枚撮れるくらいの電池だけでも分けてくれない？」

そもそもこいつは通路に出て一体何をしていたのだ、の説明もないのにこれである。

そして後からやってきたインデックスが低い声で追及してきた。

「とうまー……。化粧室で半裸のオルソラが見つかったって話は知っているんだよね？」

「おやあ⁉」

タイミングが最悪であった。

能力開発の名門常盤台中学《ときわだいちゆうがく》、その二大お嬢の纏《まと》う空気が変わる。

本能で危険を察したのか、銀髪少女の腕の中にいた三毛猫がするりと抜け出して距離を取っていく。

「バッテリーがすっからかんだったばっかりに……」

「……とんでもないの撮り損ねた、ねぇ？」

「待って違うよ真面目な話だよ……。ていうかムズカシイ言葉を知ってる高校生からバカな中学生どもにモノ申すけど、こういうのは一事不再理の原則をきちんと守ろう？　根本的な提案するけどもういったん神裂《かんざき》からぶっ飛ばされた時点で刑期は終わってんだよ何度も何度も蒸し返されたらほんとに死んじゃうよおッ‼」

しかし上条当麻《かみじょうとうま》、相変わらず言葉が足りないようだ。

それを耳にした少女達はモヤモヤが解消するどころか、ますます眼光が強化されていく。なんか万引き防止のポスターとかで見かける、歌舞伎っぽい化粧のアレみたいな感じになってきた。

代表して銀の子が口を開く。

「つまりとうま、裁かれるような事は起きていたと？」

「うわあああいよいよ面倒臭せえッ!!　そもそも冤罪《えんざい》ってかオルソラは初手からぼろんぼろんだったんだってえ!!!!!!」

かしかしガシガシン！　という硬い音がいくつか連続した。
A.A.A.はバランスボールからちょっとしたベンチ大の路面電車や護送車っぽいゴツい塊に。
そして正面のエッジ部分でお上品に腰掛けていた食蜂操祈《しょくほうみさき》がそっと息を吐いて、中ほどまでお尻を滑らせていく。ロングスカートのスリットのせいでなかなかのビジュアルだ。

突撃準備完了。

暴れ馬にでもまたがるようにして、第五位の少女は告げる。

「はあ……。御坂《みさか》さぁん」

「はいよ」

「ゴー☆」

ドッッッガッッッ!!!!!!　と。

常盤台《ときわだい》の女王を乗せたまま、ベンチ大の塊がツンツン頭を撥《は》ね飛《と》ばした。

一事不再理どころか、疑わしきは罰せずすら機能しねえらしかった。

4

冷たい夜の話だった。

寒空の下、蛍のものとは違うオレンジ色の輝きが明滅する。だが一般的に、それを見て儚《はかな》いとか淡いといった印象を抱く者は稀《まれ》だろう。

煙草《タバコ》の先端を彩《いろど》る火種だったのだ。

ステイル＝マグヌス。

肩までかかる赤い長髪に、二メートル近い巨軀《きょく》。いつもの黒い神父の装束ではなくフォーマルな燕尾服《えんびふく》に着替えてはいるものの、本質の部分は変わっていない。『必要悪の教会《ネセサリウス》』に属する、魔術でもって魔術を撃滅する生粋の殺し屋だ。訳あって後から合流してきた神裂火織《かんざきかおり》やアニェーゼ＝サンクティスらとは辿《たど》った経緯が違う。

同じく長身、どこにでも溶け込める天草式十字凄教の建宮斎字《たてみやさいじ》が呆《あき》れながら呟《つぶや》いていた。

「何だ、こちらに来ていたのか。第一王女付きの名目なら、実質どこでも油を売れたんじゃねえのかよ？」

「……こいつを吸えない場所に長居はできないタチなんでね」

指先で摘《つま》んだ煙草《タバコ》を軽く振って、ウィンザー城の壁に背を預けた神父はそう答えた。

実際のところ、見ていられなかったというのもある。

ドレスに着替えた銀髪の少女は眩《まぶ》しかった。

彼女の笑顔は誰もが望むものだった。それはステイルも変わらない。しかし一方で、どうしても胸に刺さるものを意識してしまう。あの笑顔が、よそへ向けられているという事実に。

記憶のある、なし。

たったそれだけで、あの幸せの向こう側とこちら側という強大極まる一線が引かれてしまっている事実を、嫌でも思い出す羽目になる。

(……七つの大罪か。サタンだかレヴィアタンだか知らないが、感情如きに心を喰《く》われるとは僕も修行が足りない)

建宮《たてみや》からの連想があった。

実際、こいつの上に立つ神裂火織《かんざきかおり》はどう考えているのだろうか。

その辺りはもう割り切って、整理整頓して、ずらりと並んだ引き出しの一つにでも突っ込んでいるのだろうか。

ステイルはそっと首を振る。

集中力強化や鎮静効果を期待しての喫煙も、結局は己の血管を縮めて血圧の変動率を不要に高めるだけだ。煙草《タバコ》を吸うというより、煙草《タバコ》に吸わされているといった感じの時は大体ろくな発想が出てこない。

切り替えるように、神父は呟《つぶや》いた。

「そちらは？　天草式は基本的に屋内警備担当ではなかったのかい」

「特におかしな事は何も。『ヤツ』絡《がら》みなのよな。壊れた窓や廊下の辺りは一通り調べたから、ついでに外の様子も見て回ろうって動きになっただけ」

笑いながら、建宮《たてみや》は頭上を見上げていた。

二階の窓。……と言ってもここは城。一つ一つの部屋が大きいため、天井の高さも違う。普通の建売住宅でものを考えてはいけない。落ちたら骨折、くらいの覚悟が必要な高さだ。

「しっかし、石壁に傷はなさそうなのよな。となると壁を這《は》った訳じゃなくて、一息で目的の窓まで飛びかかった……？　そりゃアニェーゼ達が『被疑者は空を飛んで逃げた可能性がある』なんて報告を飛ばしてくる訳なのよ」

「それよりも重要なのは、どうしていきなり二階を狙ったかだ。こっそり潜るだけなら地べたの一階で構わなかったろうに」

初手で上条当麻《かみじょうとうま》とかち合ったのは幸か不幸か。理屈も見えないままあの右手で撃退してしまうと、『とりあえず異能の力を使っているらしい』以外の情報は何も得られない。あの少年自身だって素人《しろうと》も素人《しろうと》だ。報告の要点を理解していないから、言葉を聞いてもいまいち襲撃時の様子が頭に浮かんでこない。

「よくもまあいちいち引《ひ》っ掻《か》き回《まわ》してくれるものだ」

そこでステイルは言葉を切った。

話を続けるのは構わない。

ただしその場合は、

「……となると、この辺りも騒がしくなるのか」

「第一王女付きだろう？　静けさを求めるなら、いっそリメエア様捜索とでも言い切って城外まで抜け出してしまった方が確実かもしれないのよ」

そうしたいのは山々だったが、そういう訳にもいかないようだ。

あの子と同じ場所にいるのは辛《つら》い。

だが履き違えてはならない。世の中には愛情から憤怒《ふんぬ》や憎悪《ぞうお》に転化していく愚か者もいるようだが、ステイルはそうではない。第一のルールとして、あの少女のいる場所でわずかでも危難があるのなら、それは絶対に取り除かなくてはならなかった。自分の胸に受ける傷や痛みなどは二の次で良《い》い。

そうなると、だ。

「足跡は途中で消えていた」

ルーンが印刷されたカードを一枚放つ。

それはどこにも張り付く事なく、ひらりと夜風に舞いながら、人魂《ひとだま》のように頼りない炎を生み出した。何の重ねがけもしていないのでいつまでも持続はしない。ラミネート加工のカードは自ら形を崩しながら、泡沫《うたかた》のような時だけ闇を拭っていく。

人のものとは思えない足跡がいくつか刻まれていた。

その形もそうだが、一つ一つの間隔が明らかに離れていた。歩いたり走ったりというよりは、直線状に跳んでいる方が近い。

そんな異質な足跡も、城の周りを囲む人工林に近づいた辺りで奇麗に消えていた。

「枝から枝へ伝っていったか、あるいは重力を振り切って空でも飛ぶための『助走』だったのか……」

ここまでは、城外警備を担当していたアニェーゼやホレグレスの報告通りだ。

奥の林の方でちらほらと光源が揺れているのは、おそらく木々や草の間まで捜索して痕跡を見つけようとしているメイドやシスター達が努力を続けているからだろう。芳《かんば》しくないのか、手持ち無沙汰に蜘蛛《くも》の脚のような装備をぎしぎし鳴らしている。

しかしステイルが気にしたのはそこではない。

「侵入から脱出まで、どうにも手際《てぎわ》が良《い》いのが気になるかな……。腐っても王のセカンドハウス、ウィンザー城だぞ。そう簡単に侵犯などできるものか」
「例の化け物が、イギリス式を理解していると？」

建宮《たてみや》は怪訝《けげん》な顔をして、

「……確かにあの戦争ではなりふり構っている暇はなかったのよな。おかげでかなり手の内を明かしてしまった印象もあるが……」

そうなると、国内外に潜む魔術結社か、あるいはローマ正教《せいきょう》やロシア成教《せいきょう》といった他宗派が絡《から》んでいるのか。ローラ＝スチュアート、いいや大悪魔コロンゾンの根がどこまで張っていたかも分からない以上、きちんと全て刈り取れたかどうかも判断が難しい。

そんな風に考えるのが妥当かもしれないが、

「しかし」

「？」

「その割には、魔術を使っている痕跡が見当たらない」

ぱんっ、という小さな音があった。

ステイルが飛ばした風船よりも頼りない人魂《ひとだま》が、何もできず虚空《こくう》で弾《はじ》けた音だった。

サーチは失敗に終わった。

「……具体的には魔力の痕跡がない。ありえるか？　国際規模の魔術セキュリティを理解してすり抜けるほど熟知しておきながら、そいつを全く使わないだなんて。縛りを設けて得する事があるとでも言うのか。あるいは……」

「実行犯が単独とは限らない。行動した者と助言した者で、知識のレベルが違う、のよな？」

「例えば、それこそ、一〇万三〇〇一冊以上の魔道書を頭の中に保有するあの子のような何かがね。でもそいつは具体的に誰だ？」

ステイルは紫煙の香りの混ざった息を吐いて、

「……分かりやすいトカゲ野郎もそうだが、僕はそいつの方がヤバいと思う」

5

それは不幸中の幸いだろうか。

上条当麻《かみじょうとうま》が見たという鮮やかなスカイブルー、有翼のトカゲは、その後何度も何度も同じように襲撃を仕掛けてくる事はなかった。パーティが中止にならないのは喜ぶべきだが、一方で、下手人については何の足取りも分かっていないという話でもある。

「ふう……」

ツンツン頭の少年は腰の後ろを押さえたまま、白い息を吐いていた。

それもそのはず、ダンスホールから直結したバルコニーなのだから。

まるで霧のようにまとわりつこうとする悪い気を笑い飛ばして振り払おうとするような大騒

ぎだったが、あの連中ちょっとやり過ぎだ。最後まで付き合っていると度が過ぎた胴上げで天国まで飛ばされるような事態になりかねない。

「とうま」

と、そんな上条《かみじょう》の背中に少女の声がかかった。

白地に赤紫のライン。

お姫様のようなドレスに身を包み、長い銀髪のサイドをお団子にした少女だった。

ツンツン頭の少年は振り返って、

「……なんつーか、分かってきた事がある」

「？」

小さく首を傾《かし》げるインデックスに、上条《かみじょう》は苦笑した。

「終わらせたくなかったのかもしれないな」

「何を？」

「統括理事長アレイスターは、もういない」

上条当麻《かみじょうとうま》は確かに言った。

単に敵の命運や末路を語っているだけではない。それはじわりと、少年と少女の人生にも影響を及ぼしつつある。

「イギリス清教《せいきょう》のてっぺんにいた最大主教《アークビショップ》のローラ＝スチュアートもだ。俺達、隙間みたいなトコにはまっていたんだよな。だけど左右の壁がなくなっちまったもんだから、亀裂が広がって大きな谷になった。もう、引っかかる事もできない」

科学が支配する学園都市に、魔術の全てを記憶したインデックスがいる。

なのに当たり前に学生寮で寝泊まりして、一緒に暮らしていく事ができた。

その全てを担保してくれた大人達がいきなりみんな消えたのだ。ある日突然両親が事故で亡《な》くなった、とも違う。純粋な利害のようなものが見え隠れして、それが思春期の少年にはどう受け止めて良いのか分からなかった。

だから、

「戦っていれば、ひとまず今の場所にいられると思っていた」

「……、」

「アレイスターとコロンゾンの戦いが続いてくれるなら、学園都市での生活が、ずっと。だから求めていたのかもしれない。何か大きな謎が残っていて、そいつが形を持って襲いかかってきたんじゃないかって」

けど、そんなのはわがままだ。

全ての元凶だったアレイスターやコロンゾン自身さえ、戦いを終わらせるために戦っていたのは間違いない。彼らの苦しみを引き延ばして仮初めの生活を守りたいだなんて、そんな理屈は通らない。

分かっている。

分かっていても、上条当麻《かみじょうとうま》は唇を嚙《か》む。

「……どうする？」

インデックスには、二つの道がある。

このままイギリスに残るか、学園都市に向かうか。

「これからどうする、俺達……」

そして上条当麻《かみじょうとうま》にも、二つの道がある。

アレイスターは消えた。彼の『計画《プラン》』は潰《つい》えた。黒幕のいない学園都市に戻るか、あるいは全く別の道として、右手の力を頼りに魔術の世界へ飛び込むか。

そこに異能の力がある限り、発祥が科学であろうが魔術であろうが幻想殺し《イマジンブレイカー》は適切に機能する。だとすれば、ひょっとしたら、彼はもう学園都市に収まる人間ではないのかもしれない。

インデックスは、しばし言葉を放たなかった。

たっぷりと考えた。

それから可憐《かれん》な唇をうっすらと開いて、言ったのだ。

「……帰ろうよ」

「っ」

選択は為《な》された。

インデックスは帰りたいと言った。それは、まあ、そうだろう。そもそも彼女が日本の学園都市にいた方が不自然な状態だったのだろうから。

そう、上条《かみじょう》は考えた。

後は自分の選択だと。

しかしインデックスは笑ってこう続けたのだ。

「私達の学園都市に。だって、そのために戦ってきたんでしょ。そうじゃないと、命を張ってきた意味がないもん」

「それで良《い》いのか、本当に……？」

上条《かみじょう》はどうして自分の体が震えているのか、理由も摑めなかった。

震えていた。

「だってここはお前の生まれ故郷で、もう縛るものは何もなくて、帰りたいって願えばいつでも帰れるんだぞ!! だったら、本当は……っ!!」

「それなら、あるんだよ」

お姫様のようなドレスを纏《まと》う銀髪の少女は、うっすらと笑った。

いつもと違う少女の笑みだった。

「私を縛ってくれるものなら、もう、すでに。でもそれは悪い事じゃない。とうま、だから帰ろう？ 私達が帰るべき場所は、きっと今思い浮かべている場所なんだよ。それは、簡単に畳んでなくしてしまえるような安いものじゃない」

言葉がなかった。

本当は何かを言わなくてはならなかった。

ロンドンに留《とど》まれば、インデックスがその才能を埋もれさせる事はない。ステイルとか神裂《かんざき》とか、この国にもインデックスを待っていてくれる人は確かにいる。無理して学園都市の生活に戻る必要なんかない。何度でも熟考して最高の答えを見つけるべきなんだって。

でも、できない。

どうしても、できない。

どんなに醜くても、どれほど浅ましくても。彼女がほんの一ミリでも心変わりをしてしまうような言葉を出す事が、上条《かみじょう》にはできない。

だから、自然と無言の時間が続いた。

誰もいないバルコニーで、瞳と瞳を合わせる時間だけが、ゆっくりと。

どこかの誰かが戦争終結を祝って花火でも打ち上げたのだろう。冬の闇をカラフルな色で彩《いろど》るように、バルコニーの外では大きな打ち上げ花火がいくつも華を咲かせていた。だけど少年も少女も、そちらへ視線を振る事はなかった。

「インデックス……」

そう、呟《つぶや》いていた。

彼女の細い左右の肩に、自然と両手が乗っていた。

自分が何をしようとしているか上条《かみじょう》にも理解できていなかったかもしれない。

細い肩に手を置いた時に、左右のお団子に少年の指先が触れてしまったのか。

しゅるりと。

線の細い少女が頭の左右でお団子にしていた銀の髪がほどける。

月明かりの中で大きく輝きを増していく。

インデックスは、そっと顔を上に向けていく。

そのまま、だ。

少女はわずかに首を傾《かし》げるような素振りを見せていた。

その時だ。

6

ヒュンッ!! と。

風を切るような音と共に、『何か』が二階のバルコニーの手すりを一息に乗り越えてきた。

破砕。

ガラスが砕け、樫《かし》の木枠がへし折れる轟音《ごうおん》がブレンドされた衝撃波。

「ちぃィッ⁉」

猛烈な体当たりだった。

ヤツはバルコニーの手すりを乗り越えてこちらへ突っ込んできた途端、そのままの速度で上条《かみじょう》の脇腹へ突っ込んだのだ。重力を忘れ、インデックスを捨て置いて勢い良く飛ぶ。ガラス窓を容赦なく転がって、パーティ会場の床を転がり、その鉤爪《かぎづめ》で豪華な絨毯《じゅうたん》を毟《むし》り取《と》るようにして、両者は必死になってマウントの取り合いを繰り広げていく。

誰もが『それ』を見た。

様々な悲鳴や怒号を交えてだ。

ぬめるような光沢を放っているものは、体表で筋肉のラインに沿って流れている無数の糸のような何かだ。全体ではスカイブルー、それからレモンイエローのラインがいくつか。南国の蛇やカエルにも似ているが、端的にこれというものはおそらく自然界に存在しない。二メートル強の巨軀《きょく》は四足というより明確に手と足が分かれていて、その頭部は鰐《わに》にも似た凶悪な大顎が自己主張していた。コウモリのような薄膜の翼と共に、太い尾の先まで力がみなぎっているのが分かる。苛立《いらだ》たしげに左右に振り回されるサインの意味は摑《つか》みかねるが、少なくとも友好的には見えない。

有翼のトカゲ。

あるいは、竜。

悪魔の象徴でありながら、家や組織を示す紋章にも使われる奇妙なモチーフ。善悪の二元論がきっちり分かれる西洋の世界で、その二つを横断する例外的な存在。

「また会ったな……」

再度の襲撃。いいや逃げたのではなく、最初から襲うために身を潜めていたのか。

小さな三毛猫さえ総毛立っていた。

最終的に上を取ったのはそいつの方だった。組み敷かれた上条当麻《かみじょうとうま》は、顔と言わず全身から緊張の汗を噴き出しつつ、それでも無理して笑う。

束《つか》の間《ま》、一体どこから紛れ込んだのか、おかしな色彩が瞬《またた》いた。

ショッキングピンク。

それに、エメラルド。

出処は、右手の指先か。

「そして嬉《うれ》しいよ、これは嘘《うそ》じゃない。お前って謎さえ残っていれば、怖い思いなんか全部忘れられそうだッ!!」

ゴォア!! と。

咆哮《ほうこう》と共に、その右手が水平に振られた。ジャコン!! というバネ仕掛《じか》けのような音と共に、太い鉤爪《かぎづめ》が何本も同時に飛び出す。

しかしツンツン頭が胴体から離れて転がる事はなかった。

「何よっ、こいつ!?」

余計な闖入者《ちんにゆうしや》に、『よそからの視線』を再認識したのか。

青系のランジェリードレスであちこち透けている体を自分の両腕で抱き、くの字に折り曲げて背中を丸めて顔を赤くしながらも、頭の後ろへヴェールを流した御坂美琴《みさかみこと》が吼《ほ》えたのだ。

恥ずかしさの熱を振り切って。

上体を覆っていた右手を前に突き出す。

ッッッドン!! と、身の丈より巨大な太鼓でも叩《たた》くような衝撃波がパーティ会場に炸裂《さくれつ》し、まだ無事だった窓が片っ端から割れていった。容赦なし。初手からの超電磁砲《レールガン》。音速の三倍もの速度で加速されたゲームセンターのコインがオレンジ色の軌跡を残し、容赦なく化け物の脇腹へ突き刺さる。

折れた。

ひしゃげるような音があった。

それでもヤツは止まら……ない!?

ゴンッ!! という太い音と共に、改めて化け物の右腕が振り下ろされる。スカイブルーに輝く流星が落ちる。下に敷かれた上条《かみじよう》がとっさに動かしたのは己の首ではなく、右腕の方だった。

今の一撃で軌道がわずかにブレたのか。
ギリギリのところで喰《く》いそびれ、絨毯《じゅうたん》ごと硬い床をめくり上げる。
手首に傷をつけられても致命傷になりかねないが、そういう狙いではないだろう。
幻想殺し《イマジンブレイカー》。
その少年の右手には、あまりにも重大な意味が込められている。
「ははっ！　なるほどな、そう考えるか⁉」
上条《かみじょう》の好戦的な笑みを待たず、もう一度。
振り上げた鉤爪《かぎづめ》が狙っているのは、やはりツンツン頭の右手首か。
あるいは、切り取って我が物とするつもりなのか。
そんな風に考えた魔術師だっていたかもしれない。
でも違う。
あくまでも、その化け物が上条当麻《かみじょうとうま》の右手にこだわり続けた理由はただ一つ。
バギンッ‼　と。
奇妙な音が炸裂《さくれつ》した。
接触。

上条当麻《かみじょうとうま》の幻想殺《イマジンブレイカー》しに有翼のトカゲの鉤爪《かぎづめ》が触れた途端であった。

破壊の音が広がる。

その拍子にわずかに力が抜けたのか、

「はっ!!」

笑って、ツンツン頭の少年が膝を折り畳んだ。奇怪な竜の腹に足の裏を乗せ、そのまま蹴り上げる。

もはや相手も抵抗しなかった。

床に転がった途端に、亀裂が広がる。バキ、パキ、ベキ！　と。硬い殻を割っていくように、鮮やかなスカイブルーの繊維で作られたトカゲの肌が次々に壊れていく。

それが、ある一線を越えた時だった。

ぎゅるんっ!!　と。

スカイブルーとレモンイエローが渦を巻いた。いいや正確には、有翼のトカゲの右前脚……あるいは、右手とでも呼ぶべきか。その手首の部分へ異形としての外殻が全部吸い込まれていくのだ。バスタブの栓を抜いて溜《た》めていたお湯を全部流してしまうように。

手首に大きなコウモリでも留《と》まったようだった。

だがそれも、完全に引っ込んでしまう。

スカイブルーの外殻がなくなれば、当然、それ以外のものが外気にさらされる。

中身だけが残る。

ここからが本質。

倒すべき対象の、暴露。

前哨戦《ぜんしようせん》は終わったのだ。自然と緊張感が高まる。死に物狂いの抵抗の時は近い。

パーティ会場にいた誰もが息を呑《の》む。その全員が目撃者となった。

有翼のトカゲ。

そんな異形の奥から覗《のぞ》いたモノ。

全ての元凶。

その正体は、ツンツン頭の高校生だった。

今まで誰もが見慣れていた少年が、世界に顔を出したのだ。

7

そもそも一体何が起きていたのか。

全てを知るには、視点を変えて時系列を戻して眺める必要がある。

「あ、あああ、あああ!!!???」

ボゴンッ!!　と。

何かが弾《はじ》けるような音が、分厚い氷で覆われたイギリス―アイルランド間の内海で炸裂《さくれつ》した。

戦争終結の直前、元凶として君臨していたコロンゾンやアレイスターを道連れに沈みゆくクイーンブリタニア号に皆の視線が吸い寄せられていた、その時の話であった。

全く別次元の話があった。

国と国、世界の行方なんて大仰な話ではない、あまりにも小さくてパーソナルな問題。

氷の粒が地吹雪のように舞い上がり、おそらくここで起きた事はウサギグレイのバルーンにぶら下がるインデックスにも見えなかっただろう。

上条当麻《かみじょうとうま》の右腕が、肩の所から爆発したのだ。

外から何かをされたのではない。

むしろ、内側から吹き荒れる力を押さえ込めずに。

「――――ツッツ!!」

もはや痛みを堪えきれなかった。

何をどう叫んだのかは分からない。千切れた右肩を空いた手で押さえ、足に力も入らず分厚い氷の上を転がる。ポケットにあった財布や携帯電話が散らばっていくが、気にしている余裕もない。とにかく舌を噛《か》まないようにするので必死だった。

それでも、両目を瞑《つむ》る事だけはできなかった。

目の前で、何かが起きていた。

(なっ、ん……ッ？)

右腕だった。

重力へ抗《あらが》うように、それはいつまでも白い虚空《こくう》に浮かんでいた。

いや、不思議な話ではないはずだ。これまでも何度も見てきたはずだ。たまたま自分にとってプラスに働く時だけ見て見ぬふりして、制御を離れた途端に気味悪がるのでは筋が通らない。

上条《かみじょう》の体から離れた右肩、真っ赤な血の滴《したた》る断面がよじれた。

違う。

カチカチカシャシャシャシャという小さな音があった。

(何の……？)

上条《かみじょう》が疑問に思った直後だった。

右肩の断面からほんの少し、一五センチほど離れた空中に、奇妙に人工物臭い三角柱が浮いていた。その側面はキーボードのようなマス目で区切られ、ひとりでに出し入れされている。

見過ごすはずがない。

なのに現実に異物は目の前にある。

「風きr……い、いや違うッ!?」

叫ぶ。

例の三角柱が蒼《あお》ざめたプラチナの輝きを放ち、上条《かみじょう》は顔をしかめる。

そして音もなく、だった。

三角柱には頭を、肩から先は右腕を。

ぴったり重ねるように、全く同じ顔の少年が丸々一人、目の前に立っていたのだ。

どこから、どうやって現れたのかなんて考えている次元ではなかった。

単純に生物の理屈だけでは説明できないのか。

さらにその上から怪物を覆っていったのは、上条《かみじょう》が身に纏《まと》うものと全く同じ衣服だ。

「お、まえ……？」

呆然《ぼうぜん》とするしかない。

いや、呆然《ぼうぜん》では行動の選択として成立していない。

右手を失った上条当麻《かみじょうとうま》には何もできなかった。全く同じ顔をしたツンツン頭の高校生に向けて、呟《つぶや》くくらいしかできなかった。

「お前は、一体……ッ!?」

「幻想殺しは切り札の一つ？　使うのは自分？」

鼻で笑うような言葉があった。

びしり、びきり、と。亀裂に似た音が空気を震わせる。

ショッキングピンクの光がヤツの口の端で、目尻の辺りではエメラルドがわずかに瞬《またた》く。上《うわ》っ面《つら》は奇麗なものだが、体の表か裏か区別の難しい粘膜に近い部分は向こうも処理に迷うのか。

ヤツは。

悠々と、やけに生々しい右手でもって、分厚い氷の上に落ちた携帯電話を拾い上げていた。

「笑わせんなよハナタレ坊主《ぼうず》。ただのガキから右手《こいつ》を奪っちまったら何が残るってんだ？　誰がそんな上条当麻《かみじょうとうま》を上条当麻《かみじょうとうま》として認めてくれるんだよ」

びぢっ、と。

濡《ぬ》れた長い髪束をコンクリートの壁に叩《たた》きつけるような音があった。

上条当麻《かみじょうとうま》の右肩。千切れて何もなくなったはずの空白を埋めるように、スカイブルーの糸がよじれていた。まるで強靭《きょうじん》な筋肉の束のように、あっという間に人間の腕に似たシルエットを作り上げていく。完成に伴って、頭の中でスパークを起こすようなあの激痛が引いていくのが分かる。携帯電話を掴《つか》む向こうと違って、上条《かみじょう》はその五指で足元にあった財布を手に取る。

(腕……?)

異常なビジュアルよりも、だ。

まず痛みがなくなった事で、頭よりも体の方が先に状況を受け入れ始めてしまっている事実に、ツンツン頭の少年は戦《おのの》いていた。自分の目で見たものしか信じない、という当たり前の思考が、信じ難い、受け入れ難いものを目撃してしまった事で逆に牙を剝《む》いてきたのだ。

目の前にあるのは、自分の体の一部である。

拒絶する必要のないモノだと。

(このサイケデリックなのが、俺の腕……???)

疑問を感じている暇もなかった。

ボゴン!! と。再びの爆発音と共に、一度は形を保ったはずのスカイブルーの腕が巨大な顎のように開いたのだ。目の前の敵ではなく、上条当麻《かみじょうとうま》自身を吞《の》み込《こ》むために。

押さえつけるものは、もうない。

幻想殺し《イマジンブレイカー》は向こうに渡っている。

「『これ』なくして、何が上条当麻《かみじょうとうま》だ」

にたにたと笑って、そいつは五指を握って開いた。

本来だったら上条当麻《かみじょうとうま》の中に収まっていなくてはならない『力』を誇示するように。

「なくなったらどうなるか、その身で思い知れよ」

8

つまり。

つまり。

つまり、だ。


「……どっちが、どちらが本物の上条当麻《かみじょうとうま》なんだ？」


英国女王《クイーンレグナント》エリザードの言葉が、歴史あるウィンザー城のダンスホールに響き渡った。

風景から浮いているのは二点。

びしり、みきりという亀裂のような音があった。

片方はこれまで通り、タキシードやアスコットタイを纏《まと》ったツンツン頭の少年。

そしてもう片方は、右腕の代わりに飛び出した異形も異形、合成着色料で染め上げたようなスカイブルーの筋肉で代用する高校生。

見た目の上ではほとんど変わらない。

であれば全員の注目は、自然とある一点に集約されてしまう。

そう。

とある少年がこれまで自分の命を預けてきた、右腕の差異に。

「でっ、でも」

誰もが知る少年が口を開いた。

つまりこれまでも和やかなパーティ会場で笑い合っていた、慣れないタキシードを着た少年が。

「だって、分かり切ってるだろ、そんなの！」

緊張して。

口ごもって。

不意打ちで職務質問された時のような、いわれのない疑いをかけられた時どつぼにはまっていくような、むしろ真っ白な挙動不審さで、だ。

「異能の力なら何でも打ち消す右手の『幻想殺し』を頼りに、学園都市に迷い込んできたインデックスを助けるために戦ったのがきっかけだったっけ？　そうそう、最初に来たのはステイル、でも次の神裂がヤバかったんだよ！　ええと、ええと、そうだっ、最後の最後にゃインデックスそのものに組み込まれていた『自動書記』とぶつかる羽目になったけど、そうだよな。

思えばあの時からローラ……ってか大悪魔コロンゾンの仕込みは始まっていたんだよな」

正しい、ような気がする。

スカイブルーにレモンイエローの腕を持つ少年はわずかに目を細める。

驚きはない。まるで想定済みの質問を突き付けられたようだった。

上条当麻《かみじょうとうま》という少年の辿《たど》ってきた道について、エリザードは『清教派《せいきょうは》』から報告を受けていたし、乱闘の音に応じて駆け付けたアニェーゼやルチアも特に異議は出さない。

ただし。

当のインデックス本人が怪訝《けげん》な顔をしているのが異質と言えば異質だったか。

「これまであった事ならきちんと全部話せる。嘘発見器？　とかいうのをつけてもらっても良いし、そうだっ、何だったらそっちの食蜂に調べてもらっても構わないし！　あいつの『心理掌握』は本物なんだ、精神系最強で人の心にまつわる事なら何でもできるんだから。俺の頭を覗いてもらえば言っている事が全部正しいのは分かるはずだ！　ほら、ちゃんと言える!!　だろ!?」

やはり、内容は間違っていない。

これまで一緒にいたタキシードの少年の携帯電話を、美琴《みこと》は見た事がある。細かい傷の位置まで覚えていた。

「幻想殺し《イマジンブレイカー》を使えるのは、そちらの方なんですよね……」

「そ、それなら決まりなのではないですか？」

五和《いつわ》やヴィリアンもまた、そんな風に言っていた。

ただ、

「……、」

一方で、音もなく視線が変化していくのは神裂火織《かんざきかおり》だ。様子見から不審へと、じわりと顔色が移り変わっていく。

この中で、果たして何人が気づいているだろうか。

正しい事をただ機械的に言えてしまうのが正しくないのだという矛盾に。

蜂蜜色の少女がくしゃりと顔を歪《ゆが》めるのを見て、傍《かたわ》らで彼女の体重を支えていた御坂美琴《みさかみこと》もまた違和感に確信を得ていくようだった。

「だってそうだろ？　せ、正確な記憶のあるなしが怪物を見分ける方法になるんだったら、全てを知っている俺が上条当麻《かみじょうとうま》って事になる！　だろ⁉　まさかその逆なんてありえない。こっ、言葉に出してみればおかしいって分かるぞ。記憶をなくしている方が、正しい意味での上条当麻だっていう証明になるなんて‼」

「……ッ!!」

何かがおかしいと分かっていても、そいつを明確に口に出せなければ、いいや市民権を得られなければそれまでだ。

ぬめった光沢。

スカイブルーにレモンイエロー。自然界には絶対存在しないが、兵器や装備と呼ぶにはあまりに生々しいその輝き。

「右手が、壊れた……」

『怪物』の声は、絞り出すようだった。

自分でも説明のしようがないものを説明しろと迫られている。

変わり果てた右手を押さえ、そんな苦悩を滲《にじ》み出《だ》しながら。

「信じてもらうのは難しいかもしれない。でもっ、俺の右腕にはまだ何かあるっ!!　あいつはその秘密を握っているんだ。だって、腕を中心にもう一人っ

タキシードの少年は傍《かたわ》らに手を伸ばした。

唖然《あぜん》としていた泣きぼくろのメイド、彼女の手にしていた銀のトレイの上から何かを掴《つか》んだ音だった。

直後だ。

逆さに摑《つか》んだワインの酒瓶で、スカイブルーの腕の高校生の頭を容赦なく。

殴りつけたのだ。

「ガッ⁉」

ガラスの砕ける暴力的な大音響に、誰もが身をすくめた。

こういう時普通の人ならかえって挙動不審になってしまうのだろうか。タキシードとアスコットタイの少年だけが笑って、ゆっくりと息を吐いた。

どこか肩の力を抜いて。

右手で。人を殺す事は躊躇《ためら》い続《つづ》けてきたその手で、ぎらついた凶器を握り込んで。

「……聞かなくて良い。こんなヤツにしゃべらせるから混乱が広がっていく。いきなり飛び込んできて、誰がこんな野郎に騙《だま》されるもんか」

まだ倒れない。

スカイブルーの腕の高校生は、体をくの字に折れ曲げたまま、歯を食いしばって耐える。

ぼたぼたと額やこめかみから垂れているのは、赤のワインか、あるいは人の血か。

三毛猫が鳴き声を上げ、すり寄る。

これまで一緒にいた少年ではなく、極彩色、異形の腕を持つ化け物の方に。猫は基本的に強い匂いを嫌う生き物だ。普通なら血やワインの混ざり合った所へは近づこうともしないはずなのに、それでも。

その。

両者の間で何かしらの差異が生じるのを嫌ったのか。

目元をわずかに痙攣《けいれん》させたタキシードの少年が、空いた手で長テーブルの上にあった銀食器を思い切り横に払いのけた。束でまとめられていた鋭いフォークが土砂降りのように落ちる派手な音と共に、三毛猫のいる辺りにぶちまけられていく。

「スフィンクスッ⁉」

応急セットを手にしておろおろしていたインデックスから悲痛な声が飛び出しても、タキシードに身を包む少年は表情を変えない。

全身で威嚇するような低い鳴き声があった。

すんでの所で大出血は避けたようだが、今のは偶然に過ぎない。猫は基本的に後ろへ飛び下がれない構造の生き物だ。もう少しだけ着弾点がズレていたら、どうなっていた事か。

だけど。

それでもだ。

目元から涙すら浮かべそうな一人の少女にではなく、割れた瓶を右手で持つ少年は全体を見渡してこう宣言していた。

「せっかく戦争が終わったんだぞ。もうこれ以上なんか真っ平だ、こんなヤツにいきなり引《ひ》っ掻《か》き回《まわ》されてたまるかよ。俺は、誰も、失わない。戦争を乗り切ったんだ、ここまできて人死になんか絶対許さない」

タキシードの少年は砕けた瓶を手放さなかった。

スカイブルーにレモンイエローの腕を持つ少年は、痛みを堪えながらもバランスを保とうとしていたと思う。長テーブルの上に並べられていた料理を倒さないように。

だから。

足を振り上げ、その靴底で勢い良く長テーブルを蹴倒したのは、タキシードを纏《まと》う少年の方だった。

ひょっとしたら、それはよろめいたもう一人の少年が和食用の刺身包丁や吊《つ》るし切《ぎ》りに使う傘より太い金属フックなど、武器になるものを遠ざけたかったのかもしれない。

合理的なアクションだったのかもしれない。

ただし……。

ぐじっと。

彼らなりに東洋の少年達を想《おも》って用意してくれたのだろう、変わった名前の太巻をその足で踏みつけにして。

一瞬、何かおかしな色彩が瞬《また》いた。

ショッキングピンクに、エメラルド。

だが割れた酒瓶や滴《したた》るワイン……でもなさそうだが。

むしろ少年はギザギザになった断面をナイフのように誇示して、

「そのためだったら何だってする。それが上条当麻《かみじょうとうま》ってもんだろ‼　右手の力が届かないから潔《いさぎよ》く諦める？　そんな訳があるかっ‼　使えるものは何でも使う。むしろ普通に考えたら絶対太刀打ちできないような相手でも、守りたいものがあればどんな手でも使って卑怯《ひきょう》に小賢《こざか》しく騙《だま》し抜《ぬ》いて勝ちを獲《と》りに行くッ‼　それが上条当麻《かみじょうとうま》ってものじゃあねえのかよ⁉　なあ、おい‼」

返事がなければ、突き刺して殺す。

あまりにもシンプルなアクションに対し、エリザードが叫ぶ。

「情報については後で見定めれば良い。どちらも拘束して別々の部屋へ放り込め‼」

実はその時点で流れは決まっていたかもしれない。

とっさに殺しを止める。

そう考えて動いた時点で、エリザードが誰を守ろうとしたのかが。

ただし、だ。

慣れないタキシードを纏《まと》った少年は全てを知っていた。

だから、彼は笑ってアキレス腱《けん》を突いてきた。

「食蜂」

「っ」

棘《とげ》を持つ花。

神秘、歪《ゆが》み、異変の中心が、蜜蜂を誘う。

びくりと肩を震わせるドレスの少女の方へ視線も投げずに、

「どっちが、い、い、い、上条当麻だと思う？　銀色の防災ホイッスルを吹いた時、きちんと駆けつけてくるのは一体どっちか。アンタがそうだと思った方に手を貸せよ、そいつが答えだ」

「ばっ……」

反射的に激昂《げっこう》したのは、蜂蜜色の少女本人ではなかった。

傍《かたわ》らで彼女を支えていた御坂美琴《みさかみこと》が叫ぶ。

「そんなの通用する訳ないでしょ！『肉体変化《メタモルフォーゼ》』？　あるいは『物質生成《クリエイション》』の生体組織版？どっちにしたって、よくもまあ今の今までいけしゃあしゃあと知り合いのふりして輪の中に紛れ込んでくれたわね。食蜂《しょくほう》、コンビネーションでこんなクソ野郎叩《たた》き潰《つぶ》すわよ!!　私は物理、アンタは精神から!!」

当然、そうなると思っていた。

彼女の良く知るあの馬鹿は、少なくともいきなり人を酒瓶で殴り割れた鋭い断面でお腹《なか》を刺そうだなんて考えないはずだと。確かに携帯電話の件はまだ胸の片隅で疼《うず》いているが、冷静に考えればどちらかが奪って我が物にした可能性もゼロではない。それだけでは決定的な判断材料にはできないはずだ。

だけど。

気がつけば、変化が消えていた。

シンと静まり返ったダンスホール。まるでとてつもない失言を放ってしまった後の居心地の悪い空気のような、薄気味悪い沈黙が場を支配していく。

市民権を得られなかった。

の、ではない。

「……しょく、蜂《ほう》……？」

気づいて、御坂美琴《みさかみこと》はゆっくりと視線を横に振った。

すぐ隣へ。

信じられないものを見る目をしていたと思う。

「食蜂《しょくほう》、嘘《うそ》でしょ。アンタまさか……ッ‼」

くしゃくしゃになった顔があった。ブランドバッグから取り出したテレビのリモコンを掴《つか》んだままの、食蜂操祈《しょくほうみさき》が。そこにあったのは、常盤台中学最大派閥《ときわだいちゅうがくさいだいはばつ》の女王でも、七人しかいない超能力者《レベル5》の一角『心理掌握《メンタルアウト》』でもない。崖っぷちまで追い詰められ、そこまでいっても答えを見つける事のできない迷子の少女でしかなかった。

そのほっそりとした手の中から、リモコンが滑り落ちる。

だけど常盤台《ときわだい》の女王は降参した訳でも、正気を取り戻した訳でもない。

ばぢっ、という弾けるような鈍い音があった。


「……んな、さい……」


正しいか、正しくないか。

それはもう分かっているのかもしれない。

分かっていても正しく行動できるとは限らないのが、人間という生き物なのだから。

たとえ、その足元で三毛猫がみゃあみゃあ鳴いても。

一人ぼっちの少女は、止まれない。

暴走が。

人体の水分を操作して人の心を支配するその能力が、荒れ狂う。

「だってあの人は、私を覚えていてくれる。奇跡でも偶然でも良い。そもそも理屈なんかいらない。それでも……。それでも、どんな姿になろうが、何をしようが」

泣いていた。

ボロボロと少女は泣いていた。

自分のしでかしてしまった事の意味を理解していながら、それでも間違いを正す事もできずに。

蜂蜜色の髪の上でミニハットが揺れる。

偽りの冠が、だ。

「もしも、記憶のあるなしで線を引いて。もしも、上条さんがこの世に二人いるとしたら」

このダンスホール。

英国女王《クイーンレグナント》を含む戦争の勝者達を丸ごと操って、乗っ取って、手中に収めて。

嗚咽《おえつ》に震えないよう自分の唇を噛《か》み締《し》めて、迷子のように涙をこぼす食蜂操祈《しょくほうみさき》はこう叫んだのだ。

ただ一人。

普通の方法では支配のできない少女を見据え、一気に強固な壁を貫くように。

安物の防災ホイッスルを握り込んで。

叫ぶ。

「あの人が、同じ夏を過ごしてくれた上条さんだから……ッ‼　だからごめんなさぁい、御坂さぁんっっっ‼‼‼」


ぱぁんっ‼　という乾いた音が炸裂《さくれつ》した。

本来ならミクロなレベルで水分を操り、人の心を支配するために使う力が暴走した結果だ。長テーブルの上に置かれていた大きな七面鳥が綿ぼこりのように弾《はじ》け飛《と》び、床に散らばっている毒々しいほど真っ赤なワインが瞬《また》く間《ま》に沸騰していく。

偶然でも流れ弾に直撃すれば、銀の鎧《よろい》すら砂の像のように崩してしまうだろう。

そいつが蜂蜜色の少女を中心にサーチライトをぐるりと回すようにダンスホール一帯を大雑把に扱《えぐ》ってから、第三位の、頭蓋骨で守られた領域にまで差し向けられる。

チェーンソーを使って脳外科手術を執刀する乱暴さで。


「……っ‼」

それで御坂美琴《みさかみこと》の針も振り切れた。

第五位の『分からず屋《コドモ》』は言っている。

崖の縁、際の際まで追い詰められて。震えて、間違いしか選択できなくなって。

だから。

こんな自分の代わりに正しい事をやってくれ、と。

バヂンッ!!　という。

美琴《みこと》のこめかみを貫くような頭痛が、しかし直後にすっと引いていくのが分かった。拒絶できずに、潜り込んできているのだ。

「ぎっ、き!!」

時間はない。

できる事は限られている。

昔とは状況が違う。美琴《みこと》が『心理掌握《メンタルアウト》』を免《まぬが》れていたのは、第三位の超能力《レベル5》である『超電磁砲《レールガン》』の特性の他、そもそも食蜂操祈《しょくほうみさき》の能力そのものに対する強い不信感が強固な壁として機能していたからだ。そこへきての、暴走覚悟の力業。今のままでは食蜂操祈《しょくほうみさき》の能力が、御坂美琴《みさかみこと》の脳まで届いてしまう。

とはいえ、今すぐ防備を再構築するのは難しい。

だってそれは、ボロボロに涙を流す蜂蜜色の少女を見て、ざまあみろと思えるような心を作り直せと迫られるのと同じだったから。

できるものか。

同じ夏というのが、具体的にどの夏の話なのかも知らないけど。

心の事なら何でも操る食蜂操祈《しょくほうみさき》がそれでも絶対に自分の頭へリモコンを向けられなかった。何があっても、どんなに辛《つら》くても、どうしても忘れたくなかった。そんな想《おも》いの欠片《かけら》を、よそから勝手に土足で踏《ふ》み躙《にじ》って笑う事など絶対にできるものか。

これはもう、いつもの『心理掌握《メンタルアウト》』ですらない。

外から何の補助もなく一瞬にしてウィンザー城全体を侵食するなんてまともではない。

ジリジリという、頭の後ろのノイズが強まる。

おそらく美琴《みこと》も、このままではもう一〇秒と保たない。

その上で、

（最優先はあの馬鹿を包囲の輪の外へ逃がす事。私だって食蜂《しょくほう》の支配から逃れられるか分からないっ。タンデムで許可を出し過ぎたのが災いしたわね……このままじゃ『心理掌握《メンタルアウト》』の網にかかる!!　けど一体どうしたらっ⁉）

みゃあ、という鳴き声があった。

床の上から何かを訴えている、小さな三毛猫だ。

そう。

食蜂操祈の『心理掌握』は、人間以外には通用しない。

派手な能力も兵器もない。だけど何の殺傷力もないその小さな鳴き声で、反撃の方向は決まった。少なくとも、何もできずにタイムアップはありえない。

（ないすっ、アシスト!!）

「ああアアッ!!」

元々は、物騒な武器の形をなくして、腰を痛めている食蜂《しょくほう》を支えるための椅子役としても応用してきたものだった。

ちょっとしたベンチくらいのサイズの、たくさん車輪のついた路面電車や護送車に似た塊。

つまり、

「やりなさい、A.A.A.!!」

純粋な機械製品だけは『心理掌握《メンタルアウト》』でも支配できない。手動コマンドを出している美琴《みこと》自身が脳をわし掴《づか》みにされる前に、彼女は絶対に横槍《よこやり》を入れられないようシンプル極まりない命令を飛ばす。

まるで大きな鐘を撞《つ》くようだった。

スカイブルーの腕をレモンイエローで彩《いろど》った、自然界の配色からぶっ飛んでしまった少年。

いいや。

上条当麻《かみじょうとうま》を容赦なく撥《は》ね飛《と》ばし、二階の窓から放り捨てたのだ。

「任せた、わよ……」

ただ一人、網の外へ逃れていく極彩色の少年を見て、美琴《みこと》はうっすらと笑った。

視界から、消える。

これで良《い》い。

手の中から離れてしまったけど、希望を残す事はできた。

「目の前で女の子が追い詰められて泣かされてんの。こんなの見せつけられて黙っていられるほど、アンタは安い男じゃあないわよねぇッ!!」

ここが限界。

学園都市第三位、超電磁砲《レールガン》の意識が落ちる。

直後だ。乳白色の背中側に大きなヴェールを流した御坂美琴《みさかみこと》の頭の後ろから強烈なノイズが這《は》い寄《よ》り、視界の端から目の前の全てを奪い去っていった。

『心理掌握《メンタルアウト》』の大顎が、閉じる。

戦争の勝者達を丸ごと呑み込み、新たな脅威が顔を出す。

完全だけど、それ故にどこか歪《ゆが》んで固まってしまった、停滞と硬化の支配体制。

強大な、悪と呼ばれる何かが。

行間　二

「ふん、ふん、ふん、ふん」

処刑塔《ロンドンとう》の一角、誰もが恐れる血と闇のへばりついた密室では、耳にするだけなら一〇歳くらいの可憐《かれん》な少女の声が気軽に響いていた。

赤みの強いブロンドをいくつもの平べったいエビフライにした髪が、まとまりごとに揺れていた。

アンナ＝シュプレンゲル。

実際に使用せずともそのビジュアルだけで世界を震撼《しんかん》させた審問椅子も、彼女の興味を保つ事はできなかったらしい。今は椅子を降りて、両足をハの字にして床へ直接ぺたりと腰を下ろしている。

が、

「つめたっ」

『お尻を上げるな。いい加減、サイズに合った衣類を用意してはどうかね』

天井にそっと立つのは聖守護天使エイワス。

あるいは逆さに浮かんでいる、とも表現できるかもしれない。

体のサイズに合わないドレスを胸元に寄せているだけのアンナ＝シュプレンゲルは、防御力で言えば裸エプロンとどっこいどっこいでしかない。が、当の本人は唇を尖《とが》らせると、

「好みに合わないのよね。デザインも、質感も」

『それはまあ、君の実年齢に合わせたら一世紀近くセンスを巻き戻さないとならないだろう』

「ぶー、看板だけなら二〇〇年でも三〇〇年でもぶら下げている仕立て屋なんてそこらじゅうにあるのに。みんな代替わりして伝統を見失っているんだもの」

そんな風に言い合いながら、だ。

ぺたりと冷たい石の床へ直接お尻を下ろす（見た目だけなら）小柄な少女の周りには、一体何に使うのか、細くて頑丈そうな縄が蛇のように伸びていた。その指先は何かを摘《つま》んでいる。

直径だけならコインよりも小さな、丸い塊。辺りにキャラメルやチョコレートの菓子箱が散乱しているものの、正体については少々違う。

ある意味では、不死の丸薬。

ただし薔薇《ばら》の伝説に焦がれる万人が満足するとは限らないが。

「あむ」

何の気なしに口へ放り込み、艶《なま》めかしい舌と柔らかい頰の内側で押し潰すように口を動かす。メレンゲよりもあっさりと形が崩れてしまった。アンナは細い喉を鳴らして胃の奥まで落とす。

彼女が言うには、

「……質が落ちたわね、サンジェルマン」

『頭脳侵食細菌を取り込んでおいて、出てくる感想はそれだけかね。お嬢』

危うく学園都市に蔓延《まんえん》しかけたドライイーストのような塊については、事件終了後に密閉容器に保存した上で魔術を得意とするイギリス側へと空輸されていた。つまりアンナ＝シュプレンゲルが今弄んでいるのは監獄に幽閉されていた、強毒性のサンジェルマンだ。木原唯一《きはらゆいいつ》がこっそり確保して独自の改良を施した弱毒性ではなく、極めてリスクの高いオリジナルである。

しかし、

「少なくともわらわの代のサンジェルマンなら、もう少し舌がピリピリしていたはずなんだけど……ああっ、もう溶けちゃった」

さすさす、とアンナ＝シュプレンゲルは抱き寄せたドレスの内側、裸のおへその辺りを小さな手でさすっていた。口寂しいのか、追加で一口チョコを口に放り込んでしまう。胃の中で混ざり合ってしまうだろうが、その表情からはサンジェルマンとやらへの配慮があるようには見えなかった。

『まったく……これでは奇跡の投げ売りだ。衛生研究所の人間が見たら泡を噴く光景だな』

「薬や免疫に限らず、科学なんて言葉は儚《はかな》いわ。そもそも意味がない」

『アレイスターが「原形制御《アーキタイプコントローラ》」を使って世界を科学と魔術に切り分けたからかね？』

「いいえ」

アンナ＝シュプレンゲルは素っ気ない調子で答えた。

褒められ、担《かつ》がれる事には飽き飽きしている。そんな顔だ。

「それ以前の話よ。そもそも科学とは百科の学術、つまり何でもアリだったじゃない。そこから四つのイドラを打ち消して観察と実験に重きを置く考え方を提示したのはフランシス＝ベーコン。……つまり今日の科学の原点は『薔薇十字』の、一員って事でしょ？」

実際、必要だったのはお菓子の方ではない。

それ以外だ。

小さく、そして硬い音が連続していた。

「さ・て」

慣れてきたのか、あるいは少女自身の体温で石の床の方が温まってきたのか。

ぺたりと冷たい床にお尻をつける少女が自分の周りへ雑に積んでいるのは、子供がその指で摘《つま》める程度のキャラメルやチョコレートの箱だった。しかし、あるいはやはり、シュプレンゲル嬢が欲しがっていたのはお菓子でも空き箱でもない。

包みの銀紙や透明な包装フィルム。

それらをある規則性でもって、辺りを這っている頑丈な縄に取り付けていくと、だ。

「でーきたっ」

『むねっ!』

粗雑な飾りを取りつけただけの、巨大なネックレスのようだった。

そいつをはしゃいで両手で上げたところで、薄っぺらなアンナの胸元からドレスがストンと落ちる。

唇を尖《とが》らせて大き過ぎる布の塊を小さな体へ雑に縛り付け、改めて縄の両端を摑《つか》む。緩やかなUの字を描いたまま、アンナ=シュプレンゲルが気ままに身を起こすと、

「縄跳び縄跳び、と。これで全方位何とかなりそうね」

裸足《はだし》のままの足を揃《そろ》え、その場で軽く跳ぶ。

ぴょんぴょんと自分でリズムを作りながらも、

「愚鈍」

『はいはい、今切り替える。君のリクエストに応えるのが私の仕事だからな』

ヴン!　と。

天井に足を着けていたエイワスが何かした途端、照明の種類が変わった。

冷たい青。

そして巨大なネックレスのように銀紙や包装フィルムを一定間隔で取り付けた縄跳びが光を

乱反射し、残像を残す。

「ちょっと興味があったのよね、これ」

『扇風機にLEDの点滅でメッセージを浮かび上がらせるオモチャがか？』

「VRとかいうのも」

表示領域が縄跳びの形を取っているため、まるで大きな卵がアンナ＝シュプレンゲルの全身を覆っているようだ。あるいはオーラ。彼女からの主観に限り、三六〇度全方位に新しい景色が重なり、広がっていく。

ウィンザー城そのものであった。

古参の魔術結社『薔薇十字《ローゼンクロイツ》』。

『物証』についても永遠に消える事のない炎から不老不死の妙薬まで実に様々な伝説を持つ集団ではあるが、そんな有象無象の『伝説』の中にこういったものがある。

七側壁の部屋……つまりクリスチャン＝ローゼンクロイツの墓所にあった巻物によれば、CRCの略称で知られるかの存在は世界の完全なミニチュアを構築しており、過去、現在、未来に起きるあらゆる事象を箱庭の中で再現する事により、世界の全てを手に取るように理解できる、と。

ピラミッドもモアイ像も何でもかんでもUFOや宇宙人と結び付けたがる連中ならここで古代超文明の巨大なシミュレータでも連想したかもしれないが、正解はもっとシンプルだ。

何の暗喩でもない。

実際に、箱庭を作ってしまえば良い。

ぴょこぴょこその場で飛び跳ねて複数のエビフライを揺らしているアンナ＝シュプレンゲルが目の前に広がる仮初めの景色から一点を注目すると、青白い光でできた正確なウィンザー城の中でも、すいすい動き回っている人影が黄色く色分けされていく。

「残念」

自分のミスというよりは、辺境の無人駅で定刻を二時間過ぎてもやってこない列車のルーズさを嘆くような口振りだった。

揺れるほどの胸もない己にちょっと唇を尖《とが》らせつつ、

「……もう少し早く処刑塔《ロンドンとう》に奉仕作業とやらのゴーサインが出ていたら、この時点でわらわとイギリスの本隊がかち合っていたかもしれないのに」

『ドレスっ、そろそろずり落ちるぞ』

「気になるなら、紳士らしく外套《がいとう》の一つでも被《かぶ》せてみたら？」

アンナ＝シュプレンゲルはエイワスの方には視線も投げなかった。気軽に縄跳びを跳びながらぐるりと作り物のウィンザー城を見回している。

縄跳びの内側から眺めないと意味のない虚像だ。

しかしエイワスは問題なくこう囁《ささや》いた。

『しっちゃかめっちゃかにするつもりもないのだろう？』

「まあね。蝶《ちょう》でも蜜蜂でも同じよ。サナギから出てきた直後が一番脆《もろ》くて、危うい。変に歪《ゆが》まないようにするには、下手に人の手で触れるべきじゃないわ。少なくとも、薄い羽根が乾くまではね」

くすくすと笑った時、縄が裸足《はだし》のままの右足首にぶつかった。

大きな卵のような表示領域が途切れ、仮初めのウィンザー城もまた消失する。

彼女は特に気にせず、体に巻いていたドレスを無理に縛り直して、素っ気なく重要な言葉を放つ。

「魔術的記憶という言葉は知っているかしら、エイワス」

『私があの「人間」に伝えた内容、そこから波紋のように広がった論の一つではある』

この場合、アンナ＝シュプレンゲルの方から提言するのは常道に反するのかもしれない。

彼女は『薔薇十字《ローゼンクロイツ》』と『黄金』の双方を繋《つな》ぐ橋渡しの魔術師ではあるが、一方で、アレイスター＝クロウリーが独自に提唱していたMagick系統とは直結で繋《つな》がっていない。

死角というより、突然変異に近い。

だからこそ、エイワスを放って隙間を埋めておく必要もあった訳だが。

『段階を経て自分の記憶を遡っていくと、ある一点を境に別人、あるいは前世の記憶を獲得するという考え方だろう。確かアラン＝ベネットの瞑想法《めいそうほう》をアレンジしていたか。特に、アレイスターは受精卵の発生後数ヵ月以内に新たな魂が定着すると信じていたから、有名な魔術師の死亡推定時刻と新生児の霊魂定着の猶予期間が重なるケースを最重要視していた。まんま、生まれ変わりの可能性があるとな』

鼻で笑って、アンナはキャラメルを口に含む。

やはり、つい先ほど『食い殺した』サンジェルマンの事など、もう頭の片隅にもないのだろう。

世界を冒瀆《ぼうとく》しても食べ物についてはスタッフが美味《おい》しくいただく系の淑女はこう告げた。

「あむあむ。頭の中にある記憶を思い返す際、人の言葉を逆さに再生するよう訓練を積む、ねえ？　当時の駄々っ子が、絶対に生まれ変わりを認めない一本道の十字教からそっぽを向くために無理矢理資料をかき集めて固めた転生論ではなく？」

『転生の輪を作るエジプトやアジアの影響を強く受けたとでも言ってやりたまえ。ちなみにこの場合の記憶というのは、順を追っての説明ではない。例えば織田信長《おだのぶなが》の用兵を手に入れる事はできても、何年何月何日にどんな朝食を食べたのかを語って証明する必要はない訳だ』

「……随分都合の良《い》い理屈ね」

言い出したらキリがないとでも言いたげなアンナだ。

元から自分以外の誰かに憧れる事のない傑物なら、そんなものかもしれない。

『実際、提唱したアレイスター自身も注意喚起しているよ。自己の魂を励起して埋もれていた記憶を引き出すのは構わないが、クレオパトラと繋《つな》がりがほしいなどという結論ありきの妄想から事を始めると、自家生産の誇大妄想に取《と》り憑《つ》かれるのがオチだからやめておけとな』

「あらあら、そこまで？　理路整然としたロジックの随所に自分は由緒正《ゆいしょただ》しい貴族だ星人メイザースへのディスりやブラックユーモアを織り交ぜるのはヤツらしいわね。……ちなみにクロウリー本人は？」

『魔術師エリファス＝レヴィの記憶と技術を引き継いだ、と』

「呆《あき》れた……。がっつり有名人じゃない、しかも英国式の薔薇《ばら》とも関係のあった」

そうなると、『薔薇十字《ばらじゆうじ》』から出発した『黄金』の戦いを制し、独自のMagickを展開するに至ったアレイスターは、その一方で英国式の薔薇《ばら》の発展に手を貸した人物と同一の知識を重視していた事になる。レヴィ自身もまた英国式の薔薇《ばら》に属していたという話もあった。これだけ見ると一周回って、まるで自分の尻尾に嚙《か》みつく蛇のようだ。

こくん、と少女の小さな喉が鳴った。

馬鹿馬鹿しい、とアンナ＝シュプレンゲルは吐き捨てる。

「人の記憶はそこまで都合良く、人と人の価値に線を引いてくれるものではないわ。記憶があろうがなかろうが、人は同じ人よ」

『ならあの二人をぶつけて戦わせる理由は？』

「激突自体は必然的な発生だけど、情報の過不足で人間を仕分けしようとしているのは部外者の女でしょ。わらわの知った事じゃない。惑わされないで、判断基準はそこじゃないわ」

外見だけなら一〇歳前後の少女は、だからこそ、どこか悪気のない残酷さを兼ね備えた笑みを浮かべて、

「そもそも最初からズタズタだったのよね。エイワス、あなたの話だと上条当麻《かみじょうとうま》は何度か頭部に重度のダメージを負っている」

『最初は食蜂操祈《しょくほうみさき》。さらにインデックス』

何回か立て続けに、アンナは縄跳びを失敗する。足首辺りまである髪のせいか。

しかし特に気分を害する様子もない。

楽しんでいるというよりは、縮んでしまった自分の体のアジャストでも兼ねているようだった。

『つまり科学と魔術、双方のダメージが同居している状態だった訳か』

「ベーコンの話をしたでしょ、その枠組み自体はあまり重要じゃないわ。多重ダメージで不安定化しているという考えで結構。あの少年、どうして動いているか不思議なくらいの有り様だったのに、そこへさらに大きな刺激がやってきた」

『……クロウリーの回復魔術、だな』

「あなたの報告が正しいのなら、コロンゾンからの攻撃を受けたあの時点では、確かにアレしかなかったと思う。放っておいたら死んでいた……というか、すでに半分死んでいる状態だったみたいだし。だけど右手を切り落としてからの回復魔術の実行により、これまでかろうじて残っていたバランスが完全に崩れた」

『しかし、上条当麻《かみじょうとうま》の記憶が完全に復活しましたなんて都合の良《い》い話にはなっていないだろう』

「当然よ愚鈍。それくらい外から観察しているだけでも分かるわ。あの少年は相変わらず、記憶喪失のままこの世界を彷徨《さまよ》っている。バランスの危ういトランプのピラミッドへ触れようとして、逆にそれがトドメになってしまう事だってある、といったところかしら」

『まるで愚者だな、タロットの』

「あら、あなたにしては素敵な言い回しね。褒めて遣わすわ。そう言えば、アレは〇番のカードを一から二一までのどこの間に差し込むかで派閥が分かれていたわね。それ次第で、テーブルの上で開いたカードの配列は同じでも全体の意味が全く変わってしまうのだとか」

いったん縄跳びは切り上げて、ふうと妙に熱っぽい吐息を洩《も》らす。

そのままアンナ＝シュプレンゲルはこう告げた。

「ここで重要なのは、クロウリーが先に右手を切断したって事」

二つに折った縄跳びを片手で束ねて、その場でくるくる回しつつ、

「形のない記憶よりこちらが重要なのよ。つまり『右手の力のない状態が正しいという前提での回復、頭のネットワークを再構築してしまった』訳ね」

『では余ってしまったあの右手は……？』

「そう、その疑問が生まれる。きちんと全身回復したと言っている割には、あなた達がやたらと引っかかっている些末《さまつ》な話、あの少年が過去を取り戻している様子もないわよね。それは、どこへ行ったの？　いらないものはいらないもの同士で、どこにも行けず一つの所で凝り固まっている可能性は？」

そっと額の汗を拭って。

彼女はもう一度縄跳びを両手で摑《つか》み直《なお》す。

「無理はたたるものよ。何の代償もなしに、とはいかない。あれだけ散々好き放題した『魔神』オティヌスだって、人格を直接いじくるとか上条当麻《かみじょうとうま》の頭の中には触れなかったという話だしね」

『……元々危うい状態ではあった』

「そこにコロンゾンが何度も何度も切断を繰り返した事で、確定してしまったんでしょう」

『彷徨《さまよ》う○番、か』

この場合、必ずしも右手やそこから生まれたモノが○番を指す訳ではない。

たとえ異能を打ち消す力をごっそり奪ったとしても。
そちらはそちらで、

「もはやアレは、独立して動く別の存在よ。心の方も、体の方もね。ふふ、それにしても愚者とは一体何を指すのかしら。駒の数や配置は同じでも、人によって意見が変わりそうな話だわ。まあわらわの視点でぶっちゃけると、窓から叩《たた》き出《だ》された絞りかすを殺した方が手っ取り早く事は収まりそうに見えるけど」

ぴょこぴょこ縄跳びを跳んで、再び青白い残像でウィンザー城を映し出す。

彼女にとっては、これも戯《たわむ》れだ。

「蜜蜂の話をしたわよね」

『サナギの件かね』

「これは、単に幼虫から成虫への成長期間ではないわ。硬いサナギの中で幼虫は自分の筋や臓器を破壊して成虫を作るための素材にする。言ってみれば、古い自分から新たな自分を再構成していると言っても過言ではないのよ。エイワス、ここまで言えば何の暗喩かは分かるわよね？」

『……新たな自己の獲得。死の裁きを超えて神の輝きを得る、魔術結社への参入における目標、か。しかし肉の塊としての一線を越えセフィロトを伝って魂を昇華させるだけなら、ボーダーライン、深淵《しんえん》の管理人だったコロンゾンでも飼い慣らせば良かったのでは？』

「愚鈍、体の他に思考まで鈍ったのかしら。重要なのはそこじゃない。我々魔術結社が、新参者のために門を開くのはどうして？　単なる親切心でやっているだなんて考えているとしたら、よっぽどのお人好《カモネギ》しね。預金も土地も毟《むし》り放題《ほうだい》だわ、妻を共有しろって神託を受けてそのまま自分の女を友人に差し出してしまうジョン＝ディーと同じくらいに」

『……、』

「古い自分を裁いて、新しい自分を得る」

にたりと。

キャラメルの甘い味が残る舌先を唇の隙間から割って出し、己の笑みすら引き裂くような顔を浮かべるアンナ＝シュプレンゲル。彼女は気軽に両足を揃《そろ》え、再び縄跳びに挑んでいく。あくまで主観的な残像に過ぎないが、青白い光でできた精密なウィンザー城が浮かび上がる。

『薔薇十字《ばらじゅうじ》』はいくつかの目的を掲げているが、その中にこんなものがある。

古い君主政治を打倒して、哲学者の治める国を作る。

であれば、そんな思想はよその分野にも応用されていく事だろう。

例えば。

人間が能力を操る。そんな分かりやすい、一本道の、固定観念に一石を投じる事だって。

ドラゴン。

彼女は告げる。汚《けが》らわしい悪魔として数えられながら、同時に由緒正《ゆいしょただ》しい家柄や組織の証《あかし》としても掲げられる、二元論を超越した奇態な象徴を思い浮かべながら。

「眺めましょう、エイワス。神浄の討魔は現れた。サナギの中で何を砕いて何を形成するか。

わらわの予想を超える展開を期待しているわ」

第三章　リバースポジション　Winged_Lizard.

1

痛い。

上条当麻《かみじょうとうま》の全身がギシギシと軋《きし》んだ痛みを発するが、月並みに叫んでいる余裕もない。

「……ッ!!」

下はアスファルトではなく芝の柔らかい地面だったとはいえ、そもそも二階の窓から投げ捨てられて背中から地べたに叩《たた》き付《つ》けられて、まだ自由に動き回れるというのがもうおかしい。忌々《いまいま》しいが、恩恵を受けている自覚を得る。暗い夜。人工林のあちこちから、電気とは違う揺らめく光源がこちらに差し向けられた。人魂《ひとだま》のような光の正体は炎を使ったカンテラか何かだろう。これは何の根拠もない話だが、火は、普通の懐中電灯よりも追跡者の『敵意』が乗りやすい気がする。騎士、魔術師、神父やシスター、果てはメイドや執事の可能性まで。どこの誰だか正確な話は知らないが、こうなってしまえば安心材料にならない。接着剤でも流し込んだように言う事を聞かない全身の関節を無理矢理動かしてでも起き上がり、少しでも光源のない方向へと走り出す。

最初の三歩、もなかった。

すぐ横の地面から、先が二股に分かれたニンジンみたいな植物が垂直に飛び出した。

不気味な太い根と、目が合う。

(な、ん!?)

「弾《はじ》け人間!!　『雄叫《おたけ》び』の範囲内にいれば内耳からの振動で心臓を破られるぞ!!」

聞こえた声を信じて行動した。

顔の高さまで飛び上がった謎の植物の側面をスカイブルーの腕を振り回して掌《てのひら》で打撃し、遠くへ飛ばすと、一瞬遅れてガラスを引《ひ》っ掻《か》くような甲高い爆音が炸裂《さくれつ》した。その『雄叫《おたけ》び』の範囲内にいたのか。樹上の巣で眠りに就いていたらしいカラスや夜鷹《よたか》などがボトボトと地面に落ちていく。脳震盪狙いのコンカッショングレネードよりも凶悪だ。

「……、」

その威力よりも、だ。

言われて反応できてしまった自分の体の変調に、上条《かみじょう》は恐《おそ》れ戦《おのの》いていた。

剣が一振りあれば、ガイドに従うだけで銃弾でも弾《はじ》いてしまいそうな……。

一方、ばさりというシーツで空気を叩《たた》くような音と共に、少年の頭上で何かが旋回していた。先ほどのカラスや夜鷹《よたか》よりも大きい。猛禽《もうきん》に安物の革紐《かわひも》で作ったお手製の手綱をつけて乗り回しているのは、掌《てのひら》サイズの妖精だった。

名前をオティヌス。

「……マンドラゴラから正しく薬効を取り出せないからと言って、まさか対人用の飛び出し地雷として温室で量産するとはな。腐っても対魔術師戦闘の本場、戦力になればそれでよし、か。発想の根本からしてそこらの魔術師とは違うらしい」

「オティヌス、失敗した。誰も助けられない、い、いなかった！」

「見れば分かる。そして今は撤退だ。せっかく戦争が終わった記念のお祭りだというのに、ここまできて上里《かみさと》パニックの二の舞なんぞさせてたまるか」

派手に『地雷』を炸裂《さくれつ》させてしまった事で、こちらの位置は気取られただろう。

とにかく一ヵ所には留《とど》まれない。

上条当麻《かみじょうとうま》は歯を食いしばって芝生の地面を突っ走る。後ろからは制止を求める声と、続けていくつもの光源が差し向けられた。警告があるだけまだ良識は残っている方だが、敵だと分かれば彼らも容赦はしない。今に、拳銃や散弾銃よりも恐ろしい魔術の閃光《せんこう》が横殴りの雨のように襲いかかってくる。

とっさに右手へ目をやり、しかし舌打ちする。

そこにあるのはスカイブルーの輝きだ。

「分かっているじゃないか」

翼を大きく広げれば二メートルに届く猛禽《もうきん》を自由自在に操りながら、頭上のオティヌスは感心したように呟《つぶや》いた。

「人間、今の貴様《きさま》には幻想殺し《イマジンブレイカー》はない。魔術の一発一発に対するリスクはこれまでと全く違うぞ。奪われたものを取り戻すまで、その命は落とすな。これは、何も右手一つに限った話ではないぞ」

「……ッ!!」

「貴様《きさま》でないと助けてやれぬ者がいる。この戦いに限って言えば、ゼウスでもオーディンでもなく、上条当麻《かみじょうとうま》でなければ意味がない。だから不貞腐《ふてくさ》れて自分不要論を吐き出すのは後にしろ。今は生き残る事だけ考えればそれで良《い》い」

こういう時、オティヌスは容赦がない。

しかしだからこそ、問題の深刻さを最も素早く教えてくれる『理解者』でもあった。下手な慰めで背中の傷の存在を教えなかった場合、治せるはずの傷で死に至る事もあると知っているからだ。

「こうして上から見る限り、ヤツら、根っこの地雷の他に訓練された犬を放っている。とにかく足取りを摑《つか》ませるな。直線で匂いさえ辿《たど》られなければ振り切れる。やれ!!」

ぎゅるりと何かが渦を巻いた。

上条当麻《かみじょうとうま》のスカイブルーの右腕が分解され、コウモリの翼のように空気を叩《たた》く。それらは大顎のように開くと、再び高校生の全身を色鮮やかな繊維や筋肉を彷彿《ほうふつ》とさせる外殻で覆っていったのだ。

スカイブルーの体表に、レモンイエローのライン。

鰐《わに》のような大顎に、背中から薄膜の翼と太い尾を伸ばした、有翼のトカゲ。

ヤドクガエルよりもなお鮮烈で、毒々しい色彩の何か。

あるいは。

どんな神話にも記載のされていない。

竜。

「おっかねえ!!」

「だが頼るしかない。幻想殺し《イマジンブレイカー》から何が抜け落ちてそこまでバランスを崩したかは知らんが、形を変えた貴様《きさま》自身の力にな!」

第一に犬の追跡を何とかしなくてはならない。よって上条《かみじょう》が頭の中で思い浮かべるのは、中央庭園を横断して北側、テムズ川へ向かうルート。

足音が爆発した。

歩くでも走るでもない。まるで川に平たい石を投げるように、上条当麻《かみじょうとうま》の体が低い放物線を描いて何度も何度も跳ね飛んでいく。途中でいくつかマンドラゴラが地中から飛び上がるが、空中炸裂前《くうちゆうさくれつまえ》に単純な速度で引き離していた。

人工林を抜けて、四角い建物ばかりの街へ。

ここまでの速度になると、もはや陸と水の区別はあまり重要ではない。ウィンザー城はテムズ川のほとりに佇《たたず》む王族の城だ。そして川幅五〇メートル、学校のプールより広いイギリスの象徴たるその川を、スカイブルーの爬《は》虫類《ちゆうるい》の足はそのまま踏みつけ、沈む事なく二回三回と連続的に跳ね飛んでいく。

対岸まで辿《たど》り着《つ》くと、道路標識の金属ポールを片手で掴《つか》み、半ば堤防のコンクリート表面を長い爪で削るようにして、上条《かみじよう》は急制動をかけていく。

標識は斜めに曲がっていた。

その鉤爪《かぎづめ》で輪切りにしなかっただけでも力加減はマシな方かもしれないが。

再びぎゅるりと音を立ててスカイブルーの外殻が右腕に集約し、翼を広げる猛禽類《もうきんるい》のように手の甲の辺りで薄膜の羽を広げ、元の少年が顔を出す。

その表情は、新たな武器を獲得した高揚感とは程遠い。

台所のぬめった排水口に手を突っ込むような、薄気味悪さしかなかった。

引っかかり、があったのだ。

前に頼った時よりも、一瞬だけど『戻る』のが遅れていた。この調子で反応が遅れて差が開いていったら、やがてはどうなるのだろうか。

竜。

分かりやすい善悪を超越するモノ。さっさと何とかしないと剣がせなくなるぞ、これ
（……早くも慣れてきてやがる。

「箍《たが》が外れた、壊れた事で何かが急速に成長しているのか」

頭上から『理解者』の声があった。

「それとも原子核のように、何かが抜け落ちた事で急速に反応しながら崩壊が進んでいるのか。完全だった花の花弁でも毟《むし》るように。この辺りから調べていかねばならないな」

ばささという翼の音を立てて、オティヌスを乗せた猛禽《もうきん》は派手に曲がった標識のてっぺんに脚を留《と》めていた。

「……オティヌスでも、分からない？」

「ああ。メイザースのヤツは意図して一属性の中にあった調和を崩し、強大な攻撃手段に変えていたがな……」

一見すればなんという事のない台詞《せりふ》かもしれない。

だけど『主神の槍《グングニル》』が完成した時点でこの世界は完全に滅びている。比喩表現ではなく、地球なんて小さな惑星の話ではなく、本当の本当に。

「私が回復のために放ったのは一つの数式で、そこから世界は無尽蔵に拡張していった。ほん

の小さなチリに水が吸い寄せられて雪の結晶を作っていくように。この私だって、結晶の隅々まで把握している訳ではないさ」

「それにしたって……」

「ああ」

オティヌス自身、強がりに失敗したらしい。

どこかバツの悪そうな調子だったが、傲岸不遜な神様が恥の上塗りをせずに認めたのはやはり『理解者』の前だからか。

「結晶の端も端、誰も見た事のない宇宙の果てなんて話じゃない。この世界は、幻想殺し《イマジンブレイカー》という基準点を利用して私が完全修復した。その魔神オティヌス本人が、世界の運命を預けたコアの部分にあたる幻想殺し《イマジンブレイカー》について、全く説明のつかないブラックボックスがあると言っているのだ」

「……、」

「事の重大性が分かってきたか？　つまり、こいつは『主神の槍』を使った時点では存在のしなかった効能だ。膨張したのか、崩壊したのかは分からんがな」

じわりと。

サイケデリックな色彩の掌《てのひら》だけど、それでも確かに嫌な汗が滲《にじ》んでいた。

その人間臭さが逆に不気味でもある。

プラスで増えているのかマイナスで欠けているのかは知らないが、確かに体の中の目に見えない部分では何かが起きている。上条《かみじょう》自身に痛みはないけど、そんなのは何の気休めにもならない。レントゲンに変な影があるのに、医者が何にも説明しないでお大事にと締めくくってしまうような、得体の知れない恐怖が背筋を貫いていく。

結論の出しようのない悪寒《おかん》だった。

まだ足りない、情報が。

「(……竜、スカイブルー、レモンイエロー、右腕。財宝の番人、地底の支配者、悪魔、倒すべき手柄の記号化、家柄を表す、分離、バランスを崩すモノ……)」

小さな『理解者』はぶつぶつと口の中で呟《つぶや》いていた。

オティヌス自身これから自分の頭の中にある、ありとあらゆる知識を総動員して取っ掛かりを探そうとするだろう。

そういう意味では、やはり惜しい。

……ここにはもう、一〇万三〇〇一冊以上の『原典《オリジン》』を完全記憶した魔道書図書館・禁書目録《インデックス》はいない。

歪《ゆが》んだ標識の上に留《と》まった猛禽《もうきん》、さらにその上でくつろぐオティヌスもそっと息を吐いて、

「……とはいえ、ひとまず追跡は振り切った。これで当座の安全は確保した形になるか。少なくとも処刑塔《ロンドンとう》に放り込まれて不思議な生態を調べるために解剖されるなんていう道からは逃れ

られたな。しかしまあ、舞台は難攻不落の王の城で、出迎えてくれるのは『あの』戦争で最後の最後まで生き残った猛者達《もさたち》ばかり。私も色々な戦争を乗り越えてきた軍神だが、こいつはどうにも楽しい戦いになりそうにない」

「分かってるよ。全部身から出た錆《さび》、俺の右手の話なんだから」

インデックスに、御坂美琴《みさかみこと》。

それに顔も思い出せないし、名前もきっと知らないけど。

蜂蜜色の誰かの目元からこぼれていた大粒の涙だけは、漠然とだけど覚えている。

「何とかする……」

奪われた少年の口から、そんな言葉があった。

獰猛《どうもう》で、野蛮で、人類の明るい可能性に真っ向から水を差すような荒々しい言葉。だけど『理解者』の少女はかえって口元を緩めて鼻から息を吐いていた。

ここまでやられたのだ。

まだ博愛精神や自分不要論を気取ってうじうじめそめそしていたら、逆に一発ぶん殴っていたと言わんばかりに。

だから。

戦争、魔術、詐術の三つの顔を持つ神に見届けられて。

どこにでもいる平凡な高校生、上条当麻《かみじょうとうま》は月に向かって宣戦布告を発したのだ。

禍々《まがまが》しい竜が天に向けて吼《ほ》え立《た》てるように。

「しなくちゃいけないんだ、この俺が」

さあ。

ここに最も小さな戦いをおっ始め、奪われたものを全て獲《と》り返《かえ》そう。

2

音が止まっていた。

いいや、あるいは時間全体でも停止していたのか。

「……、」

蜂蜜色の髪を二段にまとめて後ろに流した少女は、元は乳白色だった顔色がすっかり蒼《あお》ざめていた。

ずきん、ずきんと。

頭を割るような鈍い頭痛は、本来の限界を超えて能力を絞り出した『暴走』の代償か。

しかし、だ。それにしては食蜂操祈《しょくほうみさき》の反応が鈍い。

痛みどころではない、とでも言わんばかりに。

ことここにきて自分のしでかしてしまった事の重大性に気づいたのか。もはや支えを失って不規則に鋭い痛みを突き付けてくる腰の様子など気に掛けている素振りもない。痛みはある。だがそれを忌避する心の方が麻痺《まひ》し始めているのだ。長い長い虐待の末に、それを当たり前の光景として受け入れてしまうのと同じように。

安物の防災ホイッスルを手の中で握り込んでも、心は安定しない。

みゃあ、と。

立ち尽くす少女を見上げて三毛猫が鳴いていた。

無事なのはこの子くらいか。だがしゃがみ込んで面倒を見るほどの余裕もない。

「ふうん」

一方で、だ。

びしり、めきり、と。どこかから亀裂のような音を響かせて。

慣れないタキシードを纏《まと》った少年は、素っ気ない声を出していた。

英国女王エリザード《クイーンレグナント》に騎士団長《ナイトリーダー》。

ヴィリアンに女性騎士。

ステイル＝マグヌスに神裂火織《かんざきかおり》。

五和《いつわ》に建宮《たてみや》。

メイドやシスター達まで。

完璧で、でも固まってしまった世界。そういう意味では、もはや食蜂操祈《しょくほうみさき》とは頭上に分厚い蓋をしてしまう、独裁者でしかないのかもしれない。

一方、

「……思った以上に何でもかんでも操れる訳じゃないのか。無事に操れたのは二割くらいかな」

立ち尽くす影を一つ一つ手では触れずに眺め回して検分しながら、ツンツン頭の少年はあくまでも公平な調子で呟《つぶや》いていたのだ。

「前から科学と魔術の優劣については関心あったけど、そうだよな、生命力を魔力に精製する。詳しい理屈までは見えないけど、心の中の問題については魔術師の方が当たり前にやってそうな感じがする。となると、操られそうになった時に自分の意識を落とす自動切断《オートヒューズ》くらいは持っていてもおかしくはない、と」

「……、」

「イカサマの葬式をする、死んだふりして自由を得るってやり方は娘々《ニャンニャン》とかも言ってたか。西洋でもそういう魔術があるのかもしれないけど」

だから安心などとは言えない。

どれだけの猛者《もさ》であっても、意識を失って倒れている時なら刃物で一突きすればおしまいだ。

やはり学園都市第五位。そういう意味では恐るべき戦果と言える。

「右手でぶっ壊すのは容易《たやす》いけど、加減ってものが分からないし……。魔術的なセーフティと一緒に大元の『心理掌握《メンタルアウト》』まで壊してしまったら元も子もない。何より、いったん触れてしまったら最後、まだコントロール下にあるのかすでに解放されているのかは、外から見ても俺にはいいいいいい。……だとすると下手に触らない方が良《い》いよな、これは」

そんな難攻不落の第五位が、だ。

たったそれだけで、涙腺が地団駄を始める。

この、いったん戦うと決めたらどんな不利な状況からだろうが一つ一つ情報を積み上げていって、抜け穴を探していこうとする心の動きそのもの。取っつきやすい明るさの中にも、上《うわ》っ面《つら》の学歴なんて関係ない、食蜂操祈《しょくほうみさき》よりもよっぽどクレバーな側面が同居する……そんな、奇妙に読めないオトナの男性。

底抜けにハイリスクで、でもどこまでも純粋に笑っていられた。

そんな夏の日々を思い出す。

懐《なつ》かしいと思ってしまう自分を、食蜂操祈《しょくほうみさき》は止められないのだ。

「食蜂《しょくほう》」

「っ」

少女の足元にいた三毛猫が、全身の毛をざわざわと逆立てていた。

御坂美琴《みさかみこと》の場合は理由があった。

その能力のせいで常に微弱な電磁波が出ているから動物に嫌われる、といったものだ。

では。

この少年の場合は？

「それともさん付けでもした方が良《い》いか？　ははっ。人の成長ってのは怖いな、今じゃアンタの方がお姉さんに見える」

ショッキングピンクにエメラルド。

べき、ぱき、ぼき、ごき、と。

何やら自分の顔を片手で覆って感触を確かめている、慣れないタキシードを着た少年。その手の中から何か乾いた音が不規則に響いていた。

「しかしまあ、あの怪物よりも女性騎士のハイヒールの方がダメージが上とはね。……ともあれ、どこか割れてないと良《い》いんだけど」

自然界には存在しない色彩が、束《つか》の間《ま》、食蜂操祈《しょくほうみさき》の視界のどこかで躍った。目の前には、ツンツン頭の少年しかいないのに。例えば目尻に、例えば口の端に、ちらちらと。

瞬《まばた》きした時には、もうない。

そんなものは最初からなかったと考えるしか、ない。

「何か食べるなら今の内に腹の中に詰めておいた方が良《い》いぞ。ああ、アンタ添加物とか保存料とかはダメだったっけ。でもイギリス王室の晩ご飯なら基本的に高級品で健康食なんだろ、ハンバーガーだろうがフライドポテトだろうが、そういうトコもきちんとケアしてるんじゃないか。好きだったろ、そういうの」

かちかちと、少女の歯が鳴っていた。

うなじの辺りからほつれ毛が飛び出していても、この日のために用意してもらったドレスに不自然なしわができていても、いちいち直すまで意識が向かわない。

乱れたままに、彼女は思う。

外から何かを注入されるのではない。胸の内側から押し寄せてくる、圧倒的に温かい感じ。だがこれに流されてはならない、絶対に耐えなくてはならないものだ。一回でも身を委ねたら最後、後はもう転がり落ちるしかないのは分かっている。

「魔術師についてはいまいち使い物になるかどうか読み切れないんだよな。正直、二割じゃ足りない。で、そうなると気になるのが御坂《みさか》のヤツだ。あいつだけは魔術師じゃないからな。ちくしょう、やっぱり不幸だ。科学サイドがもっといたら良かったのにな……。けどまあ、常盤《ときわ》台《だい》の第三位をこっちの戦力に組み込めるなら話は早い。具体的にはどうだ。第三位と第五位で序列に開きがあるようだけど、こいつはコントロールできたりするか？」

「……分からない」

小さな王冠の飾り。偽りの冠を揺らすようにして、彼女は首を振った。

横に。

うなじのほつれ毛が、またいくつか飛び出す。

一方通行《アクセラレータ》や木原脳幹《きはらのうかん》、浜面仕上《はまづらしあげ》に滝壺理后《たきつぼりこう》……。食蜂《しょくほう》の知る由《よし》もない部分もあるが、他に科学サイドの主要なメンツがいなかったのは、この場合は幸か不幸か。

「正直に言えば、御坂《みさか》さんの胸の内次第といったところかしらねぇ。今の私に心底呆《あき》れて幻滅していれば、拒絶力の亀裂が大きく広がっているでしょう。そうしたら、操られているふりをして機を窺《うかが》っている、って可能性も否定はできなくなる。自前の戦力の要として組み込むのは無理があるんじゃないかしらぁ？」

「心底呆《あき》れて？　幻滅していれば？」

ツンツン頭の少年は首を傾《かし》げていた。その目尻で、エメラルドの光を散らすようにして。

「ど、どうして？」

「っ」

救いを求める少女の、ガラス細工のように繊細な肩全体が、大きく揺れる。

とっさに大きな胸の前で両手を構えてしまう食蜂操祈《しょくほうみさき》は、慣れないボール遊びで無理矢理ゴールキーパーを任された泣き虫のように震えていた。

実を言うと、だ。

食蜂操祈《しょくほうみさき》も人間だから、狙いくらいはあった。ただ単純に暴走して手当たり次第に第五位《レベル5》の超能力を振り回した訳ではないと己を信じたい程度には。

『心理掌握《メンタルアウト》』。

自分の知る限りでは、あの少年には効果がなかったはず。より正確には、頭の中を改ざんする事はできたとしても、右手で頭に触れてしまった途端に加工部分がリカバリーされてしまうはずだったのだ。

つまり。

タキシードにアスコットタイの少年に従うふりをしてリモコンを取り出し、当の少年に向けて能力を使ったらどうなるか。そこで何もできず棒立ちになるようなら、目の前にいる少年は『あの夏』とは関係のない、おぞましい怪物という事になりはしないか。

そう思っていた。

なのに、

「食蜂《しょくほう》、アンタはきちんと選んでグロテスクな怪物を追っ払ったんだ。御坂《みさか》のヤツが呆《あき》れたり幻滅したりする理由は何もないだろ」

「……、」

また一つ、揺れる。

食蜂操祈《しょくほうみさき》の『心理掌握《メンタルアウト》』は、この少年に通じなかった。厳密には、一度は攻撃に成功しても右手の力で無効化されてしまった。だから彼はこの通り、自分の意思で好きに歩き回っている。

そしてもう一人の少年は、右手も使わずに黙って逃げた。

だとしたら。

それなら。

このありえない状況を支える柱を引っこ抜いてガラガラと突き崩す理由が、また一つなくなってしまったじゃあないか。拙い夢だと切り捨てて立ち去るための起爆剤が、湿気って使い物にならなくなってしまったじゃあないか。

誰だって、夢は見たい。

心地のいい夢から覚めたくなんかない。

こうであってほしいと思う現実は誰の胸の中にだって存在するもので、それは、明確な否定の理由を突き付けられない限りは都合良く続いてしまうものなのだから。

食蜂操祈《しょくほうみさき》の瞳はいつまでも揺れている。

取り返しのつかない事をしでかしてしまったからこそ、かもしれない。

……何を持っていれば、それは上条当麻《かみじょうとうま》になるのだ。

共に語り合う事のできる記憶や思い出か。

あるいは右手に宿る能力か。

「……とんでもねえ話だよな、あの化け物」

吐き捨てるような言葉があった。

口の端で、一瞬、ショッキングピンクが瞬《またた》く。

三毛猫の威嚇の鳴き声も気に留《と》めず、彼は右手をぷらぷらさせながら、

「好き放題協力を求めて能力も引き出しておいて、結局最後は覚えていません忘れましたで振り逃げする気満々だったんだろ。なのに、恩着せがましく『取り返しに来た』だってさ。笑わせんな。あんな野郎さえ出しゃばったりしなけりゃ、最初から何も起こらずみんなで楽しくパーティを続けられたはずなんだ」

「っ」

「外野を追い駆けても、道は途切れている。『あの夏』には戻れないよ。銀色の防災ホイッスルを吹いたって、ヤツはただ首をひねるだけだ。何も共有できないからな」

小さく肩を震わせる少女に、パーティ会場に残った大皿から直接指でオリーブを摘《つま》んで、ツンツン頭の少年はそう呟《つぶや》いた。

いつもの通り。

絶対になくしたくない、思い出の中にある声と笑顔のままで。

「そして『それ』を持っているのは、俺だけだ」

3

はっきり言ってしまえば、ロンドン郊外と言ってもウィンザーそのものはさほど大きな街ではない。人口わずか三万人程度。城を造った当初はそんなつもりはなかったのだろうが、バッキンガム宮殿とウィンザー城をそれぞれ行き来する『王室派』からすれば、首都の喧噪《けんそう》から逃れてゆっくり休日を楽しむためのセカンドハウス的な意味合いも強かったと思う。

「あらあら。ウィンザー城ったら乗っ取られてしまったの？　この前のクイーンブリタニア号といい、我が国の重要施設に変な寝取られ癖が染《し》みついていないと良《い》いのだけれど」

……となると、人が集まる場所も自然と限定されてしまうのか。

元々、緊急時の待ち合わせ場所でもあった。

心がひもじ過ぎてこのまま死んじゃいそうなウサギ少年上条当麻《かみじょうとうま》と、とりあえず食って寝ればテンション戻るだろくらいのバイキングの頂点オティヌスちゃんが（思考がインデックスと同じじゃん！）今後の作戦会議をしようと夜でもやっている飲食街まで出向いて、財布の中に日本の小銭とどっかのポイントカードしかねえ事を思い出した辺りだった。

途方に暮れる和の国のボーイをでっかいウィンドウ越しに発見したのか、すっかり動きやすい格好に着替えた第一王女リメエアが終戦記念のどんちゃん騒ぎで満たされた酒場から顔を出してきたのだ。

「……しかしまあ、詳しい事情は分からないけれど、また厄介な話に巻き込まれているようね」

「俺の人生そんなのばっかりだ、マジで……」

「ウィンザー城で見たのはあなたではなかった、と。……でも違和感なく会話できていた辺りを見るに、かなり高性能だわ」

ＡＩ研究などを引き合いに出せば、そういう事になるのだろうか？

革ジャンに細めのズボン。何だかロックの国で大型バイクでも乗り回しそうな（片眼鏡が浮きまくってる）リメエアに、スパンコールまみれのドレスが脱げて半裸になったヒゲのオネエが甲高い裏声で笑いかけてきた。

「なになに⁉　若いツバメでも囲ってたの姉ちゃん⁉　これ一〇代じゃんヤバいんじゃねヤバくねネエエネエ⁉　聞きたーい、あたしヤバい話メチャメチャ聞きたーい⁉」

「うるせえ殺すぞ酔っ払い☆」

にっこり微笑《ほほえ》んでの一言が常のリメエアと正反対であった。

こちらの方がリラックスしているのではないかと疑いたくなるほどに。

最初は上着などでスカイブルーの腕を隠そうともしていた上条《かみじょう》だったが、意外と周りは気にしていない。何しろ国を挙げてのお祭り騒ぎで酔っ払いだらけ。顔面全体にイギリス国旗のペイントを施して左右に揺れている若者くらい珍しくもなかった。なんかサッカー大会で優勝したみたいだ。

「なにそれっ？　あお、青っ？　日本人なのに何で青っ？　白と赤じゃないの、ひのまるー」

「ああいやちょっと待って待って、英語で絡《から》まないで超怖いっ!!」

「そうかフットボールの！　ゲイシャブルー？　あっはっはっはっはっはっは!!」

勝手に話しかけてきて一人で爆笑している赤ら顔のおじさんをリメエアはどつき倒して適当な床に転がしていた。

青い腕の馬鹿野郎は実用的な英語の中から単語だけでも拾いつつ首を傾《かし》げて、

「フットボールって何だっけ？」

「アメフトじゃないわよ。サッカー」

……なら何でサッカーと呼ばないんだろうと新たな疑問が生じたが、これ以上は野暮かもしれない。上条《かみじょう》だってイギリス人に呼び止められて、赤はどうして赤と呼ぶのですかと聞かれたら戸惑ってしまう。

リメエアはそっとオトナなため息をついて、

「何があったか知らないけど、その腕、生々しい赤とかでなくて幸いだったわね。外から見るだけならメチャクチャ作り物っぽいし」

さらになんか警告が飛んできた。

「……それからお酒は飲めないでしょうけれど、最低でもトマトかジンジャーをベースにしてお酒っぽく見えるグラスは手にしていてちょうだい。このお店でオレンジジュースとかアップルジュースとか、そんなの入ったグラス持ってなよなよしていたら、あっという間に脱がされるわよ。男女の区別なく、四方八方から手が伸びて」

「マジかおい……」

「今夜は特にお祭り騒ぎだからね、タガが外れているのよ。両手離しでいるだけで何でもかんでも面倒見てくれる痴女好きでもない限りは避けて通るべき道ね」

「違いますう!!　それはあったかい管理人のお姉さんってゆーんですう!!」

ともあれ、リメエアはすでにでっかいジョッキを何杯か空けているようだが、流石《さすが》に同じものを高校生に勧めてくるほど分別がない訳ではなさそうだった。厚切りのベーコンにポテトチップスにポップコーンに……。ウィンザー城ではまず見かけないジャンクなおつまみの大皿の方を押し付けてくる。ただし適当な袋の中身を大皿にざざーっと開けてではなく、一つ一つお店の手作りらしい。というか本当の本当に人の手できちんと作った揚げたてのポテチなんぞなかなか口にできる機会はない、これはこれで味わい深いものがある。

「……これ何でのり塩なの？　イギリスなのに」

「我々英国人は東洋のポテチ大国からノリシオとメンタイを学んでいるのよ。バターショウユはともかくとして、難しいのはオダシだわ」

彼女はミックスナッツの皿に手を伸ばしつつ、

「ところでこんな夜の街まで何をしに来た訳？　私にかち合ったのはただの偶然、元々は何かしらのアテがあったのではなくて？」

「えっと、狙ったお店があるとかじゃなくて、ご飯食べたいってのも嘘じゃないんだけど、一応この辺りの通りで待ち合わせのつもりで……」

「それってあなたと同じ東洋人の坊や？　あっちで脱がされているのが一人いたけど」

「うわあーっ⁉」

そして親指でくいっとされた方へ目をやってみれば、青い顔した浜面仕上《はまづらしあげ》が酔っ払い男女の手で揉《も》みくちゃにされ、トランクス一丁で激しく胴上げされていた。その辺でぼーっとしているピンクジャージにもこもこニットの恋人の前では絶対見せてはいけない顔第一位が大公開されてしまっている。ちなみに白いふわふわしたドレスを纏《まと》った赤毛ショートヘアの女の子は特に助けず、お腹《なか》の辺りで黒い箱を抱えて爆笑していた。

いや。

第一位という言葉で上条《かみじょう》は不吉なものを連想してしまった。

馬鹿な高校生でも分かる。きっと英語の先生を連れてきても右往左往するだけであろう意味不明な嬌声《きょうせい》や雄叫《おたけ》びのせいで分かりにくかったが、トイレットと書かれたドアの方からバギバギンメキャメッキャ!!　というとんでもない音が不規則に連続している。

なんか白い怪物がドアを押して現れた。

「……遅せェわ。個室の壁全部ぶち抜いちまったぞ」

『やだご主人様カッコイイ……。あなたはやっぱり世界一便所でケンカするのが良く似合うアンダーグラウンドの帝王なんですう』

とりあえず最強の最強ぶりを見れば何でも褒めてしまうのか、半透明の悪魔が低身長の割に大きな胸の前で両手を組んでうっとりしている。両目の中はがっつりハートであった。多分トイレの方では命知らずの酔っ払いが何人かまとめて転がっている。まったく狭い価値観の中でこういうカワイイ女の子が延々持ち上げるから最強バカの抑えが利《き》かなくなるのだ。

……やっぱり祝勝ムードのどさくさでびっくり動画でも撮っていると思われているのか、半透明の少女がその辺ふわふわ浮かんでいても誰も気にする素振りもない。日本ではお目にかかれないくらい馬鹿デカいビールジョッキ片手に左右へ揺れているおっさん達が、一方通行《アクセラレータ》や悪魔の少女の真後ろでわあわあ騒いでいた。どうやら存在しないカメラを勝手に想定して、どうしても架空の画角に収まりたいらしい。明日になって二日酔いと共に冷静さを取り戻してから自分の記憶に首を傾《かし》げるかもしれないが、その頃には泥酔《でいすい》が見せた幻覚とでも処理してくれるだろう。

「ええい、私に絡《から》むな酒臭い野郎どもっ!!」

何やら上条《かみじょう》の肩に乗ったオティヌスも機嫌の悪い猫みたいに全身で警戒しまくっていた。どうやら酔っ払い達《ジェントルメン》はメイドインジャパンの刻印がどこについているか気になって仕方がないらしい、高性能なペットロボットか何かと勘違いされている。注意しないと財布のスリやカバンの置き引きみたいに指で摘《つま》んで持っていかれてしまうかもしれなかった。

ちなみに諸々《もろもろ》の事情で携帯電話を持っていない上条当麻《かみじょうとうま》、基本的に連絡手段ナシである。時代遅れの公衆電話すら現地のお金が必要なのだ。ここで人を待つ事ができたのは、ひとえにオティヌスが捕まえた猛禽類《もうきんるい》の脚に縛り付けた手紙のおかげだった。イマドキ、電気の力に全く頼らない通信手段というのも珍しい。贈られた方はむしろ大空から襲われたと思われたかもしれないが、ヤツらもレアな経験を積んだものである。

手作り故か、単なるお国柄か。

嚙《か》むとやたらと油が滲《にじ》み出《で》てくる厚切りポテトチップスを口にして、上条《かみじょう》は息を吐く。

「つかその子誰だっけ？　浜面《はまづら》の方もだけど、なんか知らん顔がいくつか増えてね？？？」

「一番意味不明なのはオマエだろォがよ」

どかりと空いた席に体を投げて、一方通行《アクセラレータ》が舌打ちしていた。

スカイブルーの右腕へじろりと視線を投げて。

これまでも『イギリス流』に散々やられてきたのか、第一位はおつまみの大皿についてはうんざりした目を向けただけで特に手をつけるつもりはないらしい。

「話せクズ、無能力《レベル0》なりの頭ァ少しでも使ってよ」

「……その前にあのパンツ一丁胴上げ祭り、誰か助けてあげなくて良いのかしら。あの調子だと天井のシーリングファンに頭から突っ込みそうだけれど」

「正論吐くならオマエが行けよ、メンド臭せェ」

「あらそう」

パンパン！　とリメエアが大きく手を叩《たた》くと、何か意を汲《く》んだらしきご年配のマスターさんが口当たりは優しくても度の強いでお馴染《なじ》みのアイリッシュウィスキーを一斉に振る舞い始めた。北風と太陽で言うなら太陽サイドらしい、風邪薬のシロップみたいな飴色《あめいろ》の液体を口に含んだ途端、あっという間に体温の上がった胴上げ酔っ払い組が床でごろごろ丸まっていく。

上条当麻《かみじょうとうま》、一方通行《アクセラレータ》、浜面仕上《はまづらしあげ》。

しかしまあ。

こうして集まってみれば上条《かみじょう》の肩には掌《てのひら》サイズの妖精オティヌス、最強の超能力者《レベル5》の傍《かたわ》らには人造の悪魔クリファパズル545、パンツ野郎を指差して涙目で床を転げ回っているのは七八枚ワンセットのタロットで構成された『黄金』の魔術師ダイアン＝フォーチュン、脱ぎ散らかされた着替えのポケットに突っ込んだままの携帯電話にはアネリ常駐である。ピンクジャージにもこもこニットの滝壺理后《たきつぼりこう》だって、ただの女の子ならここまで生き残ってはいないだろうと上条当麻《かみじょうとうま》は大雑把に考える。というか一つのテーブルに集まった顔ぶれの内、別に異世界

へ転生した訳でもねえのに実に半数近くが純粋な人間ではないときた。つくづくバリエーションが狂っている。

(怪物ぶりなら人の事は言えないか。俺も俺でトカゲ化してるしな)

ちょっと食べたら血糖値が上がってどっと疲れが押し寄せてきたのか、椅子の背もたれに体を預けながら上条《かみじょう》は不幸を嘆くように呟《つぶや》いた。

「……騒ぎの元凶が二つある。俺も含めてな」

正確には能力の一部分、という事なのだろうか。

メガネ少女の風斬《かざきり》氷華《ひょうか》や第二位の垣根《かきね》帝督《ていとく》など、これまでも能力そのものが自律した思考を持つケースは見られたが。

「クイーンブリタニア号の一件で右腕が吹っ飛んじまったんだけど、そこから先はおかしな事ばかりだ。得体のしれないスカイブルーに、自分と同じ顔をした野郎が我が物顔でその辺うろついているし……」

「ウィンザー城でうっかり礼を言った自分を呪いたいわ。ただ、今あるその手は一体何なのかしら。ええと、スカイブルー？」

リメエアからの質問に、上条《かみじょう》は答えられなかった。

右手が体を離れて動き回っているのだ。

自分自身がどうなっているのか少年本人ですら想像もつかない。

「……少なくとも、幻想殺し《イマジンブレイカー》はこっちにない。スカイブルーなんて絞りかすで、大部分は向こうにあるのかもな。今の俺を特別にしているものは何もないんだ」

「……、」

一方通行《アクセラレータ》の目が、鋭く怒気を孕《はら》む。

気づかず、ゆっくりと上条《かみじょう》は深呼吸してから、

「なら、ちょっと試してみるか？　ええと、何でも良《い》い、とにかく分かりやすい異能の力……そうだな、そっちで浮いてる変な悪魔」

『はいい？　変なとは何だこの全方位ツンツン頭』

「見てろ。幻想殺し《イマジンブレイカー》があったらこんな事はできないはずだ」

『ふぁい……？』

言って。

ツンツン頭の少年は自分自身も物思いにふけりながら、すっとその右腕を差し向けたのだ。

スカイブルーの腕を、半透明の細い肩へ。

が、ちょっと考えてみるべきだったのだ。ふぁい、の意味を。

『ふぁっぷし』

ぎゅむという変な音があった。

悪魔のくせにくしゃみなんかするから、いきなり狙いがズレた。

クリファパズル545、そのアンバランスな胸の真ん中に掌《てのひら》がぶつかったのだ。

そして新聞紙ドレスの少女の絶叫と共に、無言の白い怪物の豪腕がビンタというより爪を立てるような格好で空気を引き裂いた。

上条当麻《かみじょうとうま》、何にも無効化できねえまんま椅子ごと五メートル以上吹っ飛ばされていく。

「あヴぁほろばうあーっ⁉」

「……どォいう事だ？　マジでそのまま通っちまったぞ」

何故《なぜ》かぶん殴った方がわなわなしていた。

普通だったら床へ着弾した途端に全身の骨が砕けていたかもしれない上条当麻《かみじょうとうま》だが、気がついたら逆さになったまま作り物のクリスマスツリーに引っかかってぶら下がっていた。そのまま言う。

「分はったろ？　びっ、右手の力はなんかおかしいんでぶ」

でもってピエロの玉乗りみたいな格好で器用に少年の体の上をキープしていた掌《てのひら》サイズの妖精オティヌスが呆《あき》れ果《は》てた調子で呟《つぶや》く。

「あの一撃を浴びて死なずに済ませるとは、不幸体質は返上した方が良《い》いかもな」

「あっ！　幻想殺し《イマジンブレイカー》がないって事は、そういう事にもなるのか……ッ⁉」

今さらながら何か気づいたらしい上条《かみじょう》が、パッと顔を明るくしていた。

悪い事ばかりじゃない。

何だか勝手に良《い》い方向でまとまってしまいそうだが、

『ま、まずい。雰囲気に流されるとこのまんま抗議のタイミングを失ってしまいそうですう……』

半透明の悪魔が涙目になるのも無理はない。

不幸の枷《かせ》から解き放たれた全力全開の上条当麻《かみじょうとうま》である。こんな野獣を表に解き放ったらどうなるか、世界の倫理は誰にも予測のできない領域に踏み込みつつあった。

『第一王女からも何とか言ってやってくださいですう！　あなたの国のモラルが試されていますよ‼』

「……しれっと何ネタバレしてんだこのビッチ悪魔」

単なる『街の女』だったリメエアがメチャクチャ低い声を放っていた。

パンツが今さらのように言う。

「んえっ？　第一って、えっ、おいマジかよ、この根暗まさか……ッ⁉」

「うるせえし根暗って言うな‼」

何だかボカスカ始めた片眼鏡の淑女だったが、幸い、周りの酔っ払い達にまでは聞こえていなかったようだ。というかこの大騒ぎの酒場だと、自称ウサギグレイやアトランティス人が多くてお姫様くらいじゃインパクトを持っていけないらしい。

ともあれ。

「幻想殺し《イマジンブレイカー》は機能してない。まずはこれが前提」

自分の椅子を引きずってみんなのテーブルに戻ってきた上条《かみじょう》がそんな風に言った。

本日のラッキー野郎、まさかのお咎《とが》めなしである。

なら、スカイブルーの腕は何なのかという根本的な疑問は尽きないのだが……。何かが積み上げられたのか、あるいは抜き取られたのか。『変化』の詳細や原理はまだ見えていないので答えようがなかった。

「ウィンザー城の面々は誰かを信じているっていうよりは、状況全部を疑っているくらいの温度感だったな。つまり完全に全員が全員敵に回ったたって訳じゃあないんだろうけど、厄介な人が一人いる。……、？」

「食蜂《しょくほう》だ。食蜂操祈《しょくほうみさき》」

わずかな、不自然な間があった。

待っていられなかったのか、上条《かみじょう》の肩に乗っていた小さなオティヌスが補足を入れる。

顔をしかめたのは第一位だった。

「……超能力者《レベル5》か。俺と同じ、くだらねェ枠組みの中に入ってやがったヤツだよな」

「そうだ、そうだよ……。『心理掌握《メンタルアウト》』、精神系では最強だっけか。あの人が、向こうについた。

だから全体の布陣がどうなったか想像もつかない。ウィンザー城の魔術師は全員操られたかもしれないし、下手すると街中にいる普通の人もごっそり兵隊に化ける恐れも出てきてる」

今は陽気な酔っ払い達だって、いつ敵に回るか分からないのだ。

こうなると、もう理論立てて説明して多数派や市民権をもぎ取る、なんて当たり前の方法で訴えるのは難しい。しょくほうみさき。あの女、おんな？　とにかく顔も見えない能力者の采配一つで全体の空気みたいなものがぐらりと傾いてしまうのだから。

四角いパンツが何か口を挟んできた。

「まだ見えてねえんだけど、その親玉は結局何なんだ？　何がしてえんだ？？？」

シンプルだが、重要な意味を持つ質問だった。

ヤツは上条当麻《かみじょうとうま》にはない記憶を持っている。

何故《なぜ》か。

そしてその記憶でもって何をしたいのか。

(……影絵か、あるいはジグソーパズルのラストピースみたいに、記憶が欠けている事で逆に輪郭を浮き彫りにする技術でもあるのか。あるいはもっと単純に、俺の脳とは関係なくずっと俺の中から歩みを覗《のぞ》いていたヤツがいるのか)

上条《かみじょう》は少し考えてから、やがて改めて口を開いた。

「……あいつは、俺の過去だ」

「過去？」

滝壺理后《たきつぼりこう》がぼーっとしたまま首を傾《かし》げた。

たった一言だけど、人の本質を見据えて抉《えぐ》り取《と》るような、耳にした者へ指針を示す言葉だった。

しかし上条《かみじょう》としては説明しにくい。

方法は知らない。

だけど少なくとも、あいつは上条当麻《かみじょうとうま》も知らない己の過去を我が物としている。

「ああ、なくした過去っていうのはやっぱり重たいよな、俺の知らない動きをするから。いちいち糾弾されているような気分だよ。土台を持っていないお前なんかぐらついた、幻想みたいなものなんだってな」

でもそれは、本当は『あの』上条《かみじょう》からの言葉なんてどうでも良《い》いのかもしれない。

同じ言葉を、別の人の口から聞くのが怖いのだ。

遠い過去と結びつけられた、あの少女から。

「だから昔からの知り合いとか、過去からの繋《つな》がりがあるヤツにとっては、今の俺よりあいつの方が意味も価値もあるように映る、と思う。……正直に話して、吹っ切れたつもりなんだけどな。形だけは許してもらったとは言っても、それが本当の本当に本心なのかなんて誰にもこうだって言えないだろ。怖いんだよ、俺は。大事な人から失望されるのがさ」

ヤツは、『過去』というデータを指でなぞれば好きなだけ輪を広げていく事ができるだろう。上条当麻《かみじょうとうま》として振る舞って、彼がこれまで築いてきた人も物も全て奪っていくのだって手が届く。

過去や記憶は、それくらい重い。

客観的に証明しろと迫られたら、上条《かみじょう》は常に負ける側に立たされているのだ。

ふうん、という声がそっと差し込まれた。

「何か詰まっているようだし、情報整理の手助けでもしてあげましょうか。このフォーチュン様に泣いて頭を下げるならな‼」

重くもなければ軽くもない、フラットな相談相手。

言い換えれば、職業的な占い師のような声の主は、一人の魔術師だった。

ていうかオニオンリングを指で摘《つま》んでもりもり食べてる。

「わたしは『黄金』の魔術師、愛と美のダイアン=フォーチュンよ。だからその前提で話を進めさせてもらうわね。これから話す内容は魔術寄りの色がつくけど、ひょっとしたら問題の核は『そのもの』じゃないかもしれない。科学は科学で、別の言葉に置き換えられる可能性があるっていうのを常に忘れないで」

赤毛のショートヘアに白いドレスの少女。

ショッピングセンターで激突した思い出しかない上条《かみじょう》からすれば、この子から助言を聞いているという状況が不思議でならない。

　ともかくやや勝ち気な感じで胸を張り、彼女はこう切り出したのだ。

　インデックスもバードウェイもオティヌスもアレイスターもそうだった。魔術師は基本的に、教える事が好きなのかもしれない。

「タロットカードは占いの道具として有名だけど、同時に一冊の魔道書であったり、術者本人の心の形を表すカードセットとしても使われているわ」

「魔道書って、インデックスのような？」

　上条《かみじょう》からの問いかけにダイアン＝フォーチュンは細い顎に自分の人差し指を当て、

「うーん、禁書目録か。話には聞いているけど……」

「実際に運用しているわよ、だから我が国は対魔術師戦闘で他を圧倒していたの。ただまあ、ローラの正体がコロンゾンだった事で国際的な立場はズタズタになりそうではあるけれど」

『現物』を見ている訳ではないフォーチュンだが、第一王女リメエアから言われてしまえば、納得せざるを得ないのだろう。

　赤毛の少女はやや呆《あき》れたような調子でジンジャーエールを一口、ちょっと辛口で趣味には合わなかったのか苦い顔をしながら、

「あんなのをスタンダードと呼んでしまう辺り、あなたも相当のキワモノね。……話を戻すけど、つまり一人一人が使うタロットにはそれぞれの味がある。光り輝くこのわたしなんかそこ

から派生して『フォーチュンという個人の癖をつけられた魔道書』な訳だしね！ そういう意味ではタロットにせよホロスコープにせよ、その配列によって机の上で自分自身の図面を描いて運勢を点検するという行為はさほど珍しくもないのよ。少なくとも、こっちの業界では」

いよいよといった感じで浜面《はまづら》が呻《うめ》いていた。

魔術も科学も問わず、お勉強が苦手なクチなのかもしれない。

バードウェイのヤツにビンタされた事実をもう忘れているのか。

「……なあおい。結局それが今の大将の抱えてる問題とどう関係してんだよ？」

「黙って聞きなさいせっかちさん、これがお姉様なら爪立ててるわよ。どんな形であれ、個人の癖を完全に網羅した人間の設計図にある種の力を注げば、実際に人間のように振る舞うのよ。それはこの美しきわたしが美しいカラダで美しく証明しているでしょ？」

「ふむ……。人間、タロットやホロスコープを例に出しているところから分かると思うが、別にこれは大きな紙いっぱいに広げた図面である必要はないぞ」

上条《かみじょう》の肩に乗っているオティヌスが、細い脚を組み直しながら補足を入れてきた。

その時だ。ピンクジャージにもこもこニットの少女が不意打ちで口を開いた。

「……私の時は、アンナ＝シュプレンゲルから渡された水晶球には自律思考はいらないって話だったような」

気になる一言があった。

わずかに空気が軋《きし》んだのは、これまで脱力していた浜面仕上《はまづらしあげ》から怒気に似た何かが噴出したからか。

それにしても、アンナ＝シュプレンゲル。ブライスロードの戦いでもその名を耳にしたはずだが、彼女はウェストコットが作った幻想ではなかったのか。

気になるが、『黄金』についてもっと詳しそうなダイアン＝フォーチュンはこの話題に脱線しなかった。

実は上条《かみじょう》はあまり接触の機会はなかったのだが、あの戦争の最終盤において、フォーチュンは『浜面《はまづら》・滝壺組《たきつぼぐみ》』だったらしい。ひょっとすると沈没前のクイーンブリタニア号ですでに情報のやり取りを終えていたのかもしれない。

ともあれ。

フォーチュンはほっそりした指をミックスナッツの大皿へ伸ばしつつ、

「あなたの右腕にはそれなりの秘密があるのよね。それは図面なのかしら、あるいは力の源？　回復する、しないの条件がはっきりしない以上は下手したら一発で死ぬわ、だから絶対に軽はずみに自分から切断して確かめたりするべきじゃないでしょうけど、あなたの右手が過去何度か復活しているって話もその辺りに秘密があるかもしれないわね」

「腕が復活、か」

上条《かみじょう》は自分の体に目をやる。

今やその右腕も、スカイブルーにレモンイエローの異物だ。

一方で、フォーチュンは過度に肩入れせず、何の気ない顔でナッツの塩気のついた己の指先を舌で舐《な》めていた。彼女はあくまでもフラットな相談相手としての距離を保ちながら、

「ひょっとしたら今回はその辺が噛《か》んでいるのかしら。そもそも千切れた腕が元に戻るっていうのが普通の現象じゃないもの、床に散らばったタロットの順番も確かめずにざっくり山札をかき集めているような状況になっていないと良《い》いけど」

『……順番が、バラバラ？　まるで〇番目の「愚者」みたいですう』

（何気に同じテーブルにいる乳揉《ちちも》み魔《ま》に警戒しながらの）クリファパズル545の言葉に、学園都市第一位は特に口を挟まなかった。

結論の出ない問題については保留、というスタンスは相変わらずらしい。

似て非なる構造の半透明の悪魔が投げた言葉にフォーチュンは頷《うなず》いて、

「そうね。でもってタロットと言えばウェイトだけど、この面倒臭い一枚についてはかなり議論されているの。一番より手前、先頭に置いたのはヤツよりジェブランの方が先だったかしら。レヴィは二〇番と二一番の間、ウェストコットはラストの二二番目に。『愚者』は学説によって魔術師から宇宙まで大アルカナ二一枚の間を、場合によっては小アルカナ含めた全体のラストまで移動する。彷徨《さまよ》う〇番、まるで世界を旅でもするようにね。どこに置くのが正しいかなんて誰にも言えないわ。い、言っておくけどわたしが未熟って話じゃないわよ、トート・タロ

ットを作ったクロウリーでもそうなんだから‼」

自分自身がタロットで形作られているはずのダイアン＝フォーチュンでさえ、この口振りだった。

一方で目を剝《む》いたのは、これまで魔術の分野で常に上条《かみじょう》を引っ張ってきた『理解者』のオティヌスだった。

「旅するように……？　っておい、まさか貴様《きさま》、そういう話をしているのか⁉」

「こほんっ。幻想殺し《イマジンブレイカー》自体、時代によって人や物の間を行き来する性質を持つらしいしね。実際には結構粘っていたらしいけど、右手が壊れた時点でよそへ移る、って可能性もあった訳でしょ？　今のあなた達はどちらも肉体と能力を持っている。ここには善悪も優劣もない。ただお互いがお互いをどうしようもない愚者と認識して、あんなヤツの持ち物はすぐさま奪い取らないといけないと思っている。究極、その存在ごと。そういう風には考えられないかしら」

「……でも、異能を打ち消す力は向こうに渡っているはずだぞ」

わずかにトーンが落ちる。あの怪物にとっては、こっちが愚者呼ばわり。ここにいる上条《かみじょう》から見たら一方的にケンカを売られて全てを奪われたはずなのに、何か心当たりはないかと自分の行いを省みているのだろうか。

「(まったく、そもそもいきなり対等に立たれた事自体が不当って感じないのかしら。これって平等なように見えて全然平等じゃないのに……)」

「？」

己の人生なのに頼りない少年に、ダイアン＝フォーチュンは呆《あき》れたように肩をすくめて、

「見たところごっそり持っていかれたのは事実みたいだけど、でも、向こうにあるのが完全に正確な幻想殺し《イマジンブレイカー》だなんて誰が言えるのかしら？　あるいはあなたのスカイブルーと同じく、向こうも欠けているかもしれないわよ。ヤツの方に自覚があるかどうかは知らないけど。ただ、そもそもピンク色の光がチラチラ出てる事自体、普通の状態じゃないんでしょ？　少なくとも追儺《ついな》霊装《れいそう》を管理していたブライスロード関係の証言を調べても出てこないわよ」

「双方共に……彷徨《さまよ》う○番……」

上条《かみじょう》は自分の右腕に目をやっていた。

スカイブルーとレモンイエローで埋まってしまった、異形の腕を。

「じゃあ、変なトカゲ野郎、ドラゴンについても……。欠けているも何も、そもそもスカイブルーとショッキングピンクだったら、一体どっちが正しいん……ッ!?」

ダイアン＝フォーチュンはそっと掌《てのひら》で制した。

身を乗り出そうとする上条《かみじょう》へ、自省を促すように。

「このフォーチュン様の美貌と知識と慧眼《けいがん》に平伏《ひれふ》すのはあなたの権利だけど、あくまでも仮説よ。幻想殺し《イマジンブレイカー》はブライスロードにあった『黄金』の施設でも秘中の秘だったからこのわたしでも正確に読み解けているか完全な自信はないし、そうだとしても、これだと魔術の方に偏っ

ている。参考程度に留《とど》めておきなさい。ひょっとしたら、逆サイドから眺めたら全く別の側面が丸見えになるかもしれないし」

黒い箱を膝の上に置いたダイアン=フォーチュンは、片目を瞑《つむ》ってこう締めくくった。

「だけど何にしても、あなたとしては決着をつけないといけないわよね。それは正しいか、正しくないかじゃないと思うわ。……というか、今このテーブルに着いている連中の内、一体何人が正しい事だけやって生き残ったのかしら。少なくともわたしは即脱落よ」

でも。

だけど。

「とっとと言えよ。オマエは一体何がしてェンだ」

一方通行《アクセラレータ》はくだらなさそうな調子で吐き捨てた。

「自分の足跡を失った？　そこを突いてくる？　だから何だってンだクズが。そもそも俺はストーカーじゃねェンだ、オマエの足取りを一つ一つ年表にして丸暗記している訳じゃあねェ。ハナから知らねェンだよオマエの話なンて。で、昔の話がねェから何だ？　今ここで会話ができてるオマエに何か不備でもあンのか」

「……、」

「言っておくが、俺だってオマエに話した事は何もねェぞ。学校だの役職だのどころか、俺の本名だって知らねェだろ。真実の価値なンてそンなモンだ。誰でも顔と名前を隠してネットで結婚まで決めるよォなイカれた時代に、生まれた場所だの辿《たど》った道だのいちいち気にする方が化石過ぎる」

「……自分から頼んでおいて何だけどさ、どうしてアンタ達は俺の言葉を信じてくれるんだ？　今の俺には幻想殺し《イマジンブレイカー》がない、過去だって説明できない。体の方だって目に見えておかしな事になってる。誰がどう考えたってまともにゃ見えないと思うけど」

「知るかよ」

慎重に、探るように言葉を選ぶ上条《かみじょう》に、しかし呆気《あっけ》なく答えたのは浜面仕上《はまづらしあげ》だった。

彼はこう言ったのだ。

「そんなもん先に感情移入しちまった方だろ。もしかしたらもう一人の方と早く会ってりゃ、そっちに肩入れしていたかもな。でもこれって、アンタ達だけに言えた話でもねえだろ」

「そう、なのか？」

なんか微妙に第一位がイライラしているので、これは『テーブルに着いた全員の総意』ではなく、あくまでも浜面仕上《はまづらしあげ》個人の意見なのだろうが。

「忘れたのか、俺は自分の目的のために大悪魔コロンゾンについた人間なんだぜ。でもってアンタはアンタで、アレイスターの野郎を庇《かば》って戦ってた。何にも知らねえ人から見たら、いよいよ頭がどうかしちまったって思われても仕方がねえ。……でも、当の俺達にはきちんとした目的があって、ちゃんと命を懸けられただろ。戦う理由なんてそんなもんじゃね？　妥当だとか普遍的だとか、そんなそこまでいらねえだろ。何に言い訳しながら戦ってんだ」

ピンクジャージにもこもこニットの恋人と肩を寄せ合いながら、四角いパンツが真顔で続ける。

「つか、そもそも上条当麻って誰なんだ？　大将、アンタの寮にゃあ一度行った事はあるけど、こっちはアンタが生きてた痕跡なんてそれくらいしか知らねえし。けど本気で殴り合って、背中を預けて、また殺し合って、そんなのをずっと繰り返して……結局はこうしてまた顔を合わせてる。これで成立しちまってる以上、そういう関係だってあるんだろ」

流れなんかなかった。

これまでだって脈絡なんかなかった。

上条当麻《かみじょうとうま》は困っている少女を見つけて一つ一つ情報を集め、問題の核として居座っていた黒幕と戦ってきた。その中には学園都市第一位や武装無能力者集団《スキルアウト》だっていたかもしれない。

でも、彼にとっては一本の繋《つな》がった道筋に見えたとしても、彼らからすればどうか。

いきなり盤面に出てきたツンツン頭が全部持っていった。

そしてそれでも問題なく世界は回っていた。

自分の始まりがどうだったかなんて、意外と周りは気にしていない。

「良《い》いのかな……」

失った期間と、新しく作っていった期間。

全部自分の話なんだから、わざわざ甲乙をつけるのも間違っているかもしれない。

でも。

だけど。

「どうやったって一生思い出せない。俺にはそいつの価値すら分からない。自分の知ってる話なんて、俺が生まれてからこれまでの道全体で考えたらほんの先っぽだけ。たった半年にも満たないっていうのに」

「アホか人間」

肩に乗った『理解者』が、呆《あき》れたように呟《つぶや》いた。

「分からないものに脅《おび》えて、今自分が確かにこれと分かるものを否定する行為に何の意味がある。これは貴様《きさま》の人生だ。貴様《きさま》が生きたいように生きる以外に、優先すべき事などあるものか」

そしてトドメに、だ。

本当に接点のない二人がこう言い放った。

『こんばんは、コロンゾンの手で作られた人造の悪魔クリファパズル545ですう。どっかの最上位グループが好んで実践している「哲学的な死」じゃないですけどお、ここで会うのが初めてなので一秒前の話なんて知りません。……つまりこれだけの事なのでは?』

「記憶をデータとして入力された程度で人間の本質が変わる事はないわ。それはそこのそいつと同じく防衛装置として製造されたわたし、ダイアン＝フォーチュンが保証する。フォーチュンとして組み上げられたわたしにクロウリーの記憶を埋め込んだところで、あんな変態みたいに振る舞う訳じゃあないんだから。『人が変わる』のは記憶のありなしじゃない。信仰や愛情によるものよ」

存外、だ。

こういうのは本当の本当に赤の他人の方が本質を抉《えぐ》り取《と》る事もあるのかもしれない。本人からすればこの上ない問題に見えていても、周りからすればそんなものなのかと。

ふっと。

上条当麻《かみじょうとうま》は肩から力を抜いた。

ひょっとしたら、この考えは恩知らずなのかもしれない。自分の知らない誰かをひどく傷つけてしまうかもしれない。

でも。

それを解決する方法は、過去にはない。時間を巻き戻してやり直す事はできないのだから。人を傷つけて、涙を流させて、悲嘆に暮れさせたとしても。この少年がやるべきは、それでも前を見据える事だ。

未来で。

きちんと不備を見つけて、謝るべきなのだ。

だから。

「俺は、俺を優先するよ。今ここにいる俺を」

答えが出た。

誰でも持っているシンプルな回答かもしれないけれど、それが実際に上条当麻《かみじょうとうま》の魂を縛り付けていた鎖を断ち切る強大な力となった。

そしていったん方向が定まってしまえば、この少年は早い。

本当に。

相手が個人としての最強だろうが、集団としての怪物だろうが、お構いなしに食い破ってきた。どんな手を使っても。そういう人間だった。

「考えてみりゃ、ヤツは難しい事なんか何もしてない。俺の周りの対人関係をメチャクチャにしてダメージを与えようって考え方だけなら、オティヌスの時にもあった。上里《かみさと》の時だってそうだった。ヤツがどうだかは知らない、だけどヤツが今この時まで甘んじていたのは、きっとヤツ自身にも出てくるタイミングを選べなかったからだ」

つまり、大悪魔コロンゾンや『人間』アレイスター＝クロウリーとは違う。

大仰な計画や作戦があった訳ではない。

出てきてしまったから、出てきてしまった以上はこのタイミングでやるしかない。

その程度の考えしか持たない野郎に、全てを奪われてたまるか。

「過去がどうだかなんて知らない」

善だの悪だの、ではない。

これは少年の意地の話。結果、悪と断じられても構わない。

そういうものを見つけられた人間の声色であった。

「確かに俺は糾弾されるべき立場の人間かもしれない。だけど俺を糾弾しても良いのは過去の虚像なんかじゃない。俺を殴っても良い人間は、別にいる。勝手に代理を名乗って好き放題させるなんて許せるか」

そしてそうした人達こそが、真っ先に犠牲となっている。

インデックスに、御坂美琴《みさかみこと》。

さらには顔も名前も思い出せない、それでも確かにあの場にいたはずの、蜂蜜色の少女。

「ふざけんなよ……」

ふつふつと、であった。

胸の真ん中から突き上げるようなその衝動に、上条当麻《かみじょうとうま》は抗《あらが》わなかった。

情けなくて。

みっともなくて。

だけど、それが人間の本質なんだっていう事くらい、すでに学ばせてもらった。第三次世界大戦の後だって、世界の危機なんていくらでもあった。オティヌス、多くの魔神達、上里翔流《かみさとかける》、アレイスターやコロンゾン。彼らと命を削り合って、得られるものが何もなかっただなんて誰にも言わせない。

泥臭くても良い。そうまでしてでも取り戻したい人達を見つけた。

この短い間に。

「ふざけんじゃあねぇッ!! アレが世界の謎に繋《つな》がるとんでもない鍵だろうが、上条当麻《かみじょうとうま》って人間の根っこに関わる柱の部分だろうが知った事か！ まったくもって関係ねえんだよここにいる俺には!! 理由なんかいらねえ、顔を見たらその瞬間に砕け散るまで殴り飛ばす！ こっちはイエスかノーかで戦ってる訳じゃあねえ。間違ってるならそれでも良《い》い、俺はッ!! 自分で繋《つな》がった、自分を信じてくれる人達のために戦う!! そのためなら自分の命なんか投げ出せるんだッッッ!!!!!!」

「けっ」

ドカリと、だ。

料理やドリンクが乗っているというのに、同じテーブルへお行儀悪く足を乗せて吐き捨てたのは一方通行《アクセラレータ》だった。

「……うざってェ野郎だ。最初っから答えが決まってンなら何のための話し合いだってンだ。いちいち雁首揃《がんくびそろ》える必要もねェだろォが」

『あれえ？　ご主人様フリークの私の見立てですと、口振りに反して何だか目尻が嬉《うれ》しそうな気がギョブッフウッ⁉　しっぽっ、ごしゅっ、強く握っちゃヤぁあああああああああああああああああああああああああああああああああああっ⁉』

重力を無視して強風の日のヘリウム風船っぽく翻弄される新聞紙の悪魔は放っておくとして。

「必要な事だけ並べりゃ良《い》いだろぉが。地球の裏側の話ではあるが、どぉもここでの混乱が収まらねェと学園都市にとっても足を引っ張られかねねェ火種を残しそォだしよ」

「学園都市にとって？　お前らしくもない言い回しだな」

「……オマエに俺の何が分かるってンだ？」

『ですからご主人様がまた前触れもなく嬉《うれ》しそっぷはあ！　そこは足のツボぉ⁉』

この場合、裸足《はだし》でその辺泳いでいる少女の方が悪いのだ。

もみもみされている人（？）は放っておいて、上条《かみじよう》はこう尋ねた。

一方通行《アクセラレータ》ではなく、もう一人の少年へ。

「アンタは？　そこまで俺の問題に肩入れする理由はあるのか」

「単純なギブアンドテイク」

浜面《はまづら》はあっさりと答えた。

「そこのそいつに守ってもらう約束なんだよ。日々の生活ってのをな」

？　と上条《かみじよう》はちょっと眉をひそめた。

浜面《はまづら》が顎で指したのは白い一方通行《アクセラレータ》だ。

学園都市第一位の超能力者《レベル5》に、という意味だろうか。あるいはそれ以外に何か？

浜面仕上《はまづらしあげ》の中ではすでに噛《か》み砕《くだ》いているのか、あんまりここに拘泥《こうでい》するつもりはないようだ。

彼はそのまま話題を変えて、だ。

「けどそいつ……何でこんな時に出てきたんだ？」

「出てきた事自体はイレギュラーだな。元々、右手の方が限界でもあったんだ」

上条《かみじょう》の答えにますます浜面《はまづら》は首をひねって、

「てか、さっきも聞いたけどさ、アンタと成り代わって一体何をしようとしているんだ。そいつが『上条当麻《かみじょうとうま》』にこだわる理由って何かあんのかな。特別なチカラを持った人間……例えばそっちのどんよりお姫様とか、そこのそいつみたいに学園都市の」

どんっ、と。

一方通行《アクセラレータ》はテーブルの上に載せた足をもう一度軽く振り下ろした。

黙っていろ、という事らしい。

とにかく浜面《はまづら》は若干トーンを落として、

「……そいつ、別に無理して戦う必要なんかなくね？　ヤツからすれば誰にもバレない形でさっさと逃げて、地球の裏側で自分の世界でも作ってりゃ十分に『勝ち』だと思うけど」

逃げるが勝ち、という思考は浜面《はまづら》の心の奥底に武装無能力者《スキルアウト》集団としての価値観がこびりついているからかもしれない。

同じ人間はいない。

心理的な死角に入ってしまうはずだから、何事もなく逃げてしまえば絶対に追跡される事はない。ウィンザー城を支配しているあいつは一見すると優勢に見えるが、そもそも同じ顔を持つ二人が激突してしまっている時点で多大なリスクを背負っているとも考えられる。

何もしなければ、何も起こらなかったのに。

これについては、上条《かみじょう》の肩に乗っている妖精がこう言い放った。

「追跡を振り切るためかもしれん。世界の誰も気づかなかったとしても、私の『理解者』たるこの人間だけは自分の右手に異変を覚える事ができる……可能性が、ある。南の島で身勝手なハーレムを作る前に憂いを断っておきたいって考えるのはさほど難しいアイデアでもないぞ」

「けどさあ……」

まだもやもやが消えない顔の浜面《はまづら》に対し、オティヌスは無理に共感を求めなかった。

『理解者』は一人いれば良い、という事なのだろうか。

「胸の内を推測するだけの客観的な材料が集まっていないのなら、あらゆる可能性を考慮しておくべきだ。機械的に破壊目標を定めて上から順にリストを潰しているだけかもしれんし、常人では考えつかない異常な欲望に取りつかれているかもしれん。分かっているのは、そこの人間にとって害のある行為でしかなく、その害は放っておけば世界全域へ無尽蔵に広がっていくというだけだ。さながら、薬の量を間違えれば毒となるようにな」

と。

リメエアがそっと息を吐いた。

彼女は彼女で、他のメンツとは違った目線からこの事件を評価している。

「けど、方針が決まったのなら素早く行動した方が良《い》いわね。時間を長引かせてもこちらにとって得する事はなさそうよ」

「その、ウィンザー城だっけか？　そいつによっぽどまずいものでも眠ってるってのかよ」

（実はゼロからダイアン＝フォーチュンを再構築するという偉業を成し遂げたはずの）浜面《はまづら》からの疑問の声に、動きやすい格好でウィンザーの夜に溶け込んだ第一王女はこう切り返したのだ。

「お母様は城内に留《とど》まっているのよね。……だとしたら、ウィンザー城に何が敷設《ふせつ》されているかはあまり問題ではないわ」

「？」

「あの右手、前から使い方次第ではよっぽどえぐい事ができると思っていたのよ……。どこぞの大洪水じゃないけど、浄化って破壊よね。特に、己の目的のために詰まりを取って道筋を整えるって意味では。今の今まであなた達が思い浮かべなかったのは、良心が邪魔していたからでしょうけど」

4

「う……」

これが自分の放った声かと、英国女王《クイーンレグナント》エリザードは遅れて気づいて自嘲していた。国民の耳には絶対に聞かせられないようなものだった。

あれから一体何がどうなった。

具体的に思考を回す前に、視界の右から左へ銀の輝きが横切った。

切っ先のない戴冠の剣、カーテナ＝セカンド。

それを左手で無造作に握るツンツン頭の少年が目の前で屈《かが》み込《こ》んでいた。

口の端でピンクの光を散らし、小さく苦笑を織り交ぜながら彼は言う。

「よお」

「ッ⁉」

「色々考えたんだけどさ、やっぱりアンタ達を野放しにしておくのはもったいないし、利用させてもらう事にしたよ。食蜂《しょくほう》の『心理掌握《メンタルアウト》』とアンタ達の意識の自動切断《オートヒューズ》、右手一つでどっちも一気にぶっ壊しちまうから心配だったんだけど」

「……自分が何をしたか分かっているのか？」

まともに動くのは小さな三毛猫くらいのものだ。

女王の護衛と呼ぶにはあまりに心許《こころもと》ない。

「まるで俺が黒幕みたいな言い草じゃないか。立入禁止のお城へ窓を突き破って現れたのは向こうの方なのに」

その少年の言い草は、表面だけを受け取ればそうなのだ。

エリザードとて地球の反対側で起きている事をただ書類で報告されれば素直に信じていたかもしれない。言っている事は正しいが、そこに悪意を練り混ぜている。そういう種類の姑息《こそく》な香りが漂っていた。

本当の本当にやましい事が何もなければ、必要のない迂回路《うかいろ》だ。

どうやらここはダンスホールではなく、別室らしい。慣れないタキシードやアスコットタイを纏《まと》う黒幕の少年はまずエリザードを陥落し、その権力を笠《かさ》に着ようとしているようだ。

女王は呻《うめ》くように、

「……一体何が起きている？」

「別に何も。ずっとここにいたろ、上条当麻《かみじょうとうま》だよ。そろそろ恩を返してくれ」

「……」

「アンタだってパーティを台無しにされたくないだろ。だから協力してくれって言っているんだ、悲劇の元凶、あのクソ野郎をぶっ殺すために」

ぱんっ‼　という弾《はじ》ける音があった。

カーテナ抜きで放たれた魔術の閃光《せんこう》だが、ツンツン頭の少年には届かなかった。

ただし正面にかざした右手の指に、亀裂のようなものが走っているのが女王にも分かる。隙間から覗《のぞ》くのは異様な色彩だった。

自然界ではありえないショッキングピンクに、エメラルドのライン。

亀裂は蠢《うごめ》き、エリザードの見ている前で音もなく消えていった。

「まだ続けるのか？」

「……、」

「しかしまあ、アンタの全身が光って大爆発が起きるのと、俺の指先がカーテナ＝セカンドの表面をなぞるのはどっちが早いかな」

それで、息が詰まったようにエリザードの動きが止まった。

そう。

分かっていたから、彼はわざわざ利き手《て》ではない左で剣を握っていたのだ。

「処刑塔《ロンドンとう》じゃ世話になったな。正直、あの混乱だ。アンタのトコまで話が上がってたかは知らねえけど」

食蜂操祈《しょくほうみさき》の『心理掌握《メンタルアウト》』だけが脅威なのではない。

むしろ、機械的に能力で操られるだけならまだ救いがあったかもしれなかった。

口の端から蛍光色を滲ませ、ツンツン頭の少年はこう切り込んだのだ。

「でもってエディンバラ城でもクイーンブリタニア号でも似たような傾向があった。ここまで来れば大体予測がつくよ。どうせこのウィンザー城にも、イギリスって国全体を守るのに不可欠な何かってのが眠ってんだろ？」

「貴様《きさま》にそれが理解できるとでも？　理屈を知りたければロンドンの地下に一〇年は潜る事になるぞ」

「良《い》いんだ良《い》いんだ、詳しい理屈の話は」

少年は右の掌《てのひら》を突き付けて女王陛下の言葉を制した。

要点はそこではない。

「とりあえず『それ』があって、俺がこの右手で壊せる事さえ分かっていれば。何しろ、ここは普段だったら立入のできないプライベートな居住区画だもんな。むしろ逆に、どこを見回したって貴重な品とやらで溢《あふ》れ返《かえ》っているんだろ？」

おいっ、というエリザードの言葉など、少年は聞いていなかった。

いいや。

彼は英国女王《クイーンレグナント》から背を向けると、何の気もない動きで壁際《かべぎわ》の暖炉の方へ向かったのだ。正確には、暖炉の上に置かれたいくつかの小物の方へと。

「どんな色や形をしていて、どういう風に使って、どんな効果が出るものかは考える必要なんかない」

　敢《あ》えて、触れる。

　暖炉の上に並べてあった杖《つえ》を、水晶球を、壺《つぼ》を、絵画を。

　しかも逆の手では、無造作にカーテナ＝セカンドを引きずったままだ。

「……だって、『それ』がどんなものであっても右手で触れば壊れちまう程度なんだろ？　そして、仮に壊れちまったらイギリス全体にとって大きな痛手になるはずだ」

「待て。分かった、待て!!」

「自分でやっておいて何だけど、これ、結局何だったんだ？」

「……、」

「もう二、三個壊した方が分かりやすいか。ただし元には戻せないけど」

「っ、海に沈んだクイーンブリタニア号から国の備品を拾い上げているダイバー達を守る霊装だ。より正確には、許可なき者が王族の宝に触れると人工的に調整された天罰が降り注ぐ。だからそのセキュリティに差し込んで機能を麻痺《まひ》させるための！　正常運転に戻ったら現場の魔術師達は心不全で全滅してしまう!!」

　早口でまくしたてるような言葉で、お互いの立場は確定した。

　ただでさえ、大きな戦争を乗り越えた直後だ。

三大派閥の一角『清教派《せいきょうは》』のトップ、最大主教《アークビショップ》は空白になったままで、実質機能は空回り。対魔術師戦闘の指揮系統はごちゃごちゃになっている。

ここにきて、国防の要である『それ』が破壊されたら？

そいつをチャンスだと思う者も決して少なくない。国の内外から多くの恨みを買う程度には大きな国なのだ。降って湧いたチャンスをしっかりモノにできる個人や組織は極めて少ない。だけど触発されて一斉に動き出せば、それこそ祝勝に浮かれるこの国はクロウリーズ・ハザードの時代まで逆戻りだ。

無秩序な破壊活動でエリザードやその娘達が害される心配は、おそらく低い。

場当たり的な攻撃で血の海に沈むのは、結局、場当たり的でも手が届いてしまう一般の国民だ。そして流石《さすが》のエリザードでも、その一人一人に二四時間黒服の護衛をつける事まではできない。

歯噛《はが》みするしかなかった。

国は支えるもの。黙っていても永遠に平和が続く訳ではない。

再びエリザードの方へ戻ってきた少年は、素っ気ない調子で提案してくる。

「まあ、そんな訳だ。手を貸してくれよ、今度は俺のために。あの怪物を倒したい。前にアンタが俺を使って国難を乗り越えたようにさ。……今、食蜂《しょくほう》の力で動かせるのは二割くらいだ。残りの八割も何とかしたい。例の自動切断《オートヒューズ》を切った後にイギリス生まれの魔術師どもを説得するのはアンタの仕事だよ、エリザード」

「……私を脅す気か？　この英国女王《クイーンレグナント》をッ‼」

「俺は元々弱い人間だからな。上条当麻《かみじょうとうま》は能力者だの魔術師だの、真っ当にヒーローやってる連中に触発されてごっこ遊びで急場を凌《しの》いできた、どこにでもいる平凡な高校生ってヤツだった。実際、本当に一人きりで丸く収められた戦いなんかなかったんじゃねえの？」

上条当麻《かみじょうとうま》、その目鼻立ちを持つ少年の眉は動かなかった。

彼には時々、こういうところがあったはずだ。

強烈な激情や何度薙《な》ぎ倒《たお》されても起き上がる執念深さとは、真逆。死《し》の淵《ふち》に立たされても冷静に相手の攻撃を分析し、針の穴を通すようにして起死回生の一手を打ち放つ。そんな冷たい芯のような部分が。

もちろん追い詰められての、ギリギリの選択だった。

でもそれを、自覚的に振るえるようになったら？

その目尻で、一瞬だけ、エメラルドのラインが輝いた。

「だから使える手は何でも使う。『あの時』だって傷ついたインデックスを背負って迷わず頼ったのは、何も知らない小萌《こもえ》先生だったしな。エリザード、今まで自分の国を守るために人様を散々利用してくれたアンタにだって分かっているはずだぞ。俺は一人で何でもできるパーフェクト人間じゃない」

「利用などと……」

「ふざけんな、イギリスのクーデターが俺の人生と何の関係があった？　アンタは自分の都合でインデックスを取り上げて、右往左往する俺を巻き込んだんだ。あそこで俺が死んでいても、アンタはカメラの前で分かりやすく涙を浮かべただけだろ。そして生き残ったって、アンタが何かをくれた訳でもない。最初から、何がどうなろうが自分は損しないようにセッティングしてやがったんだ。違うかよ？」

苛烈な言葉の割には、少年はさほど強い憎しみを持っている訳でもなさそうだ。

むしろ、プラスに転化している素振りすらある。

これができなければ不幸と共には生きていけない、とでも言わんばかりに。

「結局は個人の力を振るう事しかできない俺が、どうしてブリテン・ザ・ハロウィンや第三次世界大戦なんて極大の集団戦を左右するような位置に立つ事ができたのか。人の弱い所を見つけて、そこからドミノを倒すように影響を広げていく。結局、上条当麻《かみじょうとうま》がやってきたのってそういう話だろ。良《い》いか悪いか、見え方の問題なんてアンタにとって追い風だったか向かい風だったかの違いでしかないんだよ。実際、敵からすれば俺って生き物は口から正論吐いていやらしい手ばかり使う迷惑野郎に見えていたんじゃねえか」

「……、」

「使えよ」

ごんっ、という鈍い音があった。

ツンツン頭の少年が、何の躊躇《ちゅうちょ》もなくカーテナ＝セカンドをエリザードの足元へ投げた音だった。口の端からショッキングピンクの光を散らしつつ、彼は言う。

「どっちみち、俺が持っていても仕方のない霊装だ。だからアンタに託す。はっきり言うけどさ、エリザード。国民を守りたいなら、俺のために働け。権力でも何でも使って、城にいる全ての魔術師を俺の駒として掌握しろよ。俺はあいつと違って全部知っているんだ。頭の中に入っているんだよ、アンタのアキレス腱《けん》も」

国を支える、皆を守る。

そのためには。

「……明日はないぞ、小僧」

「ははっ、仲良しこよしも結局は国益を害さない範囲でか。俺は言われるままに戦って命を投げ出したのに、アンタにとっては別に自分の命を懸けるほどの話にはならない。オティヌスとデンマークを逃げ回った時だってそうだった、勝てると思うまでは声もかけてこなかっただろ。儚《はかな》いよな、永遠の友情なんて言葉は」

吐き捨てるようなエリザードの言葉にも、ツンツン頭の少年は皮肉げな笑みを浮かべるだけ。だけど女王の手は床に落ちたカーテナ＝セカンドの柄に伸び、何より彼女は日本語で言葉を放っている。それで力関係は決まったようなものだった。

「仮にこの戦いを制したとしても、貴様《きさま》の望む未来はやってこない。何故《なぜ》なら今この時より、貴様《きさま》は英国全体の国難となったからだ。上条当麻《かみじょうとうま》であれ、別の何かであれな」

「報復するか？　でもどうやって？」

だが笑う。

目尻にエメラルドの輝きを滲ませ、ツンツン頭の少年は鼻で笑っていた。

「顔も名前も一つしかないんだ。今回ばかりは敵も味方も上条当麻なんだよ。だったら俺はスマートに切り抜けて、あのクソ野郎に全部押し付けて望む未来を掴《つか》み取《と》るぜ。これは、そもそもそういう意味での戦いなんだからな」

実際、食蜂操祈《しょくほうみさき》は甘い。

能力を使って操る事ができませんでした、で諦めてしまえるのだから。

これもまた、高い能力に恵まれたが故に醸成されてしまったロジックかもしれない。ツンツン頭の少年は、そういう訳にはいかない。何としても帳尻を合わせなければ、待っているのは確実な破滅だと分かっているからだ。

強さ弱さとは、単純な力の優劣だけではない。

失敗した時にコンティニューのチケットが何枚残っているか、にも関わると彼は思う。

無能力者《レベル０》でうだつが上がらなくて。

運動がズバ抜けている訳でも勉強ができる訳でも芸術肌でもなくて。

金や家柄に恵まれているなんて話もない。

そんな人間が一回転落すれば再起のチャンスなどない事くらい、少年はうんざりするほど分かっている。

だから。

弱い彼にはどんな劣勢に立たされようが絶対に食い下がる、独自の力が備わっている。この粘りの力については、女王陛下などには分かるまい。

「……どこへ行く？」

「基本の路線はできたからな。後はもうちょっと、カタそうなトコをほぐしてくる」

少年はそれぞれの戦力を頭に浮かべる。

ステイル＝マグヌスや神裂《かんざき》火織《かおり》は、この上条当麻《かみじょうとうま》と共に行動している事でインデックスが不利な状況に立たされると分かれば戦闘に承諾するはずだ。

神裂《かんざき》火織《かおり》が転んでしまえば、同じ天草式に属する建宮《たてみや》や五和《いつわ》も引きずられ、揺さぶられる。オルソラやアニェーゼといった元ローマ正教の面々も、一度は取り戻したと思った居場所を再び奪われれば心の均衡を保ってはいられなくなるはずだ。

結局は、この一点。

英国女王《クイーンレグナント》エリザードが本人の意思とは無関係にカーテナ＝セカンドを摑《つか》んでしまった時点で、全方向へドミノは倒れ始めた。

そう、国は支えるものだと言ったのは彼女自身。

柱の置き方、力の加え方を誤れば、傾いて倒れてしまうリスクもゼロではない。

クロウリーズ・ハザードから起きた今回の一件。全ての元を正せばアレイスターだけでなく、ローラ＝スチュアートにも原因があるというのはぼんやりと分かってきた。事は全世界が巻き込まれている。実は大悪魔コロンゾンの仕業だったのです、私達も知らなかったんです。そんな言い訳が通じる場面でない事くらい、『王室派』の頂点であるエリザードもよく理解している。

これはちょうど、右方のフィアンマに振り回されたローマ正教と似たような境遇だ。

彼らは奇麗にかわしたが、もしも戦後処理に失敗していたら、際限なしに世界中の国家や組織から財産を毟《むし》り取《と》られていただろう。

戦争に勝って国家が倒れた、では元も子もない。

天草式十字凄教に元アニェーゼ部隊、果ては魔術を知らぬ国民の一人一人まで。

この手を汚してでも、イギリスという地を頼ってすがってくれた者達は守らなくてはならない。それが国を支える者として、エリザードが自分で定めた第一の務めであった。

だというのに。

それが分かっていて、目の前の悪魔はそこへ切り込んでくる。

「五和《いつわ》に、オルソラに……ああ、レッサーやオリアナがこの場にいないのは惜しかったな。ともあれ、組織の利害以外にも、別の方向から刺激を与えてみるのも面白い。人間ってのは自分の処理能力を超えると頭がパンクして、思ってもいないような行動を取るもんだからな」

「きさま……」

あの少年は物怖《ものお》じせずすでにできている人の輪に加わって、人と人の繋《つな》がりを築いてきた。時にはねじれてしまった相手の心に踏み込み、必死になって暴走を食い止めてきた。その人が、本当に大切にしていた宝物を自分の足で踏み潰してしまわないように。

だけど。

それだって、使い方一つでは最悪の錆《さ》びた刃に変じる。

傷をつけるだけでなく、腐らせる。

「詳しいだろ？　こっちはアンタの思惑に乗ってイギリスのクーデターだの第三次世界大戦だのに生身で放り込まれたんだ、そりゃ色々と学ばせてもらったよ。……そうそう、こいつはお母様に尋ねておきたいんだけど、ヴィリアンって惚《ほ》れっぽい方か？　条件ＡＢＣをきちんと揃《そろ》えてパニックに追い込んだら、本来の想い人《おもびと》が頭からすっぽ抜けて思わず場の雰囲気に流されちまうくらいには」

「貴様《きさま》ァ!!」

吼《ほ》え立《た》てるような声があったが、タキシードの少年は右手をひらひら振って背を向けた。

今のは本気ではない。人の情を何より優先して現実の利害で押し引きできないあの第三王女は、おそらくまともな方法では籠絡《ろうらく》できないだろう。……まあ、処刑塔《ロンドンとう》のアックアを今すぐ死刑にすると言ったらどうなるかは見物ではあるが。

これまで散々浴びせかけられてきた。

だから、悪意の扱いについても心得ているつもりだ。

どう言われたら胸が痛むかなんて、分かっている。これまで散々利用されて、盾の代わりにされて、人から悪意をぶつけられてきたのだから。

エリザードに対する『枷《かせ》』がどれくらいの強度かを確かめたかった。

「……まったく」

使えるものは何でも使う。

故に。

逆に言えば、この少年が他の誰かに使われる展開はない。

例えば学園都市第五位、食蜂操祈《しょくほうみさき》から手を離されたところで、そこで彼の物語が終わる訳ではないのだ。

その口の端から、わずかに、ショッキングピンクの光がこぼれる。

誰に向ける訳でもなく少年は言い放った。

「蛇足だぜ、エリザード。素直に『心理掌握《メンタルアウト》』で操られていれば、アンタ達もここまで追い詰められる必要もなかったかもしれなかったのにな」

5

ウィンザー城、ズタボロのダンスホールだった。

長い金髪を二段に束ねて後ろに流した食蜂操祈《しょくほうみさき》は背中を丸めるようにして膝を抱え、絨毯《じゅうたん》敷《じ》きの床にお尻をつけていた。

きゅっという小さな音が鳴っているのは、腰の後ろが床と擦れ合ったからか。

乳白色のうなじの辺りからはまとめ切れなかったほつれ毛が何本も飛び出し、バニースーツから膨らませたような総シルクのドレスもあちこち大きなしわができていた。退廃。寂れた神殿や崩れた女神像のような、身を持ち崩す事で生まれる不思議な妖しさが醸《かも》し出《だ》されている。

完全で完璧で、でも、すっかり硬化してしまった権威。

打ち倒されるべき独裁者。

先日までの戦争で腰を痛めている彼女からすれば決して楽な姿勢ではないが、むしろ逆に痛みを求めているように見えなくもない。

安っぽい防災ホイッスルを握り込もうとして……いつしかそんな簡単なアクションすら躊躇《ためら》いを覚えている自分に、彼女は気づく。

指先が震えるから……ではない。

もはや資格がないと、自分で分かってしまったから。

美琴《みこと》が残したボックス状のA.A.A.が飼い犬のようにすり寄ってくるが、こちらに腰を下ろして楽をする気にはどうしてもなれなかった。

常習的なリストカットの中には、罪悪感が引き金になっているものもあるという。

他の誰かに罰せられるのが怖いから、自分で自分を傷つけて、罪の恐怖から逃れようとする心の動きによるものだ。

そんな事をしても現実の立ち位置が変わる訳でもあるまいに。

痛みを求めて汚れを被《かぶ》りたがる少女の心は、どこまでも深い所へ落ちていく。

「ねえ」

声を掛けた。

返事がないと分かっていても。

食蜂操祈《しょくほうみさき》の声は不自然に掠《かす》れていて、何度も何度も擦ったのか、目元も赤くなっていた。

ぐずぐずと鼻を鳴らしながらの声は、至近、一メートル以内にいる誰かに向けたものだった。

体育座りでうずくまる蜂蜜色の少女の目の前にいるのは、長い銀髪をざらざらと流すシスターだったのだ。白地に赤紫のラインで彩《いろど》られた、絵本のお姫様みたいなドレスを纏《まと》う華奢《きゃしゃ》な女の子。おそらくは、食蜂操祈《しょくほうみさき》の知らない時間を共有している少女。そしてひょっとしたら、何事もなければ彼女が立っていたかもしれない場所に収まっているしあわせな女の子。

小さな三毛猫が甘えるような、それでいて寂しげな鳴き声を発した。

首が斜めに傾いたまま銀色の髪を揺らす少女からの返事はない。

「……羨ましいわ、あなたの事が。ここばっかりは本当に」

そもそも、だ。

彼女を擁護するならば。

根本的に、食蜂操祈《しょくほうみさき》に平素の状況判断を求めるというのも間違っていた。何しろあの戦争、本格的な対魔術師戦闘は生まれて初めてだったのだから。かつての上条当麻《かみじょうとうま》だってそうだったはずだ。全く未知の存在だったステイル＝マグヌスを退け、背中を傷つけられたインデックスを抱えて夜の学園都市をあてどもなく歩き回ったあの時、『いつもと同じように』冷静でいられたか。例えば、何も知らない小柄な女教師を自分のトラブルに巻き込むとか。本人すら知らないところで莫大《ばくだい》なストレスを抱え込んだ結果、普段であれば絶対しないような選択肢を間違って選んでしまったとしても、それを単純に個人の責任だと追及するのは酷な話ではあるだろう。学園都市の超能力という身近な不思議に慣れ過ぎていれば、いつしか忘れてしまうかもしれない。

だけど根本的に、だ。

人は、生まれて初めて超常に出くわした時には心を取り乱してしまう生き物なのだ。

それが躁《そう》であれ、鬱であれ。

上条当麻《かみじょうとうま》の場合はたまたまそれが功を奏し、食蜂操祈《しょくほうみさき》の場合はしくじった。

怪我人《けがにん》抱えたまま小萌《こもえ》先生のアパートへ雪崩《なだ》れ込《こ》むにせよ、ホームパーティとはいえ一国の国儀を台無しにするにせよ、予期せぬ感情の爆発、『暴走』というトリガー自体は大して変わらないのだ。

A.A.A.を共有する格好で、御坂美琴《みさかみこと》とも一緒に行動していた。

だけど食蜂操祈《しょくほうみさき》が追い駆けていたのは、やっぱりあの少年の背中だったはずだ。

彼がいたから、やっていけた。

ほとんど四面楚歌《しめんそか》に近い初めて尽くしの魔術の争乱の中、荒れ狂う嵐の海でも何とか見えていた陸からの光。そんな灯台が、いきなりまやかしかもしれないと言われたら？

そこで疑問を持って立ち止まり、大波に呑《の》まれて沈むのが正しいのか。

その正体はどうあれとりあえず光に近づいて、自分の目で陸の有無を確かめようとするのは間違っているのか。

スカイブルーにレモンイエロー。

あれは違う、そうに決まっている。

そんな風に強く念じる事で、目の前で瞬《またた》くショッキングピンクにエメラルドの色彩から目を逸《そ》らそうとするように。

「どうして……」

結局、蜂蜜色の少女を取り巻いていたのは、そういう重圧の話だったのだ。

ただし食蜂操祈《しょくほうみさき》は、持っていた力があまりに強大過ぎた。

掠《かす》れた声で。

全身をエナメルのような妖しい輝きに包まれながらも、目元も鼻の頭も小さな子供のように真っ赤にしたまま、彼女は一人こう呟《つぶや》く。

「どうして、台無しになっちゃうのかしら……」

怖かった。

彼に忘れられてしまうのが。

いつか必ずそうなると分かっていたのに、小さな奇跡が続いてしまったから。

あのパーティ。最初の最初から、冷静になれば不自然だったはずなのに、違和感を口に出してしまえば膨らみ切った風船のように幸せな夢が弾《はじ》けてしまうかもしれなかったから。

これも、また。

かつて、一年周期で人工的に記憶を消去する事を強要されてきた銀髪のシスターを前にして、あの少年が味わってきた苦悩と同種のものだと、さて食蜂操祈《しょくほうみさき》は気づけたか。

おそらくは、彼女を責める者はいない。

ウィンザー城の外。

化け物扱いされて窓から放り出されたもう一人の少年さえ、きっと蜂蜜色の少女に唾を吐きかけるような真似《まね》はしないだろう。

でも。

だからこそ。

完全で完璧で、硬化してもはや身動きなんか取れない。

痛みを求める少女は己の膝に顔を埋め、小さな迷子のように鼻を鳴らしてこう呟《つぶや》くしかなかったのだ。


「……私のばか」


返事などない。

食蜂操祈《しょくほうみさき》がそうしたから。

だから彼女は女王で、だから彼女は一人ぼっちだった。

いつまで経《た》っても、変わらずに。

残ったのは小さな三毛猫が一匹。その猫は彼女の足の甲に、そっと前脚を乗せていた。

この辺りで良《い》いだろう。
魔術サイドや科学サイドなんて大きな話はどうでも良《い》い。
いい加減に、地の底に落ちた姫君を救い出せ。
もう一度、全力で。

行間 三

ウィンザー城の化粧室。

大きな鏡の張ってある洗面所での事だった。

「……っづ」

慣れないタキシードやアスコットタイのツンツン頭の少年が、そっと呻《うめ》いていた。

鏡に映る己の顔色は、決して良いものではない。

二階バルコニーでスカイブルーやレモンイエローに包まれた有翼のトカゲに体当たりされて以降、肉体面では主立ったダメージはないはずだった。

だからこれは、そういうモノではない。

冷たい水で何度顔を洗っても、皮膚の一枚裏が燃え上がるような熱は引かない。付随して、全身の感覚が少しずつ鈍くなっていくのも分かる。

びしり、と。

薄氷に亀裂が走る音が化粧室に響き渡った。

比喩としては正しい。少年の右手を中心に、本当に滑らかな皮膚の上にいくつか直線的な亀裂が走っていたからだ。

その奥から覗《のぞ》く色彩は、ショッキングピンク。

それからエメラルドのライン。

襲撃者が纏《まと》っていた外殻とは対極、なのだろうか。自然界で生まれたにしては不自然なくらい鮮やかで、だけど兵器や装備と呼ぶにはあまりにも生々しい光沢を放っている。

パターンは一つではなかった。

鏡に向かって、タキシードを纏《まと》う少年はこう囁《ささや》く。

「三毛猫」

途端に、手の甲に亀裂が走り、ピンク色の輝きが表に出る。

「女性騎士」

猫の爪のような傷が引っ込んだと思ったら、次は鼻っ柱を中心に顔全体へ。

「神裂《かんざき》火織《おり》の平手打ち、食蜂《しょくほう》の椅子に形を整えたA.A.A.、エリザードの術式……」

それは傷の履歴だった。

一つ一つとっかえひっかえ交換するように浮かばせながら、少年はにたりと笑う。

「しかしまあ、ここまで来てもあいつから一撃もらった訳じゃない、か。皮肉なもんだな」

当然ながら、応える声などなかった。

ここにいるのは少年一人。その指先を彩《いろど》っていたサイケデリックな亀裂が音もなく引っ込んでいく。

「まさか」


たった一人。

全てを掌握した少年は、しかし孤独に呟《つぶや》いていた。

びし、びし、ばぎ、と。

時計の秒針のように空間へ音を刻み付けようとするショッキングピンクとエメラルドの亀裂を、強引に押《お》し留《とど》める。今はまだ、大丈夫。こいつがめくれ上がる心配はない。

鏡のように、とはいかない。

スカイブルーとレモンイエロー。しかし色彩に詳しい者ならすぐ分かるだろう。ピンクとエメラルドと見比べたって、特に対比は取れていない。

そしてそれでも構わない。

彼が求めているのは一対の『理解者』ではない。属性としてはむしろ真逆。どうやったって嚙《か》み合《あ》わない独自性こそが、個人としての完成に近づいていくのだ。

ドラゴン。

地底の支配者にして財宝の番人。明確な悪魔でありながら家や組織の象徴としても掲げられる、善悪の二元論をまたいでしまう奇妙な記号性。

洗面台の片隅には、陶器でできた花瓶があった。側面にあるのは薔薇《ばら》の装飾。あまりにも世界に馴染《なじ》み過ぎて、今となっては結社や勢力に関わらずどこにでも紛れ込んでしまう記号や象徴。

そこではいくつかの目標があり、その中にこんなものがあった。

……彼らは倫理、規範、正義に基づいて行動する。ただし自分よりも前の世代に作られた人の善悪を裁くルールが絶対に正しいとは限らない事も理解している。よって不足を感じた場合はあらゆる法規や条約を覆《くつがえ》し、正義のキズを修復しなくてはならない。

らしい。

「……」

(求められてここにいる、か)

益体もない話であった。

鏡の前で顔を洗うタキシードの少年にとって、必ずしも直結している話でもない。

「まさか、ただカラフルな外殻を操れる程度の正体だなんて思っていないだろうな、上条当麻《かみじょうとうま》」

人の心は自分で全て見渡せるとは限らない。魔術の分野においても段階を踏んで正しい理解に努めなければ、セフィロトをなぞって自分の心を清めていく行為すら暴走して思わぬ行動に出てしまうと警告されていたほどだ。

そんな事情を知っているのか、いないのか。

ともあれ、その少年は静かに考える。

前提を疑え。もしも不足を感じたのであれば、その手で正義のキズを修復しろ。

人間と能力。

さあ、観測者の主観を丸ごと入れ替えよう。

第四章　自己という関門を越えろ　Break_the_Wall.

1

その戦いは、きっと歴史には残らない。
だけど絶対に避けては通る事のできない、解放戦が始まろうとしていた。

ウィンザー城は単なる観光名所ではなく、実際に女王の暮らす城だ。
そこには年代物の陶磁器や楽器の他に、当然ながら日用品や生活雑貨もあって然《しか》るべきだ。

「……、」

エリザードは一人、己の私室に佇《たたず》んでいた。
黒檀《こくたん》の机の邪魔にならないようチョコレートカラーで統一したパソコンに触れると、未読のメールが五〇万件以上連なっていた。

実際、英国王室のメールアドレスは一般に公開されている。

バチカンの方では世界中から贈られるクリスマスカードのために専用の貨物列車を走らせているようだが、こちらはもう少しだけ近代的だ。クリスマスシーズンともなればＳＮＳと共に膨大な数のメッセージが投げ込まれる。しかし今日は少々勝手が違うようだ。

騎士でもメイドでも、魔術師でもシスターでもない。

そこに連なっているのは、何も知らない人々だ。

『ご無事でしたか、陛下。今年も無事クリスマスを迎えられそうでホッとしております』

『新しいケーキを開発したんです。ロールケーキで、中をトンネルにしているのが特徴で……エリザード様のお名前をいただいてしまってもよろしいでしょうか？』

『うちの庭からはなびが見えます。ひゃー、じょおうへいかにも見えているといいな』

無言のまま、だ。

己の額に手をやるしかなかった。

こんな言葉を受ける資格はないと、エリザードは気づいている。国のために少年を切り捨て、脅されるままにプロの戦力を配置につかせた時点で。上条当麻《かみじようとうま》はもちろん、戦闘に従事させられている魔術師達もまた、唇を噛んでいるだろう。全てエリザードが命令した結果だ。彼女が采配を間違えたから、こんな事になっている。

天国に行けるなどとは思わない。

この魂は地獄に落ちて焼き尽くされる。

それでも。

それでも、だ。

「……捨てられん」

懊悩《おうのう》。

だが答えは決まっていた。

民が弱いとは言わない。だけどこの重圧は押しつけられない。

己の守るべきものを再確認し、カーテナ＝セカンドを摑《つか》み直《なお》して、彼女は一人吼《ほ》える。

「私はどうあっても、この国の皆を捨てられん……ッ‼」


ザザザザ‼　と。

ウィンザー城の周りに生い茂る人工林の枝々が、冷たい一二月の風に揺られて不気味な音を鳴り響かせていた。

警戒強化。

それも英国女王《クイーンレグナント》エリザードからの命令だ。

辺りには現世を彷徨《さまよ》う人魂《ひとだま》のような揺れる明かりがいくつも行き来していた。その一つ一つが、元ローマ正教の修道女達が掲げているカンテラの光だ。がしがしぎし、と作り物の関節や滑車から軋《きし》んだ音を鳴らしている異形のシルエットは、近衛侍女達《メイドオブオナーたち》のものだろう。誰も彼も、パーティー気分を吹き飛ばし戦闘用の装束に替えている。

望んで戦う者なんかいない。

しかしそれでも、明確に殺傷力を持つ霊装を抱えた兵力は結集してしまう。

(よりにもよって)

誰もが思っているはずだ。

どうしてこんな事に、と。

(よりにもよって、あの人と戦わなくちゃあ自分達の住む場所を守れなくなるだなんて……ッ!! 一体どれほど試練を押し付けてくるつもりなんですか、我らが父っていうのは⁉)

まるで蜂の巣だ。一見すると一つのまとまった集団だが、実際には小さな部屋に区切られていて、個々の事情なんてバラバラ。神裂火織《かんざきかおり》とアニェーゼ＝サンクティスどころか、アニェーゼとルチアでも頭の中で考えている『事情』はそれぞれ違うのかもしれない。なのに一様に同じ向きを見て暴力を表しているところを考えると、もはや暴徒のロジックとでも評価するしかないのかもしれない。

何故《なぜ》。

答えはもちろん決まっている。

アニェーゼ達が一時的に身を寄せている『清教派《せいきようは》』は、戦争に勝ったけど負けたのだ。そもそも全ての元凶は最大主教《アークビショップ》を務めていたローラ＝スチュアートこと大悪魔コロンゾン。英国全体の女王であるエリザードが責任を持って場の混乱を鎮《しず》めよと命令を出した場合、『全ての元凶で、なおかつ敗戦した側の』アニェーゼ達には抗《あらが》いようがない。

個人の事情は。

国家の思惑に、喰《く》われる。

(せめてシスター・オルソラだけでも『鎖』を外したかったものですが……ッ!!)

あるいは食蜂操祈《しょくほうみさき》を悪役にして、彼女に操られていた事にしてしまった方がまだしも気が楽だったかもしれない。だが仮初めの葬式という記号を利用した自動切断《オートヒユーズ》を使って逃げ切り、次のステージ、さらなる悪夢へ状況を押し上げてしまったのはアニェーゼやオルソラの選択だ。選んでしまった以上は、今さらそんなつもりじゃなかったと言って引き返す訳にはいかない。

そんな時だった。

バスッ!! というくぐもった音と共に、人工林の幹に噛《か》み千切《ちぎ》るような傷がついた。

アニェーゼは舌打ちして、

「狙撃っ!? 総員通達、光源を遠ざけてください！」

しかし返答が来る前に、さらに爆音が炸裂《さくれつ》した。今度は単発ではない、低い唸《うな》りが延々と続くフルオートの斉射であった。割りばしよりも細い茂みの枝がパキパキと連続的に折れていく音が続いていく。誰か倒れた。アニェーゼはそう判断した。

（一発目は風向きや重力の誤差を求めるための基準の割り出しかッ⁉）

おそらくはテムズ川の対岸からだが、正確な位置までは割り出せない。マズルフラッシュは覆い隠されているし、おそらくいくつか共鳴板を立てて音源を乱反射させている。

あっという間に芝の地面や木の皮が弾《はじ》けて舞い上げられ、一面にドライアイスでもばら撒《ま》いたように土埃《つちぼこり》がアニェーゼ達の視界を覆っていく。

向こうにとっても不利な状況だと信じたいが、一つ、また一つと土煙の向こうでぼんやりとした光源が地面に落ちていくのが分かる。味方の修道女が倒れ、カンテラを手放しているのだ。

「シスター・ルチア、アンジェレネ⁉」

「アンジェレネはダウンです‼　ですが何かおかしい、この口径で出血がない……ッ‼」

長身のシスターが言いかけた時だった。

ビュオッ、と。

アニェーゼの背筋を何か冷たい指先が撫《な》でた。そんな感じだった。

直後。

真横からの一撃を受けて、見知ったシスターの体が横に倒れていく。

しかし、

（対岸からの銃声と、シスター・ルチアが倒れたタイミングが合わない……）

ルチアの言った通り、やはり鉄錆《てつさび》のような匂いもない。

ざざっ!! と。

波のような音が足元をなぞる。ド派手な結婚式のドライアイス演出のように舞い上がる土煙が、彼女の腰の辺りの高さまでを濃密に塞いでいた。いいや、それだけではない。

(そもそも、二人を薙《な》ぎ倒《たお》したのは銃弾じゃない……)

何かいる。

身を低くし、獣のように迫る何か。

ジジジジジ、という夏場の誘蛾灯《ゆうがとう》に似た電気の低い唸《うな》りは、スタンガンか何かか。

(対岸の重機関銃は丸ごとフェイク⁉　本命はすぐ近くにまで迫っていたッ!!)

ようやく気づいた時、アネリに補助された浜面仕上《はまづらしあげ》と『黄金』のダイアン＝フォーチュンが互いに左右へ交差しながら、一斉に少女の細い腰を目がけて飛びかかっていった。

もう一人の襲撃者は、奇妙な状況に出くわしていた。

ドゴアッ!! と。

蹴りの一発で天草式十字凄教の魔術師を何人かまとめて吹っ飛ばした一方通行《アクセラレータ》は、目にしたものを見て軽く舌打ちする。

「……オマエ、ここで何してやがる？」

「私にも分からん。婦女子が転んで自分の足を刺さないよう刃物を取り上げたらこうなった」

小太りの騎士だった。

ホレグレス＝ミレーツ。

が、以前塔のてっぺんから逆さにぶら下げた時とは雰囲気が違った。その足元では地味な修道服の上からでも分かるスタイルの良《い》いシスターがそっと寝かされている。デブそのものよりも、シスターが発した悲鳴か物音で多くの人間を呼び寄せてしまったのだろう。時代がかった銀の鎧《よろい》を纏《まと》う騎士達に取り囲まれていたのだ。

しかしデブの顔に狼狽《ろうばい》はない。

どっちみち、一方通行《アクセラレータ》や浜面仕上《はまづらしあげ》の仕事は陽動だ。

この戦いだけは。

あの少年が自分でケリをつけなくては意味がないのだから。

（……野郎考えナシに面倒な仕事押し付けやがって。バッテリーは長持ちしねェから囮《おとり》は苦手なンだがな。こまめにオンオフして時間を稼ぐしかねェか）

「どうした。状況の割に、嬉《うれ》しそうな顔に見えるが」

「どこの脂肪から毟《むし》り取《と》られてェンだクズ……」

首筋に手をやり、電極のバッテリーの残量を再計算しながら第一位の怪物は口を開いた。

「まともなのは何人残ってやがンだ？」

「正直に報告すれば数は少ない。ヴィリアン様を中心として、私の他には騎士団長《ナイトリーダー》と、それから第二王女の軍馬アレックスを駆る騎士もいたが、他はほとんど恐怖と屈辱に折れた。民を守るためとはいえ、やはり女王陛下が膝を屈したのが大きい……」

「無暗《むやみ》やたらにオマエの頬の肉が引き締まってンのは？　ご丁寧に大義名分は用意されてンだろ、素直に操られちまった方が気が楽なンじゃあねェのか」

ホレグレスは小さく笑った。

「一度は負けた身の上だ。今さら失う事は恐れんよ」

ジャコン!!　と。

鞘《さや》から抜き放った途端、小太りの騎士の刃がバネ仕掛《じか》けによって扇のように広がった。

パリーイングダガー。

決闘において相手の刃を絡《から》めて受け止める、防御のための左の刃だ。

当然ながら、向けるべき相手は白い怪物の他にいる。

「……自己の肉体に人工物を組み込むニクス＝エヴァーブラインド、持ち運び可能な棺《ひつぎ》の管理者であるアンジュ＝カタコンベ、それから高貴な血と処刑器具の混合物を専門に取り扱うキュティア＝バージンロードか」

「根拠は？　見えてもねェのに何故《なぜ》断言しやがる」

「禁忌は空気を変えるものだ。貴様《きさま》が侍《はべ》らせている、そこの悪魔のように」

舌打ちと共に、一方通行《アクセラレータ》のすぐ隣で一二月の落ち葉が竜巻のように渦を巻いた。

バン!! と大きく弾《はじ》け飛《と》んだ途端、第一位の首っ玉へ両腕で抱き着くような格好で半透明の少女が姿を現す。

『やべぇー……「前」と違って隙がないですよこの人。今じゃもう「戦争の狂気」も通じないんじゃね?』

身の引き締まったデブは眉一つ動かさなかった。

悪魔の甘言などでは揺らがない。

その両の目は、もっと大切な目的を見据えている。

「そして陛下が心身を持ち崩した時こそお支えするのが騎士の本懐。であればエリザード様が再び自らの足で立ち上がるまでは、このホレグレス＝ミレーツ、刃を向ける先を違える訳にはいかんのだ」

ザザザリザリ!! と、複数の靴底が威圧するように渦を巻いた。

どうやら敵は一方通行《アクセラレータ》を含み、包囲の輪を再形成するつもりのようだ。負ける事を恐れて汚れた手を繰り返す。小奇麗なエリート達は、その泥沼こそがすでに限界まで負けが込んでいる事にまでは頭が回らないようだ。

『にひひ。どうします、ご主人様?』

「派手に騒ぐのが俺の仕事だ」

三者三様だ。

得体のしれないクールデブと背中を預けるようにして、白い怪物は周囲全体へ向けてむしろ挑みかかるようにこう吼《ほ》えた。

「でもっていい加減に俺のタチくらい学ンでンだろ。胸糞悪《むなくそわ》りィンだよ、漂白剤みてェな優等生ってのはよォ!!」


あちこちで戦闘が始まっていた。

そんな中、異形の怪物が夜の闇を切り裂いていく。

スカイブルーにレモンイエローのライン。

鰐《わに》のような大顎を持ち、背中から薄膜の翼と太い尾を伸ばした、有翼のトカゲ。

巨大な猛禽《もうきん》の背に乗った掌《てのひら》サイズのオティヌスがこう囁《ささや》いていた。

「全体で言えばこちらが不利だ。リメエアの言った通りだな、時間が経《た》てば経《た》つほど国家単位のマンパワーを持つ向こうの有利に働く。ずるずると持久戦に追い込まれるなよ。短期決戦で仕留められなければ勝ち目はないぞ」

そもそもこれは上条当麻《かみじょうとうま》の戦いだ。

勝っても何かを与えられる訳じゃないし、負ければ容赦なく命を奪われる。そんなとことん理不尽な戦いなのに、ついてきてくれる人達がいた。

これ以上の好機はない。

きっと一千年待っても、今夜ほどの勝ち目はやってこない。

「やっと繋《つな》がってきたな、人間」

「ああ」

ただ、鰐《わに》のような大顎をかちかちと鳴らす少年の声色はわずかにくすんでいた。

猛禽《もうきん》を操るオティヌスが首を傾《かし》げていると、

「……幻想殺し《イマジンブレイカー》がなくなったからか？　確かにラッキーなのは嬉《うれ》しいけど、何かしっくりこないんだよ。周りの人に頼るのは構わない。だけどこのままだと、仲間がやってきてチャンスが繋《つな》がるのが当然ってなっちまいそうで」

記憶のありなしが人を決めるのではないとダイアン＝フォーチュンは言っていた。

人を変える要因は、信仰や愛情にあると。

でも。

それなら一層、引き締めなくてはならない。

ここで心まで変わってしまったら、いよいよ何をもって上条当麻《かみじょうとうま》は自分が上条当麻《かみじょうとうま》だと言えるのか。

「二階のバルコニーから叩《たた》き落《お》とされても無事だったのも、体の変化じゃない。運が良かったから無傷で助かったんだ。高いトコから落ちても何故《なぜ》か無事だった赤ちゃんみたいにさ」

「あのなあ。それくらいは享受しても構わないんじゃないか？」

「期待通りに人が来ないってだけで、何で集まらねえんだよって怒るような人間にはなりたくないんだよ。だから、そうなる前に不幸《みぎて》を取り戻そう。俺にはそれくらいでちょうど良《い》いんだ」

「筋金入りか。別にラッキーは実力を否定する言葉ではないのにな」

感謝の気持ちを忘れてはならない。

あの時同じテーブルに着いた連中は、こう言ってくれたのだ。

『自分を取り戻すための戦いなんだろ。そういうの、俺にも分かるよ。あの戦争じゃコロンゾンの側について、散々みんなに迷惑かけてきたからな』

『……俺らがやるのは陽動だけだ。中まで飛び込むのはオマエの仕事だぜ』

「分かってる」

無理な戦いを強いられている人々や、城の中で囚《とら》われた少女達を思い出す。

そして。

どうしても、何をやっても、頭の中で明確な像を結んでくれない、蜂蜜色の少女も。

あるいは、それを想《おも》うだけで闘争心に置き換わっていくから、スカイブルーにレモンイエローの怪物は己を上条当麻《かみじょうとうま》と呼べるのかもしれない。

泥を這ってでも、絶対に取り戻す。

異形の乱杭歯《らんぐいば》を食いしばって。

これからどうなるか、自分の体の話も分からないまま。

それでも低い声で、少年はこう宣言したのだ。

「ここだけは、俺がやらなきゃ意味がないッッッ!!!!!!」

魂を解放しろ。

上条当麻《かみじょうとうま》は多くの人の自由を縛り付ける監獄と化したウィンザー城へ飛び込んでいく。

2

ウィンザー城だ。

元々夜の闇に沈んだ敷地《しきち》のあちこちで本物の殺し合いが始まっていた。

だけど実際に城の中へ踏み込んだ時、空気が一変するのを異形の上条当麻《かみじょうとうま》は拡張されたスカイブルーの肌で理解していた。

長い長い直線通路の先で、オレンジ色の光が明滅していた。

この距離でも紫煙の香りを知覚できるのは、正体不明の肉体の変容によるものか。人間では微々たる皮膚呼吸も、他の生き物では三割なり五割なり占めている種もあるという話を聞いた事がある。

目が、合った。

「……ステイル＝マグヌス」

呟《つぶや》いて、スカイブルーの怪物は改めて気づく。

花瓶の底、絨毯《じゅうたん》の裏、おそらくは天井裏まで。ラミネート加工のカードがびっしりと、それでいて巧みに隠しつつ、その男のテリトリーを構築するために貼りつけられているのだ。

どんな風に恫喝《どうかつ》され、そそのかされたのか。

具体的なところは上条《かみじょう》には分からないし、無理に言葉を引き出す必要もなかった。たった一人の少女の笑顔の糧《かて》となるならば、いかなる泥でもすすって前へ進む。赤い長髪の神父はそういう男のはずだった。

それならば。

「避けられそうにないか、人間？」

「それ以前に、誰もそんなの望んじゃいない」

仲良しこよしで妥協しながら激突を避けるだけが友情じゃない。

思えばろくな記憶もなく広い世界に放り出されたその時から、この神父とはそんな感じになってきた。ここまできてやり方を変える事などできなかった。

異形で。

どうしようもなく変わり果て、右手の幻想殺し《イマジンブレイカー》すら奪われたけど。

それでも上条当麻《かみじょうとうま》は、右の拳を強く握り締め、静かに構えていく。

「きやがれ、魔術師。出し惜しみはナシだ」

小さな笑みがあった気がした。

ボンッ!! と直後にオレンジ色の炎が吹き荒れる。神父の左右の手からそれぞれ直線的な業《ごう》火《か》の剣が飛び出したのだ。

魔女狩り専門。

未知の超常の使い手に対し、情報収集と同時にリアルタイムで対抗手段を構築して的確にその命を刈り取りに行く、文武両道の全てを殺しの技術に極振りしたスペシャリスト。

しかし。

そこで。

上条当麻《かみじょうとうま》は直線通路の先にいる長身の神父よりも、まず真横の壁に向けて躊躇《ちゅうちょ》なく本気の拳を叩《たた》き込《こ》んだ。

まるでタイミングを合わせるようだった。

ゴッッッガッッッ!!!!!! と。

分厚い内壁を丸ごと砕くようにして飛び出してきた黒髪ポニーテールの剣士、神裂火織《かんざきかおり》の長い鞘《さや》と分厚い鉤爪《かぎづめ》とが勢い良くかち合ったのだ。

「変容した知覚を利用して……?」

振り抜くはずだった打撃を途中で遮られた事で、コンクリの壁をバットで殴ったような痛みにさらされたのだろう。神裂《かんざき》は予期せぬ痛みにわずかに顔をしかめながら、

「……いいえ違う。軍神が乗り回している猛禽《もうきん》の動きの変化を読み取ったのですか、上条当《かみじょうとう》麻《ま》!?」

恐るべき奇襲に対して、だ。

むしろ上条当麻《かみじょうとうま》はスカイブルーの外殻の奥で笑みを浮かべていた。

「出し惜しみはナシだもんな……」

二刀流を自ら崩しての爆炎……にしては距離が遠い。

そもそもステイル最大の魔術である『魔女狩りの王《イノケンティウス》』を使う気配もない。

であれば、

「一対一で挑んでハイおしまいなんて軽い話で終わる訳ない‼　『聖人』っていう分かりやすい切り札があるなら、段階なんか踏まずに絶対初手から全部使ってくるはずだ。自分が卑怯《ひきょう》者《もの》のそしりを受けてでも、確実に‼　そうだろステイル⁉」

看破しても彼我の実力が変わる訳ではない。

最初の一発は猛禽《もうきん》の感覚と強化された肉体で凌《しの》げたが、そう何度も同じ事はできない。そもそも上条《かみじょう》は自分の体がどうなっているか把握もできていないのだ。必要以上に力を込めたら振り抜いた腕が千切れて飛んでいった、くらいの事が起きても不思議ではない。

そう。

普通に考えれば。

七閃《ななせん》、と神裂《かんざき》の唇が動くよりも先に、七本のワイヤーが全方位から同時に襲いかかってくるよりも早く、ぎゅるりという柔らかいものがねじれるような音が炸裂《さくれつ》した。

スカイブルーとレモンイエローがほどける。

ツンツン頭の少年が外気に触れるが、わざわざ自分から武装解除した訳ではない。

その胸に、何か抱えていた。

園芸用の、ぺらぺらのビニールでできた黒いカップ。

そして先が二股に分かれたニンジンにも似た、それでいて人の顔のような模様のついた奇怪な植物。

「なっ……」

「マンドラゴラ地雷、だっけか？」

パーティ用のクラッカーのように、カップの底についていた紐《ひも》を引っ張って覚醒。目を覚ました（？）マンドラゴラが神裂火織《かんざきかおり》の眼前へ飛び出す。

同時。

上条《かみじょう》は再びスカイブルーを纏《まと》って近くの窓を突き破った。

ガラスの割れる音よりも甲高い絶叫が屋内空間を埋めていく。

「がっ⁉」

自分で解き放った『絶叫』だったが、それでも上条《かみじょう》の頭蓋骨をかなり揺さぶってきた。スカイブルーの外殻で全身を覆っていてもこうなのだ。内耳から心臓へ、と言っていたのはオティヌスだったか。生身のままならどうなっていた事か。

それにしても、

（紐《ひも》を引いて、マンドラゴラを飛ばして、外へ逃げた、か）

言葉にすればそれだけだが、音速で動く『聖人』の目の前で、三つも行動を重ねているのだ。

瞬間的にだが、神裂火織《かんざきかおり》の速度についていっている。

ラッキーなんて能天気に言っている場合ではない。下手すると人間に戻れなくなるかもしれない。何しろ医者でも説明できないような状態なのだ。単に運動機能の話だけでなく、見聞きしている世界、時間の流れすらじんわりとブレていくような、どうしようもない恐怖が少年の背筋を撫《な》でていく。

頭上を飛ぶ巨大な猛禽《もうきん》、その背に乗ったオティヌスが叫んだ。

「気を抜くな、人間！」

ばぎりっ、と。

『絶叫』に汚染されたはずのエリア、倒したはずの相手がいる辺りから、建材の割れるような音が響いた。何百年も歴史に耐えてきた石の壁、窓枠の辺りを、容赦なく握力で握り潰すような音だ。

起きる。

神裂火織《かんざきかおり》は、すぐにでも廊下で復活する。

「腐っても世界に二〇人といない『聖人』だぞ。罪人の体液から生じるマンドラゴラの一つでそう簡単にくたばるものか！」

「っ！」

「今のは不意打ちだから何とかなったが、ヤツが本格的に動き出したら翻弄される。貴様《きさま》の記号は竜。和の水神だか洋の悪魔だかは知らんが、ド本命の『唯閃《ゆいせん》』とやらを一発当てられればその外殻もどうなるか分からん、下手すれば中身の貴様《きさま》ごと真っ二つだ。だからとっとと封殺しろ、リメエアから何を受け取った⁉」

決断の時だった。

あれで沈まないとなると、もう本格的に切り札を使うしかない。

続けて上条《かみじょう》が懐《ふところ》から取り出したのは、ボールペンよりは太い程度の透明な円筒だった。両手を使って真ん中からくの字にへし折ると、中身の薬品が混ざり合って夜光塗料特有のぬめったような光が生み出される。

アイドルライブなどでも使われる代物だが、今回は使い道が違う。

上条《かみじょう》は神裂《かんざき》火織《おり》が蠢《うごめ》く辺りに放り投げた。

ザンッ!! と。

床へ落ちる前に空中で夜光塗料のスティックが二つに切断されたが、今はその精密さに戦《おのの》いている場合ではない。とにかく上条《かみじょう》は叫んだのだ。


「頼むッ!!」


ゴッッッ!! と大きく膨らんだ白いドレスの塊が風を切って飛来した。

砲弾のような勢いでのしかかっていったのは同じく魔術サイドの中でも例外中の例外、人の形をした『原典《オリジン》』ダイアン=フォーチュンか。

「ああっもう!! こっちはこっちで数の力で押し寄せてくる元ローマ正教の連中が面倒で仕方

がないっていうのにインスタントに呼びつけて！　そもそもわたしは栄えある世界最大の魔術結社『黄金』の魔術師フォーチュン様だぞ扱いが雑なのよおッ!!」

「すまんオティヌス英語を訳して!!」

「いっぱいおねだりアピールしていたのに全然気づいてくれなくて寂しかったですぅーだってさ」

上条《かみじょう》が『詰んだ』時、優先的に目の前の敵を標的設定してくれるよう指示出しするためのシグナルだったが、当然ながらストックの数には限りがある。一方通行《アクセラレータ》にせよ浜面仕上《はまづらしあげ》にせよ、本来自分が戦っている相手を放り出してでもこちらを優先しなくてはならなくなるため、あまり多用はできないのだ。

作戦は立てた。

だけど実際に繋《つな》がるかどうかは、運試しの部分もあったはずだ。

それで、引き当てた。

またもや幸運にも。こんな事を続けていたら、いつかはそれが当たり前と思ってしまうかもしれないのに。

心をぶくぶく太らせる訳にはいかない。

今の少年はスカイブルーにレモンイエローの怪物。実の両親でも見分けがつかないくらい変容しきったなれの果て。ここで心まで醜く腐らせたらいよいよおしまいだ。

それでも上条当麻《かみじょうとうま》を名乗りたいなら、いつもの自分を維持しろ。何が起きても。

「頼り切りになるなよ、人間。自分でそう決めただろう。戦場全体から好き放題呼びつけるのは結構だが、最後にしわ寄せを喰《く》らうのは貴様《きさま》自身だからな！」

「分かってる！　俺だって黙って見ているためにここまでやってきた訳じゃねえ！」

神裂火織《かんざきかおり》とダイアン＝フォーチュンが廊下で取っ組み合いを続ける中。

しかし本来の敵は別にいる。

すなわち、ステイル＝マグヌス。

上条《かみじょう》は上条《かみじょう》で身を低くして外壁沿いに芝の上を駆け抜け、壁際《かべぎわ》に置いてあったものを掴《つか》むと、ステイルの待つ辺りから再び窓を突き破って屋内へ飛び込んだ。

味方を誤射する恐れがなくなったからだろう。

辺り一面、巧妙に隠したルーンのカードへ頼る格好で、赤い髪の神父が吼《ほ》える。

「『魔女狩りの王《イノケンティウス》』ッ!!」

炎の巨人に対しては、真正面から激突しても上条側《かみじょうがわ》に得する事は何もない。何しろ永遠に再生し続けるので幻想殺《イマジンブレイカー》しがあっても膠着状態《こうちゃくじょうたい》、まして今の状態なら摂氏三〇〇〇度の炎の塊に押し負かされて焼き尽くされるのがオチである。

長居は無用。

表で拾った塊を、スカイブルーに輝く外殻の膂力《りょりょく》を頼りにそのまま『魔女狩りの王《イノケンティウス》』へと投げつけた。

合成肥料の袋。

より正確には硫化アンモニウム系のものを、だ。

いきなりの、頭を直接殴るような異臭の壁がステイルの目や鼻の粘膜へ襲いかかったはずだ。

人が大量に吸い込んで良い成分ではない。

しかし実際のところ、上条《かみじょう》は詳しい成分についてはあまり考えていなかった。とにかく肥料や農薬なら何でも構わないだろう、と。

「チッ⁉」

何しろ相手は摂氏三〇〇〇度の塊。

大抵の物質は切断できても、粉末を全て除去できる訳ではない。ステイルは必要なだけ自分の火力を高めてきたのだろうが、そいつも良《よ》し悪《あ》しだ。炎や酸欠に対する耐性くらいは備えているかもしれないが、全く別の角度から来る攻撃に対してはその限りでもない。あの神父が本当に何でも弾《はじ》けるのなら、それだけで一方通行《アクセラレータ》のように特別な価値が生じる。

目も鼻もろくに使えないはずだ。

耳だけで相手の位置を正確に摑《つか》む事もできまい。

催涙ガスのように派手な痛みで五感を奪われながら、それでも炎の剣を闇雲に振り抜いたステイル＝マグヌスの闘争本能は褒めるべきだったろう。わずかでも足運びを間違えれば自分の体を火だるまにしていたかもしれなかったのに、この男は勝利へ固執した。

ある一人の少女のために。

「がァあああああああああっ!!」

それでも。

一瞬でも。

両手の炎の剣とは違って、自動的に戦う『魔女狩りの王《イノケンティウス》』との予期せぬ衝突を恐れてステイル自身が引き止めてしまえば、こちらのものだった。

この大男は神裂《かんざき》ではない。

魔術の腕は長《た》けているが、体捌《たいさば》きそのものは人並みだったはずだ。平素の右手一つの上条《かみじょう》だったら炎の二刀流だけでも十分な脅威だったかもしれないが、今は全身をスカイブルーとレモンイエローで覆っている。

瞬間的には神裂《かんざき》にすら届く外殻で。

多少は無茶をしても構わない。

そのまま突っ込んで、太い鉤爪《かぎづめ》のついた右腕を勢い良く振り抜いた。

鈍い音が炸裂《さくれつ》する。

ステイル＝マグヌスがウィンザー城の床へ投げ出される。

加減など気を配っている暇もなかった。

闇雲だろうが何だろうが、炎の剣で一太刀もらえばこちらの体が焼け焦げていただろうから。

これもまた、幸運、なのか？

「はあ、はあ……ッ!!」

「ここでは終わらないぞ、人間」

ひらりとオティヌスが上条《かみじょう》のスカイブルーの肩に舞い降りてきた。

派手に薬品を撒《ま》いたため、掌《てのひら》サイズの妖精が乗り回していた猛禽《もうきん》が嫌がって近づかなくなってしまったのか。あるいは天井に遮られる屋内では鳥の利点がなくなるからか。

「ストックを使い切る前に本丸へ辿《たど》り着《つ》けなければおしまいだぞ、人間。敵はイギリスという国家そのものだ。規格外の増援くらいならいくらでも呼びつけられる、時間は貴様《きさま》に味方をしてくれないからな」

「分かってるよ、オティヌス……」

肥料の匂いと立て続けに襲ってくる極限の緊張にふらつきながらも、上条《かみじょう》も階段を目指す。

過去を纏《まと》うヤツがどこにいるか、正確な答えなんかない。

だから目指すべきは、ひとまずあそこだった。

記憶喪失なりに自分の目と耳で手に入れてきた、わずかな情報を頼って。

「……ダンスホール。野郎の成功の象徴だ、あの大広間まで行ってみるか」

3

ピンクジャージにもこもこニットの少女、滝壺《たきつぼ》理后《りこう》はテムズ川のほとりに座り込んでいた。覗《のぞ》き込《こ》んでいるのは電子装備で暗視機能を追加した大仰なゴーグル。お尻を地べたに置いて、両足の膝を畳んだまま開いていく。だらしのない体育座りの(もしくはやりすぎな肝試しにしてやられて腰が抜けた)ような格好でその真ん中に通すような格好で掴《つか》んでいるのは、三脚で固定した重機関銃だった。

サイズだけ考えれば滝壺《たきつぼ》自身の身長よりも大きな鋼の塊。

本来なら四人一組で運用するほどの大物だが、素人《しろうと》にしてはサマになっている。もっとも彼女に与えられた役割は陽動と翻弄であって、正確に当てる必要がないからかもしれないが。

直線距離なら三〇〇メートル強。

重機関銃の射程だけ考えれば一〇倍先の固定目標にも当てられるはずだが、間に四角いビルや人工林などがあるため、常に射線が開けている訳でもない。

（……うーん、実は必ずしも戦わなくちゃいけない理由ないんだけどな）

全身を重機関銃の太い振動に貫かれ、意外と大きな胸を無駄に揺らして、ぼーっとしながらもドライな事を考えているのは、やはり彼女も肩まで暗部に浸《つ》かっていた経験があるからか。

とはいえ、ある意味では真実でもある。

これは上条当麻《かみじょうとうま》の問題であって、世界の行方や浜面達《はまづらたち》の幸せと直結する戦いではない。義理立てするのは構わないが、無理をし過ぎればせっかく摑《つか》みかけた安定を自ら手放す羽目にもなりかねない。

当然の事を言おう。

ここまで来て特に理由もなく死ぬなんて真っ平だ。

「ダイアン＝フォーチュンが消えたわね。『リクエスト』のせいでしょうけれど、弾幕は盛っておいた方が良《い》いわ。あの東洋人一人では荷が重いでしょうし」

傍《かたわ》らで電子強化された双眼鏡を構えているのは、第一王女のリメエアだ。寄り添うほどの至近距離だが、彼女達は共通の無線イヤホンを耳にはめている。そうでもしないと重機の銃声で肉声などかき消されてしまうからだ。

そもそも装備一式を貸与したのはイギリスのお姫様である。

滝壺《たきつぼ》は滝壺《たきつぼ》で、人工林の中で右往左往するシスターやメイド達の影には当たらないよう気を配りながらも、

「ふむ。だとすると今ははまづらだけ、ふんふん」

「……実戦の真っ最中に自分ルールでも見つけたの？　何やら変にやる気出しているようだけど、人間ってやっぱり怖いわね。友情と恋愛は両立できない生き物なのかしら」

その時だった。

電子基板で増幅された緑っぽい視界の中を、何かが横切った。

滝壺《たきつぼ》はとっさに頭を引いてスコープから目を離してしまうが、この場合は意味がない。顔の近くを虫が飛び回った時のリアクションを取っても、肉眼で分かるのは三〇〇メートル先の豆粒みたいな風景で、さらに深夜の闇に沈んでしまっている。

しかし、だ。

見れば、傍《かたわ》らの第一王女も苦い顔をしていた。

「いるわね……」

一人で呟《つぶや》くと、彼女は発信元を誤魔化すため大量のドローンから同じ電波を放ちつつ、無線機を使ってどこかへ呼びかけていた。

「ああもうっ、ヴィリアーン!!　応答できたらウィンザー城が今どうなっているか説明してちょうだい。どうせしっちゃかめっちゃかろくでもない話になっているんでしょうけど!!」

無表情ながら目を白黒させているのは滝壺《たきつぼ》だ。

彼女は両目をぱちぱち瞬《まばた》きさせて、

「なに、今の？」

目で見たものが信じられない、という顔だった。

「……重機関銃の射線にわざと割り込んで、剣で弾いた？」

「弾幕を盛っておきなさい。今のままだと対岸の彼、呆気《あつけ》なく殺されるわよ」

リメエアの言葉に滝壺《たきつぼ》は絶句する。

元々力不足なのは自覚している。だから協力すると言っても囮《おとり》や陽動など、外堀を埋める形に徹底していたはずだった。それでも改めて他人の口から死ぬ、殺すと言われると破壊力が違う。ましてや感情に任せたものではなく、理性の計算によるものだと。

「あれが誰かですって？　分からないなんて言ったら、この国では不敬罪に問われかねないわ」

第一王女リメエアはこう答えたのだ。

「つまりカーテナ片手に暴れ回る、人類で一番大人げない人よ」

4

断続的に低い振動がダンスホールの床を震わせていた。

タキシードやアスコットタイのツンツン頭の少年は、呑気《のんき》に天井を見上げていた。

「ま、こんなものか」

無理強いされて戦う連中に大した戦果は期待していない。そんな口振りだ。あらかじめ倒すべき敵は決めてあるので、自分とぶつかるまでにできるだけ消耗させればそれで良《い》い。そういう風に考えているのだろうか。

「俺はエリザードをもう少し焚《た》き付《つ》けてくるよ。例の命令、徹底させるためには国の宝を追加でいくつかぶっ壊しちまった方が良《い》いかな。右手で」

その少年は魔術については詳しくない。

だけどこれまでの経験と照らし合わせてみれば、分かってくる事もある。

「デカい鐘でも、石像でも、噴水や絵画でも……。本当にヤバい代物は、これ見よがしに記号や象徴を掲げたりしないんだ。何故《なぜ》ならこれが大切だってバレたら怖いから」

「……、」

「美術品だの骨董品《こっとうひん》だのを運ぶ理屈だよな。だからそういう『守りの記号』は折り目に、模様に、組み立て方に、あちこちパッと見て分かんねえ所に分散して仕掛けてある。処刑塔《ロンドンとう》でも幻想殺し《イマジンブレイカー》が通じる場所は大体そんな感じだったからな……。困った事があったら、思い出してみれば良い。必ずそこに答えがある」

料理の手順を確かめるような独り言だった。

食蜂操祈《しょくほうみさき》の知らない上条当麻《かみじょうとうま》がいる。スカイブルーにレモンイエロー、ショッキングピンクにエメラルド。もう判断基準なんかどこにもなかった。混乱が極まって、かえって感情の波が死んでしまう。今から三人目、四人目が出てきたって驚かないのではないか、とさえ。

目尻でエメラルドの光を散らし、それから彼は意識を外に向けると、

「食蜂《しょくほう》、アンタはそっちを調整しろ。完璧な仕上がりでな」

扉は、開いているはずだった。

外へ飛び出そうと思えばいつでも逃げられるはずだった。

なのに、動けない。

カーテンの揺れる窓の向こうへ一歩踏み出す事が。

鎖はなくても。

見えない錘《おもり》をつけて、水の底にでも沈められていくように。

食蜂操祈《しょくほうみさき》はそっと息を吐いて、それから改めてテレビのリモコンを掴《つか》む。

切り札は二つ。

インデックスと御坂美琴《みさかみこと》だ。

どちらについても『方針』は聞いている。おそらくどちらもコントロールは可能だろうが、より難度が易しいのは美琴《みこと》の方だろう。よって、蜂蜜色の髪を二段に束ねて後ろへ流した少女はまずそちらに向かう。

唇を噛《か》む。

だけど縁の縁まで追い詰められた少女は、自分の力で間違いを止める事ができない。

「……ごめん……」

鼻を鳴らして。

俯《うつむ》いた顔を上げる事もできずに。

ぐずぐずという湿っぽい音だけがいつまでも続いて。

左右の瞳の大きさも合わないほどズタボロに自尊心を破壊された少女が、それでもまるで糸で操られた人形のように、動く。そのスリットから危なっかしいくらい太股が飛び出した。エナメルのような光沢を放つドレスの腰回りが、きゅっと軋《きし》んだ音を立てた。

もう重圧の山に潰されて起き上がれない蜂蜜色の少女の上から、さらに冒瀆《ぼうとく》の重しがドカドカとのしかかってくる。

あたかも、どうしようもない多重債務のように。

「ごめんなさぁい、御坂《みさか》さん……」

意味のない呟《つぶや》きと共に、親指でボタンに触れる。

足元で三毛猫がみゃあみゃあ鳴いていたが、やはり、引き止めるには至らない。

イギリスの魔術師？　と違って、御坂美琴《みさかみこと》は純粋な学園都市の超能力者《レベル5》だ。『超電磁砲《レールガン》』にどれだけ弾《はじ》かれるかが未知数なところはあるが、A.A.A.絡《がら》みで共同作業を続けてきたため『窓口』は開いたままのはず。今なら『心理掌握《メンタルアウト》』で操れる公算が大きい。

下着にも似ておへそを透かせる布地も、大きく開いた背中も気にする素振りを見せない。

湯上がりのように上気したり、蒼《あお》ざめてもいない。

何の感情もない、ただの乳白色。

そんな棒立ちのショートヘアの少女へ、ちょっとしたベンチ大の黒い路面電車や護送車に似た塊へ近づいていく。本当の主人からのコマンドでも受け取ったのか、ガシャガシャと機械的な音を立てて大きく形を変えたA.A.A.が本来通り、少女のシルエットを鋼の翼を持つ悪魔へと作り替えていく。

これで、兵器化は完了。

もう一人の少年を確実にすり潰すための戦力となった。

しかし。

その直後。

ズバンッ!!と。

兵装アームが唸《うな》ったかと思ったら、いきなり傍《かたわ》らにいたタキシードの少年へ銃撃を開始したのだ。

「……ッ⁉」

驚いたのは、いきなり撃ち込まれた当人よりも食蜂《しょくほう》の方だった。

その動物に『悲鳴』という発声法はない。足元の三毛猫はひずんだ鳴き声を発している。

御坂美琴《みさかみこと》は未だに意識がない。はずだ。

にも拘《かかわ》らず、まるで外から見えない糸で繋《つな》がったように、頭の青いヴェールをカーテンみたいに揺らし、ぶらぶらしたままの彼女の手足が外からの力で強引に動かされている。体のラインがはっきりと分かる青系のランジェリードレスだが、レースで透けている乳白色の肌を隠そうとする素振りどころか、頬に赤みの一つさえも見られなかった。

そして。

黒い髪の毛が数本、宙を舞った。

黒。

異変があってから動き始めて避けられる速度ではない。

となるとこの少年は、こうなる可能性まであらかじめ頭の片隅に留《と》めておいたという事か。

無力で、弱くて、一発当たればどうなるか分からない。だからこそ。

わずかに、ショッキングピンクの光が瞬《また》く。

その口の端から、だ。

「食《しょく》っ、ほお‼」

「違う！　私じゃないわぁ‼」

叫びながらも、自分で嫌になるくらいお利口な頭が迅速に答えを導き出していた。

（A.A.A.……純粋な機械製品に『心理掌握《メンタルアウト》』は通じない。それじゃ御坂《みさか》さんは、接続次第あの人を攻撃するようあらかじめプログラミングを設定変更して……ッ!?）

このままでは使い物にならない。

食蜂《しょくほう》にコントロールできるのは、力のない人形のようにぶらぶら揺れている御坂美琴《みさかみこと》だけだ。人間と機械のユニット全体での主導権を外装のA.A.A.側がもぎ取っている場合、食蜂《しょくほう》が停止コマンドを送っても意味はない。その場合、美琴《みこと》の筋力で機械のアームの動きを止めようとする、勝算のない絶望的な腕相撲が始まるだけである。

もしかしたら。

ひょっとしたら、ここが最後の分岐だったのかもしれない。

勢いに任せてA.A.A.に加勢して、一番近くにすり寄ったまま、慣れないタキシードの少年の背中を両手で突き飛ばす事ができたかもしれない。

だけど、

「たすけてくれっ、食蜂!!」

名前だった。

懇願の感情が乗っていた。

たったそれだけと誰もが思うかもしれない。でもそれは、彼女にとってはもう絶対に呼びかけられる事のないと思っていた響きだったのだ。

だから。

とっさに、テレビのリモコンを握る手が動いてしまった。

血の味がするほどに、可憐《かれん》な唇を噛《か》む。

間違っていると分かっていても、逃げられない。

三毛猫は少女の足首にすがりつき、食い止めるように鳴き声を発していた。

（……もう片方のッ、切り札!!）

狙うは銀の髪の少女。

白地に赤紫のラインで彩《いろど》られた、絵本のお姫様のようなドレスを纏《まと》う誰か。

こちらはイギリス清教《せいきょう》？　とかいう組織の魔術師？？？　らしいので、奇麗に操れるかは分からない。現に葬式だか何だかの仕組みを利用した自動切断《オートヒューズ》とやらは機能している。ただしタキシードに身を包むツンツン頭の少年が言うには、一つ抜け穴があるらしいのだ。

『自動書記《ヨハネのペン》』……」

すでに失われたトラップのはずだった。

だけど残留思念さえ残っていれば、食蜂操祈《しょくほうみさき》の『心理掌握《メンタルアウト》』は銀の少女の頭の中でもう一度復元する事ができる。ゼロからコントロールする事はできなくても、元々存在したバックドアを復活させてしまえば、その限りではなくなるかもしれない。不調のコンピュータをリカバリするつもりで、一度は駆除したウィルスまで元に戻してしまうように。

「御坂《みさか》さんを止めなさぁい、早く!!」

「警告。第○章第○節」

ヴン!!　と。

その可憐《かれん》な両目の奥に不気味な魔法陣が浮かぶ。

あるいは、青いヴェールを窓辺のカーテンのようにたなびかせる御坂美琴《みさかみこと》よりも力なく、絵本のお姫様のようなドレスを纏《まと》う銀髪の少女は非人間的な仕草でもって、動き出す。

（せい……こう……???）

そして。

そして。

そして。

「不正なコンタクトを確認。対応レベル、最優先。該当する被疑者候補を全て粉砕してセキュリティ上の安定を図ります」

それは最初の最初から、触れてはならない禁忌だったのかもしれない。

食蜂操祈《しょくほうみさき》。彼女はもはや資格がないと分かっていても、思わず手が伸びていた。

胸元に忍ばせ、決して捨てる事のできなかった安物の防災ホイッスル。

（あ）

果たしてそんなものに何の救いがあったのか。

ついに、制御不能の終末が始まった。

5

ツッズン!!!!!! と。

凄《すさ》まじい震動がウィンザー城全体を揺さぶった。

6

凶暴な鰐《わに》にも似た、スカイブルーの大顎を持つ頭部のすぐ上。

上条当麻《かみじょうとうま》の頭上で巨大なシャンデリアが振り子のように揺れて、触れてもいない窓ガラスへ次々と亀裂が走っていく。

「なんッだ!?」

「これまでの計画的な乱れとは違う……。何かが起きているぞ、人間。外のアホどもがはしゃぎ過ぎた訳ではなさそうだ!!」

じじっ、と。分厚い石壁の奥で電気の配線自体が千切れかけているのか、城内の照明全体が頼りなく明滅していた。

方向自体は間違っていないようだ。

そしてそれとは別に、だ。

耳をつんざくような、何かしらの甲高い音があった。

「今のは……？」

あのオティヌスが疑問の声を出すとは珍しい。

訝《いぶか》しむようにこう言ったのだ。

「……笛？？？」

「……」

……

……」

上条当麻《かみじょうとうま》には、明確に思い出せない記憶の空白がある。

だけど胸の内がざわざわしていくのを確かに感じていた。あの音色は、あの笛の音は。本来だったら聞かないに越した事はない、危難のサインではなかったか。

（……冷静だ、冷静になれ）

得体のしれない、自分でも分析のできない『予想外』にイライラしている自分を上条《かみじょう》は感じていた。

何でもラッキーに支えられるなんて思うな。それでは本当のモンスターになってしまう。

(形のない不安なんかに振り回されるな、自分を保て。こんなのに幸運も不幸もない。音源に向かう、その事に変わりはないんだ)

鰐《わに》のような大顎からゆっくりと息を吐いて、自省を促しつつ、

「確かめていこう、一つずつ」

「ああ」

断続的に続く正体不明の震動はもっと上、二階の方から伝わってくるように思える。そちらにあるのは以前上条《かみじょう》が飛び込んだダンスホールだ。

階段を上り、そちらに向かう。

おかしなトラップも意外な伏兵も待ち構えてはいなかった。

ただし胸を締め付けつけるような、高密度の緊張が消えてなくなる訳ではない。お化《ば》け屋敷《やしき》では常にお化け役が出ずっぱりでは意味がなく、わざと何もない長い通路や奥の見えない直角の曲がり角などを用意する、というどうでも良《い》い話が脳裏をよぎる。

「ドアだ……」

肩のオティヌスが何かに気づいたようだ。

「……だが何かおかしい。こちらに向けて薄く開いている？　いいや違う。ドアそのものが外に向けて歪《ゆが》んでいるんだ。ノブの構造そのものも壊れているのか……？？？」

無理矢理な体当たり。

いいやいっそ、ダンスホールの中で大きな爆発でも起きていない限り、あんな風にはならないだろう。

そして妥当ではあるのだ。石造りの城全体を丸ごと揺さぶるほどの震動を考えれば。

「……、」

ごくりと喉を鳴らして、スカイブルーとレモンイエローの外殻に包まれたまま上条《かみじょう》が通路を進む。

ゆっくりと。

自分が一体何に警戒しているのかも分からないまま。

オティヌスの言った通りだった。真鍮《しんちゅう》か純金か。とにかく金色に輝くノブは壊れて曲げられていた。本来ならノブと連動してドアの開閉に使う四角いボルトそのものが、強い力でねじ切られて絨毯《じゅうたん》敷きの床に転がっていた。そもそもこちらに向けて膨らんではいるが、この両開きの扉は本来なら内側に向けて開く構造のようだ。

摑《つか》むものも、回すものもない。

歪《ゆが》んだドアの表面に鉤爪《かぎづめ》で飾られた掌《てのひら》全体を押し付け、そのまま体重をかけて奥へ向けて開いていった。

直後にそれが上条《かみじょう》の視界に飛び込んできた。

白と青のドレスが派手に空気を叩《たた》く。

それは魔術と科学の結晶を纏《まと》う二人の少女が広い空間を縦横無尽に飛び回って激突を繰り返す、悪夢のビジュアルそのものだった。

思わず状況を忘れかけた。

向こうはもう、ドレスから透ける肌や大きく翻《ひるがえ》るスカートなど気にしている素振りもない。背中や太股《ふともも》などの色気が危なっかしいとかいう次元の前に、放っておいたら機械のアームに挟み込み、己の首でも絞めてしまいそうだ。

絶叫して二人の間に割って入ろうとしたのだ。

だけどこの地獄は底を知らない。

オティヌスの警告も耳にせず一歩踏み出したところで、ぐちっ、という粘ついた感触をスカイブルーの足の裏が捉えたのだ。

歪《ゆが》んだ扉のすぐ横。

きゅっという軋《きし》んだ音があった。

壁に寄りかかるようにして、蜂蜜色の少女が座り込んでいた。音の正体は、黄色いバニースーツのように硬そうなドレスが擦れたからか。スカートのスリットなど目に入っていないらしい。体は不自然に傾き、小さな王冠の飾りが枯れた草のように揺れている。力なく片手で押さえた脇腹の辺りから、赤黒い液体がこぼれている。

血の赤。

それが少女の肌の白さを一層際立《きわだ》たせていた。死に際《しにぎわ》の美だ。

空いた手はだらりと下がっていた。しなやかな五指が握り込んでいたのは、

「……ホイッ、スル？」

近くにいた三毛猫がいつまでもみゃあみゃあと鳴いていた。

意識を繋《つな》ぎ止《と》めるのに、役に立っていたのかもしれない。異能の力も戦術的価値もない。だけど誰にも相談できずに一人きりで押し潰されていった少女にとって、その小さな命はどれほど救いとなっただろう。

人は、死んでしまえばそれまで。

天の神様の定めた範囲を超える『復活』なんてありえない。

上条当麻《かみじょうとうま》に、自分の運気をごっそり奪っていったあの右手はもうない。

だけどこれは、まだ幸運なのか？

完全に意識が途絶える前に辿《たど》り着《つ》けただけでも、まだ。

(ふざけんな……。ふざけんじゃあねぇッ‼)

「……やっぱり」

少女の可憐《かれん》な唇が、うっすらと息を洩《も》らす。

額から流れ込んだ血で、片目は開かないようだった。

それでも自然界にはないスカイブルーやレモンイエローで彩《いろど》られた異形の大顎を見るなり、自分の血でドレスをべたべたに汚す少女はうっすらと笑っていた。

「やっぱり、ばちっていうのは当たるのねぇ……。こんなの、科学力の街で作られた超能力者《レベル5》が口に出すような話じゃあ……ないでしょうけどぉ」

「おいっ‼」

「なぁに、その顔……?」

痛みを感じているのか、いないのか。

雪山での遭難者が、最後の最後で奇妙な温かさを覚えるのと同じ現象かもしれない。

彼女の目には、乱杭歯《らんぐいば》の化け物がどんな表情に見えたのだろう?

「……大丈夫よ、そんな大きな声を出さなくても。今は痛いかもしれないけれど、その胸にある哀《かな》しみは、残らない。どうせあなたは、最後まで覚えてはいられないんだからぁ」

「何でだよ……」

そこにいたのは、ヒーローでも、年上の高校生でもなかった。

追い詰められた少年は、むしろ己の弱さを表に出してしまったのだ。

「どうしてこんな事になるんだよッ‼　ああそうだ、俺はアンタの顔も名前も分からない！　だからアンタがどうしてこんな事をしでかしたのかも理解してやれないし、きっと説明されても残らない‼　何でっ、なのに何でここで笑えるんだよおッ⁉」

「ああ、そうだったわねぇ」

しかし、だ。

かえって蜂蜜色の少女は、その笑みから強張《こわば》りを消したようだった。

「……やっぱり、本当の本当は分かってた。こっちのあなたの方が、正しいんだって。目の前にあいつがいても、とっさにホイッスルを吹いてよそから呼びつけようとしたんだもの。馬鹿よね、私。現実を無視して都合力の良い《い》夢を見るだけなら、自分の頭にリモコンを押し付けるのと同じ。そんなの何の意味もないんだって、最初の最初から理解していたはずなのに……」

「ダメだ、しっかりしろ」

「もう一度、どんな形でも良《い》いから……あなたの口から名前を呼んでほしかった」

「勝手に話を完結するんじゃあねぇッ‼　俺の目を見ろ、見るんだよくそったれがあ‼」

自然な笑みだった。

上条《かみじょう》なんかよりも大人っぽいのに屈託を感じさせせない。

どこか夏の陽射《ひざ》しを連想させる、明るい笑み。

それはいつか絶対に忘れてしまう事が確定している、刹那の表情であった。

「眩《くら》んでしまったのねぇ、私。ほんとうに、ばか、み、たい……」

くたりと。

その細い首が、力なく横へ傾いた。

手の中にあった銀色の防災ホイッスルが、床に転がっていく。

それっきりだった。

三毛猫が鳴いても、その小さな前脚で体を叩《たた》いても、もう反応はない。

今も断続的に炸裂《さくれつ》する震動に合わせて華奢《きやしや》な肩が揺れているが、そこに人としての意思は感じられない。これではただの花瓶に挿した薔薇《ばら》の花と同じだ。

何をするのが。

どうしてやるのが一体正しいというのだ。

ドラマや映画のように、分かりやすく泣《な》き喚《わめ》いてすがりつくなんて嘘《うそ》っぱちだと上条当麻《かみじようとうま》は思った。本当に本物の場面では、喜怒哀楽は規則正しく整列なんかしてくれない。もっと未整理のままの衝撃が分厚い壁のように襲いかかってきて、何もできずに呆然《ぼうぜん》と取り残される。世界の流れについていけなくなって、動けなくなる。そういうモノなのだと、思い知らされた。

何もしてやれない。

頭はひたすら空転するばかりで、何一つ思い浮かばないッ!!

「血圧の低下によるチアノーゼが出ている」

ひらりと、上条《かみじょう》の肩から降りたのは小さなオティヌスだった。

「手は尽くすが、この場でしてやれる事は少ないぞ。せいぜい、死が確定するまでのリミットを先延ばしするのが精一杯だ。そもそも今も軍艦規模の火力を屋内でばら撒《ま》いている馬鹿どもの流れ弾が一発飛んでくればそれまでだしな。何とかしろ、さもなくばわずかな可能性まで粉々に飛び散るぞ」

「……何とか？」

得体の知れない呪文を復唱するようだった。

言葉の意味も把握できていないまま、ただ上条《かみじょう》は聞き返す。

「リミットを、先延ばし？？？」

とんっ、ととんっ、と何かが転がってきた。

得体のしれない力に振り回されているインデックスのいる方からだ。彼女の意思なんてないかもしれない。十字架の中心に、薔薇《ばら》の模様。オティヌスはお泊まり用の歯磨きセットにも似たビニールパッケージのファスナーを両手で引っ張って開けると、彼女からすれば盾や槍《やり》みたいなサイズの包帯や消毒のチューブを取り出しながら、

「とっとと救急車に乗せれば輸血と縫合のチャンスが待っているという話をしている。この世界じゃクリスチャン=ローゼンクロイツだって遺体は腐らないだけで、完全に『復活』する訳じゃあない。中国辺りの尸解仙《しかいせん》だって、俗世から縁を切るための葬式は『偽装』であって本当に死んで蘇《よみがえ》る訳じゃあない。死は聖域。死んだ人間はそこでおしまいなんだよ」

一度は世界全体を破壊して望み通りに作り替え、上条《かみじょう》一人を追い詰めるためだけに全世界の死者の救済すら成し遂げた神が、自ら呼び戻した不便さについて語る。

「しかし一方で、繋《つな》ぎ止《と》めさえできれば救い出すチャンスがある。極め付けだ。今このイギリスには、まだあの医者が留《とど》まっている事を忘れるなよ。そもそも貴様《きさま》、人の命を勝手に諦められるほど偉くなったつもりなのか、人間?」

それで、だ。

隙間の広がっていた歯車の数々が、一度に噛《か》み合《あ》った。

そんな気がした。

「……パ、ナ、ケ、ア、だ」

ふと、オティヌスはそんな風に言ってきた。

「フォーチュンのタロット配列説も興味深かったが、そもそもあのカードセットは手段であって目的にはならない。アレイスターがシミュレータとして、コロンゾンが防衛装置として組み込んだようにな。だから何か原動力そのものとなる理屈はないか、魔術側から色々思考を重ねてきたんだが」

パナケア。

それだけでは意味の分からない、そもそも何語の単語かもイメージが湧かない上条《かみじょう》だったが、

「古式の魔術結社『薔薇十字《ローゼンクロイツ》』が掲げているいくつかの目標の一つ。日本語だと万能薬とか普遍薬っていうのが近いかな。色々考えてきたが、人間、貴様《きさま》の右手はそういう役割があるんじゃないかって思えるようになってきた」

「俺の手が、薬に……？」

それだと前提が違う。

アレイスター達の話では、幻想殺し《イマジンブレイカー》はモノサシみたいなもので、絶対に歪《ゆが》まないから基準点として使える……といった感じの話だったはずだ。ここにきて、いきなり傷に塗ったり口に入れたりというのはイメージが噛《か》み合《あ》わない。

だがオティヌスはこう続けたのだ。

「誰が人間に使う薬だなんて言った？」

「？」

「マクロな宇宙とミクロな人体は互いにリンクする。これは『黄金』と『薔薇《ばら》』を貫いている共通の理屈だ。……つまり、拡大解釈さえできるなら人間に効く薬を作れば世界を癒やす事もできるという理屈になってしまう。人間、私が言っている普遍の薬とはそういうモノだよ。セ

カイの良くない部分を優しく癒《い》やすにせよ、冷たく切り取るにせよ、だ」

浄化する。

あるいは討ち滅ぼす。

「その妙薬は『薔薇十字《ばらじゅうじ》』の達人にも当てはめられた。世界の病を治すため、必要があればガラスの棺《ひつぎ》を砕いて外の世界を旅して、しかし目的を果たせば自分から再び元の場所に戻る。貴様《きさま》の右腕から出てきたのも、そういうモノではないかとな」

口振りの割には『理解者』の顔色は優れない。

そもそもマクロだかミクロだか知らないが、本当に何にでも効く薬なら今も死に向かって力が抜けていく蜂蜜色の少女の口元や傷口に持っていっても良いはずだ。そういった助言も一切ない。

「……だが、違ったんだ」

吐露。

あの『魔神』にしては極めて珍しい。ギブアップの宣言であった。

「おそらくこれじゃ不正解。つまり『魔神』の私にもまだ分からない！　人間。おそらく幻想殺し《イマジンブレイカー》とは、ブライスロードの隠れ家を管理していた『黄金』で語られていた究極の追儺《ついな》霊装《れいそう》や世界の基準点……だけではなかった。今はもういないアレイスターは、貴様《きさま》の右手の中に全く別の何かを見出《みいだ》している!!　呑《の》まれるなよ。そいつは万能薬や普遍薬なんて便利な代物じゃない。どんなに都合良く見えても知らない間に貴様《きさま》を蝕《むしば》む、とてつもない副作用をもたらす劇薬だッ!!」

「どうでも良《い》いさ、俺の話なんか」

吐き捨てるように上条《かみじょう》は言う。

今は、自分の話などしていない。

操られている少女、暴走している少女、そして笑ったまま血にまみれて倒れる少女。

もっと他に考えなくてはならない事は山ほどある。

絡《から》まった糸をほどくために必要な思考は何か。

一度に解決しようと考えない事。

一つ一つを順番にほどいていけば、いつかは必ず問題が解決する。遠回りに見えても、そいつが一番早く全てをつまびらかにするはずだ。

すなわち、

「……そういうのは、あのクソ野郎をぶっ飛ばせば答えが出る。薔薇《ばら》だか何だか知らないが、人間が作った魔術の話なんだろ。インデックスを取り戻せば、そういうの全部ひっくるめてこいつの正体が魔術サイドで説明できるかどうかは分かるんだ。そこで答えが出ればよし、ダメなら答えはもう片方……つまり御坂《みさか》や、その子みたいな科学に紛れ込んでいるって話になる」

「禁書目録か。これまでも一緒にいて気づかなかったのにか？」

「逆に聞くけど、ここまで俺の異変が表に出てきた事が他にあったか？　今ならまた事情は変わってくるかもしれない」

　全員を救うのが前提。

　ここまで散々失点を繰り返してきた。

　だけど、削りに削られ奪われに奪われたからこそ、上条当麻《かみじょうとうま》は己の本質、絶対に見失ってはならないコアの部分がくっきりと見えていた。

　助けを求める事もできない少女がいる。

　だけど手を伸ばすのはこちらの自由。

　だからこそ、この一線だけは譲れない。絶対に、何があっても。

「参ったな……」

　無粋な声が割り込んだ。

　自分にはない過去を抱え、自分から幻想殺し《イマジンブレイカー》を奪った誰か。

　少し離れた所に立つその野郎は右手を握って開き。

　バリバリバリバリ!!　と。

　小さな子供がプレゼントの包装をはぎ取るような無粋な音と共に、右腕全体がショッキングピンクとエメラルドに埋め尽くされていく。

　やはり、異様。

それでいてヤツは上条《かみじょう》のスカイブルーとは真逆。

外から覆って呑み込むのではない。内側から飛び出している。

シャツもタキシードも袖も引き裂いて異形の腕を大きくさらし、蛍光色の筋肉を膨らませ、
しかし、これまでと変わらない表情で少年は言い放つ。

「……ここで『心理掌握《メンタルアウト》』を失うかよ。まったく、つくづく、こいつを持ってると不幸ってヤツが押し寄せてきやがる」

「……、」

そんな言葉が出てくるか。

祝勝のムードなんか台無しになって、これだけの被害が広がって、みんな不運と失意のどん底で唇を嚙《か》んでいるのに。

不幸の一言があれば。

それで全部丸く収めて納得できてしまうのか。

「何で……」

ふつふつと。

本当にどうしようもない感情が、上条当麻《かみじょうとうま》の胸の奥から湧き上がるのを感じていた。

笑顔を浮かべて倒れた少女。

彼女のような人間の前では絶対に出してはならない感情と、分かっていても。

「何で、お前は生きているんだ……？」

「ハハッ、安全地帯なんかあるように見えんのかよ！　ただまあ、たまたま俺にはこいつがあっただけだ。この右手。何しろ俺は不幸だからな、むしろ流れ弾が飛んできた数ならこっちの方が多いくらいじゃなかったか」

「ならどうして‼　ご自慢の力でこの子を守ってやらなかったんだァァああ‼⁉⁇」

幻想殺し《イマジンブレイカー》は、ただそれ単品だけではその存在すら証明できない。かの能力は。

異能の力と直面した時に、初めて真の価値を発揮する。

能力だけではない。そいつをどう振るうかも含めて、その人間の全てをさらけ出す。

7

「ひい、ひい！」

浜面《はまづら》仕上《しあげ》は人工林の中を走り回っていた。戦場を歩く時は痕跡を残すな、なんて気にしている場合ではない。

そもそもロジックが違った。

ざざざざざざ!!　と草葉の擦れる音を隠そうともせず、不気味な音が彼を取り囲む。そこかしこで人魂《ひとだま》のように揺れているのは、メイドやシスター達の持つカンテラの光か。

第二王女リメエアから渡されたスタンガンだったが、やはり学園都市の外で作られた電子製品だと性能が悪い。あっという間に電池が切れてしまったのだ。スタンガンは『滅多に使わないが常にバッテリーが満タンでないと困る』扱いの難しい護身グッズだ。すると四六時中充電器へぶっ挿したままになりがちだが、それではバッテリーが疲弊してしまう。

路地裏の不良あるあるなのだが、お上品なお姫様にはちょっと難し過ぎたか!?

「追加の指示とかっ、絶対無理……ッ!!」

アネリが入っているのは携帯電話のはずだが、他の周波数であっても容赦なく拾ってくれるらしい。リメエアの無線からはこんな命令が飛んできた。お利口なアネリちゃんの翻訳するところによると、だ。

……ウィンザー城のどこかにいる第三王女ヴィリアンと接触し、どうにかして通信のラインを繋《つな》ぐ事。そうすればイギリス側の混乱はかなり薄まるはず。

「むりーっ!!」

しくじった。

テムズ川対岸からの滝壺《たきつぼ》の支援を受けて、適当に場を引《ひ》っ掻《か》き回《まわ》す囮《おとり》や陽動が浜面《はまづら》の役割だった。その間にツンツン頭の少年が決着をつければ良いのであって、浜面《はまづら》には極端な達成目標や破壊標的などは存在しない。身も蓋もなく言ってしまえば時間を稼げれば何をやっても構わなかったのだが、

(追い込まれたっ！　やべっ、ここからじゃ角度的に滝壺《たきつぼ》の重機関銃はあてにならねえ!!)

『目的は陽動なんでしょう。引率のフォーチュンいないし、はまづら、この辺りが切り上げ時じゃあ？』

「このタイミングでどうやって撤退すんだッ!?　そもそも俺だって途中じゃ退けない!!」

『どうして』

誰に恨みがある訳ではない。

浜面仕上《はまづらしあげ》の脳裏に浮かぶのはこの一つ、

「アレイスターの野郎が途中で勝手にくたばっちまったからだ！　今の統括理事長が誰か知ってんだろ。条件次第じゃヤツが約束を引き継いでくれるってよ。『素養格付《パラメータリスト》』の話抜きで俺達の身の安全を保障しろって件を!!」

先ほど滝壺《たきつぼ》が言った通り、ツンツン頭のSOSでも受信したのかいつの間にかダイアン＝フォーチュンは消えていた。一人ぼっちになった無能力者《レベル0》、裸になってしまえばただの不良少年でしかない。

「アネリっ!!　お前だけが頼りだ、お願いだから何とかしてくれ!!」

浜面《はまづら》がすがるのも無理はない。しかし、この闇の中で携帯電話のバックライトを光らせてしまったのは失敗だったかもしれない。

暗がりの奥から、だ。

厳かな声があった。

「……一度目は見逃す」

馬鹿には英語が伝わらなかったのも問題だったのか。

直後。

ザンッッッ!!!!!!　と。

辺り一面の太い木々が、全て同じ高さで切断されていった。

浜面《はまづら》の背丈ぴったり。

ちょうど頭頂部を掠《かす》める程度の高さで、彼の胴体よりも太い木の幹がバターやマーガリンよりも滑らかに切り倒されていく。

何が起きたのか理解できなかった。

ただ足がもつれて浜面《はまづら》はその場に転がり込む。

ばきばきばき、めぎめぎめぎぎ、と。

風景そのものが軋《きし》んで壊れていく音に包まれながら、切っ先のない平たい剣を片手に下げたシルエットがゆらりと近づいてくる。

しかしこれでもまだまだ手心が加えられていた事に、さて浜面仕上《はまづらしあげ》は気づけたか。

今のがほんの一〇センチ下だったらどうなっていたか……どころではない。

三次元の切断に留《とど》めている。

もしもこれが全次元同時切断であれば、膨大な残骸物質が形成され、吊《つ》り天井《てんじょう》のように浜面《はまづら》の全身を押し潰していた事だろう。

「だが二度目はない、速やかに武装を解除して投降しろ。許可なく女王の城へ踏み込む事、それ自体が罪と知れ」

「……ッ⁉」

アネリ頼みの翻訳を画面で眺めて、余計に心臓が締め上げられる。

心が不安な時はひらすら情報を集めて安心したがるものだが、こんな事なら何も知らない方がマシだったと後悔する浜面《はまづら》。知識は氾濫するだけでは意味がないのだ。……さて、闇や虚飾があらゆる学問に入り込み、賢者であっても正しい道を見つける事が難しくなったという警告が数百年前の魔術結社から放たれていたという事実を彼は知っていただろうか。

英国女王《クイーンレグナント》エリザード。

手にした剣は浜面《はまづら》がスコットランドから一時的に盗み出した『国家の剣』とはまた違うのだろうが、ろくでもない性能なのは何となく想像がつく。頭ではなく、背筋の震えで。おそらくアレの破壊力は麦野沈利《むぎのしずり》の『原子崩し《メルトダウナー》』か、それ以上だ。その上、単純な破壊力『だけ』の代物かどうかもはっきりしていない。

（すっ、末っ子の妹を捜していたのに滅法パワフルなお母様が割り込んできやがった……ッ⁉）

返答が英語でなされない事だけで、拒絶と認識されたのか。

それ以上は呼びかけもなく、ただゆらりと女王の剣が水平に上げられた。

生かさず殺さずの悲鳴や絶叫を利用して他の仲間を誘い出すためか、あるいはストレートに首を落としてさっさと別の標的の捜索に移るつもりか。

「アネリっ」

もうすがるしかなかったが、小さな画面を通して風景そのものに重ねて表示された予想回避ルートはどれもこれも人間離れした曲線ばっかりで、とてもではないが生身の浜面《はまづら》になぞれるとは思えない。

（万事休すかよ……ッ⁉）

喉が干上がった瞬間だった。

それはきた。

ドッッゴッッッ!!!!!!と。

横からかっさらうように、何か大きな影がエリザードの体を吹き飛ばしていったのだ。

舌打ちの音があった。

横滑りしたエリザードが靴底で地面を噛《か》むようにして無理矢理急制動をかけていく。そしてカーテナ＝セカンドを持つのとは逆の手。空いた五指が握り込んでいたのは、クラシックなメイド服を着た少女だった。

首の後ろを掴《つか》まれて意識のない少女を眺め、エリザードは低い声で呟《つぶや》く。

「……近衛侍女《メイドオブオナー》、か」

背中に蜘蛛《くも》の脚のようなユニットをつけたメイドを、軽く横合いの茂みに放り投げる。

暗がりの奥から、投げた相手がゆらりと現れた。

白い髪に赤い瞳。

現代的なデザインの杖《つえ》をつくその怪物は、傍《かたわ》らに新聞紙のドレスを纏《まと》う半透明の悪魔を従えていた。

「誰だ、とは聞かねェのか？」

「誰であっても同じ事よ」

改めて、だ。

カーテナ＝セカンドを両手で摑《つか》み直《なお》して、英国女王《クイーンレグナント》エリザードは言い放つ。

「どれだけ卑劣と罵られようが、私にはこの国を守る義務がある」

英国王室。

そのメールアドレスに向けて続々と届いている、安堵《あんど》の報告を思い出しながら。

彼らは知らなくて良い。世界がこんな事になっているなんて。

「民には国を形作るほどの力がある。だが、だからと言ってこんな理不尽を押しつけられるか。ヤツを排除するにしてもまずはクロウリーズ・ハザードから始まった一連の混乱から回復してからにせねば国民が崩れてしまう。故に、支える。どのような手段を取ったとしても、この国を。私は間違えた。だがどうあっても、この国を捨てられん……っ‼」

「……、」

ここで目線を動かすほど第一位は間抜けではない。

だが確かに、いつの間にか浜面《はまづら》仕上《しあげ》は盤面から消えていた。チャンスを活かすのも実力か。

「立場の違いだ、許せ。私は貴様《きさま》を悪とは罵らない。せめて貴様達《きさまたち》もまた、私とは違う正義を秘めていた事は記憶しておいてやる。あらゆる記述の中で、私達は対等だったとな」

「達？」

「貴様《きさま》の次は、城の中を洗う。業腹《ごうはら》だが、今はこの混乱を食い止めるのが最優先だ。どちらが危険かは分からないし、両方危険な可能性もある。必要ならばどちらも斬るしかない……」

『ご主人様っ、来ます!!』

白の怪物は、鼻で笑った。

直後に上から下へ、落雷のような勢いでカーテナ＝セカンドが振り下ろされる。

見た目の距離や間合いなどは関係ない。

かの女王が全力を出せば、だ。

その剣は三派閥四地域で構成されるイギリスの地を完全に統治し、同国内においては大天使『神の如き者《ミカエル》』の力を部分的に引き出す事のできる極限の霊装。有資格者がひとたび力を解放すれば、その一振りと共にあらゆる次元を同時に切断し、その痕跡として斬撃のラインに沿って巨大な残骸物質を生み落とす。

そう、全次元。

その破格の力は、世界の壁越しでも当たりさえすれば異なる位相に潜む存在……例えば一番底・物理法則の層に佇《たたず》む聖守護天使エイワスすらまとめて死亡させうる斬撃となる。

しかし。

直後に。

ゴッキィィィイイン!!　と。

金属の震える音と共に、カーテナ＝セカンドがいきなり真上に跳ね上げられた。

（斬撃のラインではなく、カーテナの方へ直接飛び道具を当てる事で刃の軌道を曲げに来た……ッ!?）

「ッ!?」

それにしても、エリザードとて重機関銃の弾丸を直接弾く程度の曲芸はできる。

その彼女の体勢を大きく崩すとなれば、もはや戦略爆撃レベルだ。

現に。

かつてカーテナ＝オリジナルを手にした第二王女キャーリサは、自分で自分を巡航ミサイルで攻撃させるような使い方をしても無傷だったのだから。

不自然な剣の動きに両手を引っ張られてバンザイでもするような格好に陥ったエリザードだが、一方通行《アクセラレータ》はそこから立て続けの連撃は行わなかった。胴体を丸ごとさらす今の状態なら、小石を蹴飛ばしてからのベクトル操作一発で五臓六腑《ごぞうろっぷ》を好きなだけぶち抜けたはずなのに、だ。

「立場の違い？　この国を守る？　……だから他の人間の都合なンて知ったこっちゃねェってか。ふざけンなよ上から目線の特権階級、そンな理屈が通じる訳がねェだろォが」

「分かるまい、貴様《きさま》などには……」

「この重圧が、なンてぬかしやがったらマジでぶン殴って目ェ覚まさせるぞ。そもそも自分と同じ悩みを誰もたねェなンて考えてる時点で透けてるぜ、無意識の見下しが」

　エリザードが、構え直す。

　一歩後ろに下がって距離を測り直す。

　ざざざざざざざざ!!　と一方通行《アクセラレータ》の周囲を草葉の擦れる音が一斉に取り囲んでいく。メイド、シスター、騎士、神父……。多種多様な敵、それもおそらくは善や正義に属する誇り高き者達からの敵意ある視線の渦だった。

「言っただろう、どんな手でも使うと。こちらも歴史家にどう見られるかで戦争をしている訳ではない。ありふれた家の明かりを守る、そのためならばッッッ!!!!!!」

　孤軍。

　しかし白い怪物は、やはり余裕の笑みを崩さない。

「……コンなモンかよ、オマエのビジョンは？　それでも一応はイギリスとかいう国の代表なンだろォが。ちったァ参考になると思ったンだがな、センパイ」

「貴様《きさま》……？」

「学園都市がああなっちまったのは、何も薄汚ねェ大人達の利害だの欲望だのって話だけじゃァねェ。俺だ。てっぺンに立ってるこの俺が、第一位としてまともなビジョンを見せてやる事もできなかった。だから蓋ァされちまって、誰も彼もが夢も持てずにその場で腐っていった。勉強して勉強して勉強して、散々詰め込ンだ末に待ってンのが人殺しのクソ野郎じゃそこで行き止まりだろ。あの街の歪《ゆが》みはそこにあるンじゃねェかって、やっと思えるよォになってきたのによ」

吐き捨てた直後だった。

ボッ!! と。

その背中から青ざめたプラチナのような輝きの翼が勢い良く噴き出していく。

「可能性があるからってだけで、どちらも斬るだと？　全くつまらねェぜ、とりあえずの安全策で人の命を天秤《てんびん》に載せやがって、クソ野郎が。今のオマエの有り様を見たら、大事な国民ってのが泣くンじゃあねェのか？　英国第一位の女王様よォ!!」

「ッ!?」

「上に立つなら振る舞いってモンにも気を配らなくちゃァな」

大きく翼を広げて。

その怪物は確かにこう告げたのだ。

「学園都市第一位・一方通行《アクセラレータ》。これでも一応、俺だって科学サイド全体の目標となるべき誰かサンだ。その上で質問ってのをさせてもらうぜ。さあ、しっかりお勉強させてくれよ。てっぺンに立つべき者のお作法ってヤツを!!」

8

地獄の戦場だった。

いくら広いダンスホールと言っても所詮は屋内の一室。そこで『自動書記《ヨハネのペン》』を振り回すインデックスとA.A.A.を纏《まと》う御坂《みさか》美琴《こと》がそれぞれを狙って自由自在に砲撃を繰り返しているのだ。大きく広がる絵本のようなスカートも、下着のように透けるドレスの薄い胸元も、彼女達は気にする素振りさえ、そんな『当たり前』すら見せない。あたかも艦船同士の砲撃戦に挟まれているようなもの。向こうにその気がなくても、一発もらえば即死は確定。それどころか、壁や天井をぶち抜かれたウィンザー城そのものがいつまで保つかも分からない。今この瞬間にもガラガラと音を立てて崩れ、全てを生き埋めにかかるリスクすら考えられる。

でも。

だけど。

「……、」

「……。」

スカイブルーにレモンイエロー。

ショッキングピンクにエメラルド。

彼らはほんの一瞬すら視線をよそには振らなかった。

たとえこの場に幾千万の地雷が埋めてあっても、幾千億のワイヤーが張り巡らされていても、そちらに駆け寄る余裕はない。

もちろん、インデックスや御坂美琴《みさかみこと》の事が頭にない訳ではない。

だけど結局、あらゆる問題はここに帰結していた。

一秒でも早く、一瞬でも先に。

目の前のクソ野郎を叩《たた》きのめす事ができたなら、振り回された皆を解放して、救える命もあるかもしれない。

いつだって、そうだった。

その背で誰かの命を負った時、どこにでもいる平凡な高校生はあらゆる危難に打ち勝ち誰にも負けない英傑となる。

みゃあ、と。

三毛猫の鳴き声が、火蓋となった。

「「おおッアッッッ!!!!!!」」

爆音があった。

左右から無秩序に襲いかかる光の弾幕を掻《か》い潜《くぐ》るようにして、スカイブルーとショッキングピンクは最短距離で激突するべくダンスホールを突っ走る。

どんなに些細《ささい》な事でもその全てに腹が立つ。

ことここまできて、未だに敵の変容は右半身だけ。

鰐《わに》のような大顎で吼《ほ》え立《た》てる上条当麻《かみじょうとうま》としても、いちいち相手の全力など待たない。出し惜しみをするなら、後生大事に手札を確保したまま地の底へと落ちれば良い。

とはいえ。

スカイブルーの外殻は、正直に言って切り札と断言するには弱い。

こんなのは絞りかす。おそらく力のほとんどは向こうに持っていかれている。

何がどこまでできるのか上条《かみじょう》本人にも見えていないところがあるし、そもそも敵はあらゆる異能を打ち消す幻想殺《イマジンブレイカー》しを使ってくる。薄気味悪い生肉でできたこの駆動鎧《パワードスーツ》は、指一本触れただけでバラバラに砕けてしまうのだ。いくら何でも、正面切っての戦いで一発の被弾もなく勝ちをもぎ取る展開もイメージしにくい。となれば被弾して、全てを奪われた後についても戦略に組み込むべきである。

(身を、低くして……)

確かに幻想殺《イマジンブレイカー》しは奪われた。

だけどあいつの特性なら、上条《かみじょう》だって嫌と言うほど学んできた。

(できるだけ速さと重さを乗っけて、真《ま》っ直《す》ぐ突っ込む‼)

一見怖いもの知らずの突撃に見えるが、そうではないのだ。

何しろ幻想殺《イマジンブレイカー》しは右の拳にしか宿らない。

ほとんど床を這《は》うように、相手の腰より低い高さをキープして一直線に突撃した場合、あの黒幕は拳を上から下へ振り下ろす以外に当てる選択肢がない。そう、まるでデモンストレーションの瓦割りのような、実用性のない一撃しか。

本当に懐《ふところ》の懐《ふところ》、距離一〇センチまで待たなければ当てる事もできないピンポイント攻撃。しかも正面切ってのクロスカウンターではなく、上から下への打ち下ろし。こうなると、たとえ鰐《わに》のような頭へクリーンヒットしたとしても、砲弾のような勢いで突っ込む上条《かみじょう》の体そのものを食い止めるのは難しくなる。

つまり、

「一発もらう覚悟さえあれば、確実に手が届くッ‼」

「野郎……ッ⁉」

ヤツの口の端で、ショッキングピンクの光が輝いた。

慣れないタキシードやアスコットタイの少年が近くのテーブルにあった山積みの取り皿をひっくり返し、中身の詰まった酒瓶を摑《つか》んで投げつけてきたが、こちらについては下手に対処しなくて良い。スカイブルーにレモンイエローのライン、爬《は》虫類《ちゅうるい》のような外殻に任せてそのまま中央突破。鈍い痛みについては大顎を噛《か》み締《し》めて無視する。

意識さえ飛ばなければ。

真《ま》っ直《す》ぐヤツの懐《ふところ》目がけて飛び込む事さえできれば。

「ツッツ!!」

轟音《ごうおん》が炸裂《さくれつ》した。

予想通り、手を封じられたヤツは右の手を上から下へ落としてきた。

拳ではなく、鉤爪《かぎづめ》。

ショッキングピンクの落雷。

後頭部に異様な熱が走り、上条《かみじょう》の意識が眩《くら》む。

一瞬にして、神裂火織《かんざきかおり》の動きへ部分的についていったスカイブルーの外殻が糸でも解くように消失していく。

だが剝《む》き出《だ》しの少年の速度は落ちない。

ツンツン頭は歯を食いしばって、勢い良く肩から体を食い込ませる。狙いはみぞおちの辺り。内臓を持ち上げるくらいのイメージで、そのまま全体重をかけていく。

二人して、水平に跳んだ。

一瞬だけ重力を忘れる。

「がっ!!」

「……ッ⁉」

そして着弾。

床の上でも動きは止まらず、川に投げた平たい石のように少年達は絨毯《じゅうたんじ》敷きの床を跳ねて転がっていく。スカイブルーとレモンイエローの外殻が使えれば太い鉤爪《かぎづめ》で喉笛を真横に切り裂く事もできたかもしれないが、すでに幻想殺し《イマジンブレイカー》によって打ち消された後だ。ただしその幻想殺し《イマジンブレイカー》にしても、『ただの少年』相手ではただの鉤爪《かぎづめ》だ。

バギバギバギバギバギバギバギバギバギッ‼　と。

さらに異様な音が連続した。

右手の力で外殻を吹き散らされた上条《かみじょう》からではない。背中から床に叩《たた》き付《つ》けられたダメージは無視できなかったのか、いよいよ獲物の全身からショッキングピンクとエメラルドが噴き出し、タキシードをズタズタに裂いて覆われていく。

いや、その表現は正しくないのか。

上条《かみじょう》が外からスカイブルーに呑《の》み込《こ》まれるのだとすれば、ヤツはショッキングピンクという本性を露《あら》わにした方が正しい。

ありふれた少年の素顔を表に出した上条《かみじょう》と、ショッキングピンクの大顎で吼《ほ》え立《た》てる怪物。

これまであったビジュアルもそっくり入れ替わった格好になる。

互いの性能差は不明。

だけど仮に同質かそれ以上だとすれば、ヤツは瞬間的であれば神裂《かんざき》の速度に届く。一度自由を与えれば、剥《む》き出《だ》しになった上条当麻《かみじょうとうま》など八つ裂きでも足りなくなる。

(本調子になんか……させるかっ!!)

ここから先は小細工抜き。

どんなに泥臭い方法でも良《い》い。最初にトドメを刺して、最後まで立っていた方が全てを掴《つか》む。

先に上を取ったのはショッキングピンクの怪物だったが、下に押し倒されたちっぽけな少年は躍起になってスカイブルーとレモンイエローの右手を振り回した。狙いはテーブルを支えている脚。すぐそこにあったテーブルをひっくり返し、その上に乗っていたスチームオーブンをヤツの頭の上へ落とす。機材の中で沸騰していた熱湯が隙間から溢《あふ》れて覆《おお》い被《かぶ》さっていく。

「がああッ!?」

剥《む》き出《だ》しのショッキングピンクでも、痛いものは痛いのか。あるいはより感覚器官は鋭敏になっているのか。この辺りはどこまで考えても予測の範囲を出ない。

とにかくヤツが太い尾を振り回して叫び、怯《ひる》んだ隙に、抜け出す。

やはりこいつは、何か違う。

上条当麻《かみじょうとうま》はそう考える。こんな時、こういう場面で、人間は喜怒哀楽を正しい引き出しになんか収めない。みんな苦しめられて、インデックスと御坂美琴《みさかみこと》は意味のない戦いを強いられて、望まず自分の手を汚した蜂蜜色の少女は一人ぼっちで血の海に沈んでいった。

全部、こいつのせいで。

熱湯を浴びて真っ当に痛がるだなんて、そんな段階はとうの昔に越えている。

「おお!!」

吼《ほ》える。

吼《ほ》えて、暴力に対する罪悪感を焼き切る。

ハンマー投げや重量挙げの選手がその雄叫《おたけ》びによって頭のリミッターを意図して外していくのと、似て非なるアクションであった。

(神裂《かんざき》に届くって言っても、瞬間最大風速の話だ。いつでもそうって訳じゃない。ヤツに助走のチャンスを与えなければ、まだ喰《く》らいつける!!)

鰐《わに》のような大顎を押さえて、それでも焼き料理用の鉄串を束のまま掴《つか》み取《と》ったショッキングピンクにエメラルドの黒幕に対し、あちこち擦り傷や切り傷だらけになりながらも何とかして拘束から抜け出したツンツン頭の上条当麻《かみじょうとうま》はケーブルで繋《つな》がったままの電磁調理プレートを掴《つか》むと、そのまま怪物の顔面目がけて振り下ろす。

じぃわあ!! と。

鍋に満たした水を摂氏一〇〇度で沸騰させるほどの交流磁場が鉄串の束、金属製品にぶつかり、一気にその熱を上げていく。

「～～ッ⁉」

もう一回、ヤツが怯《ひる》んで、鉄串の束を手放す。威嚇するように翼を広げて。

こちらもさらに一発。

びんっ！　と電磁調理プレートに抵抗感があったが、そのまま平手打ちでもするように顔面目がけて横へ大きく振り抜いた。今ので電源ケーブルが抜けてしまったらしい。結果、今度は加熱されなかったが、何しろ重さが重さだ。言ってもレンガやコンクリートブロックよりは重たい金属の塊を、そのままガードした腕ごとショッキングピンクの黒幕の体を床へ叩《たた》きつける。

理由もなく戦わされるインデックスや御坂美琴《みさかみこと》。

笑いながら何かに謝り続けて自分の命の手綱から手を離した、一人の少女。

思い浮かべる。

目の前のこいつが踏み躙《にじ》っていったものを。

「……殺す」

平素の上条当麻《かみじょうとうま》ではありえない呪詛《じゅそ》の声が喉を震わせた。

もしもこの場に第三者が集まっていて、どちらが上条当麻《かみじょうとうま》かを論じていたとしたら、これだけで不利益を被《こうむ》りかねない悪印象の言葉。

だけどもう、誰かに脅《おび》えて言葉や態度を取り繕う必要はない。

言葉とは内から出てくるモノ。

頭が沸騰している上条当麻《かみじょうとうま》の本音がここにあった。

善悪の二元論なんか知らない。

怒りに吼《ほ》える、竜のように。

「もう殺すッ!! 　お前は、お前だけは……っっっ!!!!!!」

ケーブルの抜けた電磁調理プレートを、頭の上に振り上げる。重力すら利用して全身全霊で振り下ろせば、床に転がったクソ野郎の頭蓋骨くらいは叩《たた》き割《わ》れるはずだ。

対して、鰐《わに》のような大顎の持ち主なのに、それでも確かにヤツは小さく笑った。

笑って、ショッキングピンクの腕で束のまま掴《つか》んだ無数の鉄串を真上に放り投げる。

柔かい肌しか持たない上条当麻《かみじょうとうま》に対する目眩《めくら》まし、なんて安い手ではないだろう。肌の硬さが何だ。敵と一緒に熱湯を浴びても瞬《まばた》き一つしないほど意識が沸騰している少年相手では、専用のスタングレネードだって効果は期待できまい。

(隙を見せるなっ、いったん加速されたら追い着けない!!)

だから、ヤツの狙いは違った。

あくまでも前のめりの上条《かみじょう》の耳に、予想外の方向から声があった。

『警告、第五章第二節。敵性による攻撃を確認、迎撃リストに登録します。汝《なんじ》、拘束の釘《くぎ》を抜け。十字架に縫い止められた薔薇《ばら》を解放せよ』

「インデックス……ッ⁉」

艦砲射撃の応酬のような二人の少女の弾幕に、ブレが生じた。

美琴《みこと》の全身を包むA.A.A.の『翼』を構成する武装の一つ、少女の身の丈を超える巨大な釘《くぎ》打《う》ち機《き》からの連射がこれまであった抵抗を失ってすっぽ抜け、インデックスの顔のすぐ横を突き抜けたが、『自動書記《ヨハネのペン》』モードの銀髪少女は眉一つ動かさなかった。

逸《そ》れた分だけ、何かが襲いかかってくる。

破壊力のあるサーチライトをぐるりと回すようだった。

ゴッッ‼ と。

太い閃光《せんこう》が空間を突き抜け、空中にあった鉄串の群れがオレンジ色に溶けていく。間一髪だった。余計な錘《おもり》から手を離して上条《かみじょう》が身を伏せた途端、やはり置き去りにした電磁調理プレートが世界から消失していく。あと一瞬スカイブルーにレモンイエローの手を離すのが遅ければ、今ので上条《かみじょう》の五指も消し飛んでいたはずだ。

むしろありがたい、とさえ思った。

これでたまたま上条《かみじょう》にとって味方するように動いてしまったら、きっと、この少年は居心地の良《い》い幸運に呑《の》み込《こ》まれていた。そうしたら全部見失っていたかもしれない。

自分は助けられて当然の人間だと。

そうでなければ怒り狂うような、傲岸不遜な怪物に。

（けどこれで仕切り直しになったか。『怪物』の全速力が、来る⁉）

「どうあっても、お前は忘れる生き物らしいな」

嘲笑《あざわら》うような声があった。

ショッキングピンクの大顎をカチカチと開閉させて。

「何を言われても、どんな事をされても、何事もなかったように‼　元からその程度の執着しかないなら、テメェに何かを独占する資格なんかねえだろうがよ‼」

勝つためなら、この場にある全てを利用する。

だとすれば、今なお振り回されている少女達さえ、翼を広げる怪物にとっては『使える地形ギミック』の一つでしかないのか……ッ⁉

「いい加減にしろよテメェ……」

低く唸《うな》るような、上条《かみじょう》の言葉が溢《あふ》れ出《だ》す。

対峙《たいじ》する怪物からも、応じるような声があった。

「……何考えてんのかは大体分かるよ」

がっ、という鈍い音があった。

ヤツが武器を持ち替えた音だった。ただし今度は肉料理を突き刺すための長い鉄串でも、スチームオーブンでも電磁調理プレートでもない。

ずらりと料理を並べた長テーブルそのものを、ショッキングピンクの両手で摑《つか》み上《あ》げる。サンドイッチや魚料理の載った大皿を派手に床へと散らばらせながら。

ヤツはそのままハシゴのように長大な鈍器を、天井すれすれまで大きく振り上げる。

その鉤爪《かぎづめ》をめり込ませながら、クソ野郎が吼《ほ》える。

「そして答えはイエスだ!! 何をしようが、俺だってここで勝たなきゃならねえんだよッ!!」

大振りにはなるが、勢いがつけば金属バット以上の打撃になる。元の重さに加えて遠心力が加わるのだから当然だ。

ひとまずとにかく受け止める何かが必要となる。

素手のままでは心許ない。転がっていたステンレスの大皿を両手で摑《つか》んだ上条当麻《かみじょうとうま》だったが、同時に彼は勘違いもしていた。

ぶぎゃあ、とひずんだ鳴き声を発して三毛猫が遠ざかる。

あの長テーブルは、振り下ろすための武器ではなかった。

天井。

上条《かみじょう》の頭上では、あまりにも巨大なクリスタルのシャンデリアが叩《たた》かれ、揺れていたのだ。

何かの砕けるような音と共に。

巨大なフックごと引き千切り、重量二〇〇キロ以上の硬質な塊が容赦なく降り注いできた。

9

「翻訳、簡略化、新規作成」

ウィンザー城の廊下では絨毯《じゅうたん》がめくれ上がり、窓ガラスが砕け散って、調度品の絵画や陶器の壺《つぼ》も被害を免《まぬが》れなかった。

そんな中で鍔迫《つばぜ》り合《あ》いを繰り広げるのは、二人の魔術師。

片方は長い黒髪をポニーテールにした、東洋発の『聖人』神裂火織《かんざきかおり》。

片方は白いドレスでシルエットを膨らませた『黄金』のダイアン＝フォーチュン。

「自己情報無限循環霊装《アーキタイププロセッサー》ッ!!」

七本のワイヤーが閃《ひらめ》いて空気を切り裂いた途端、その動きに合わせるようにフォーチュンは掌《てのひら》をかざす。正確には宙に浮かぶ黒い箱。大顎のように開いた箱がワイヤーを食い千切り、内部へ取り込んで、全く別の形へ組み替えていく。

七閃《ななせん》の意図の中には、刃を置く事で場を区切り聖域化する、一種の拒絶の壁・防護の魔法陣を設ける儀式もある。

その排斥に物理的な攻撃を加え、ワイヤーの形に置き換えた事で、抜刀に織り交ぜてタイミングをずらした斬撃を自由自在に解き放つ。空間全体を味方につけたような切れ味を実現している。

そこを、曲げる。

英語から日本語へ、日本語から英語へ。

何度も何度も繰り返し翻訳作業を往復させるような格好で、一つの魔術に込められた意味や記号を強引に組み替えて、全くの別物に変貌させてしまう。

これこそがダイアン=フォーチュン。

正規の『黄金』の猛者達《もさたち》でさえ、彼女の書いた魔道書は独特過ぎてもはや本筋からかけ離れたオリジナルなのではないかといわしめたほどの、無自覚のアレンジ術。

結果。

どばっ!! という粘ついた音と共に黒い箱から吐き出されたのは、大小無数の砕けた蠟人《ろうにん》形《ぎょう》であった。ワイヤーどころか金属ですらない。質量保存の法則などもちろん考えない。血を流して遠ざける、という性質だけを取り込んで、全くの別物に変わり果てている。

ジャココンッ!! と虚空から飛び出した無数の針が、人形へと突き刺さっている。

すでにその時、蠟人形《ろうにんぎょう》は神裂火織《かんざきかおり》とリンクしていた。

本来であれば手足に胴体、首まで外れた人形全部のダメージが彼女へ一斉に押し寄せるはずだったが、ポニーテールの剣士は眉一つ動かさない。

「七閃《ななせん》」

光があった。

襲いかかるはずの呪いは同じく見えない糸に搦《から》め捕《と》られ、よそへと吹き散らされていく。

七本のワイヤーによる魔法陣。

それらを自在に操る『聖人』。

ダイアン＝フォーチュンはそっと舌打ちして、黒い箱と共に後ろへ下がりつつも、

「……そろそろ気づいた頃合いか」

「あなたは『原典《オリジン》』。通常の方法では殺せませんが、生命力を持たない以上は自身の体で魔力を練る事はできません。そうなると地脈や龍脈から力を吸い上げて魔術のようなものを使っている、と考えるのが妥当でしょう」

「いくら『聖人』でも、流れを丸ごと変えるのは難しいと思うけど？」

「ですが、大地から力を受け取ると言っても常に一点からという話ではないでしょう。ガスや水道が各々《おのおの》の街で異なる供給源へ頼るように、場所や状況によって使う補給ポイントは変わるはずです。その切り替えのタイミング、わずかに力の供給が乱れる一瞬を狙って斬れば……。ひょっとしたら、その体を保つ事もできずに元の書物……カードの束に戻ってしまうかもしれませんね。『聖人』の体と七本のワイヤーを使った結界を駆使すれば、十分に実現できます」

さらりと言ってくれるものだ、とフォーチュンは内心で毒づいた。

難攻不落。あの『黄金』の魔術師に対して、いきなりのアンサー。

しかし、だ。

「私は……守らなくてはなりません」

追い詰められたような、低い声があった。

善か悪で言うなら、おそらく善の側に属する者の怨嗟《えんさ》が。

「イギリスに比べれば微々たるものでしょう。世界の歴史を動かすほどの力を持った巨大な組織ではありません。……それでも。それでも、天草式十字凄教は私にとっては命を懸けて守るに値する人達なのです」

「ふうん」

対して。

ダイアン=フォーチュンはあくまでもフラットな声色で尋ねていた。

あるいは、職業的な占い師のように。

「それは何の罪もない少年を殺してしまうとしても？」

「……、」

「ていうか、本気で殺そうと思ったらこのわたしが到着する前に七つでも唯一でも切り刻めたんじゃない？　口では何と言っても、今のあなたは躊躇《ためら》っている。その調子じゃあ攻め込んできた少年はもちろん、中央で陣取っているもう一人だって殺せそうにないけれど」

返答なんかなかった。

人差し指の上で黒い箱をくるくる回すフォーチュンも期待はしていない。

「別に優柔不断じゃないと思うわよ。どっちか片方を絶対に殺せなんて、究極の選択を前にしているんだもの。ただ、こうしている今も状況は先に進んでいるわ。このフォーチュン様が手を貸している少年は誰かを助けたいようね。あのちっぽけな東洋人が途中で倒れたら、城の中に閉じ込められている女の子はどうなってしまうのかしら」

ぎりりと奥歯を嚙《か》む音があった。

そう、一見正義はあるように思えて、しかし神裂火織《かんざきかおり》は矛盾している。

イギリス勢という事は、一度は戦争の狂気にあてられたかもしれない。だが今の神裂《かんざき》は、明らかに自分を取り戻している。

ダイアン＝フォーチュンは目を細めた。

どうやら、全てが終わったら自刃《じじん》する、などという甘い話ではなさそうだ。彼女は自分のこめかみを空いた手の細い指でぐりぐりしながら、

「わざと無茶な動きしてる？」

「……答えるまでもありません……」

じわりと。

まるで血が滲《にじ》むような調子で、神裂《かんざき》からの苦痛の声があった。

白いドレスの少女はそっと息を吐いて、

「慣性。『聖人』は瞬間的なら音速を超える勢いで戦場を動き回る。だけど全身の負担はゼロって訳でもない。最適の動き、レールがあるのに自分から外れてしまえば、あっという間に血管や関節が壊れていくでしょうね。吊《つ》り天井《てんじよう》や搾り機でゆっくりと全身を押し潰すように。まるで自分で自分を罰しているようだわ。殺しが怖いなら、刃なんか持たなきゃ良《い》いのに」

そこまでやっても、結局、神裂火《かんざきか》織《おり》にはあの少年を殺せない。

自分と同じ速度、体感時間についてきた時、おそらく彼女は唇を噛《か》んだだろう。どこまで危なっかしいんだ、と考えて。ちょっと足を払って転ばせただけで簡単に殺せたかもしれないのに、慣れない世界で戸惑う少年にどうしてもトドメを刺せなかった。

「ますます負けられなくなったわね、これは。あのガキ、とてもじゃないけど悲劇慣れしているようには見えなかったし」

「……？」

『聖人』は魔道書から力を奪うため、徹底的に場を引《ひ》っ掻《か》き回《まわ》すと言い出した。

音速すら軽々と超える速度でもって、大地からの供給源の切り替えに伴って力が乱れる瞬間……まさしく一瞬を狙って刃を通すために。

実際にそれができてしまうからこそ奇跡の使い手、『聖人』という事なのかもしれないが。

「『聖人』、か。ほとんど力業じゃん。そういう才能頼みって誰もが羨む女教師フォーチュン様の好みには合わないのよね、インテリジェンスな匂いがしないから」

「『黄金』の魔術師にして魔道書の『原典《オリジン》』でもあるあなたに、ゲテモノ度合で非難されるいわれはありませんが」

「あなた、能力者に近いのよ」

ダイアン＝フォーチュンがさらりと爆弾を投げ込んだ。

「そのものじゃないけどね。骨格や内臓の配置が『神の子』に近い、だから特別なチカラを引き出せる。けどそれって、最初からそこを目指して品種改良を続けていけば結局は科学的な遺伝子とかＤＮＡの話に偏っていくわよね。同じ体内時計を持つ双子が似たような閃きを得る双生児性シンクロニシティと同じく、知識も技術も無関係にあなたは『主のバイオリズム』を手に入れる事で特別な見えるセカイ、あなたにしか理解のできない現実を獲得しているだけかもしれないんだもの。そういう風に、自分の頭や認識の方を歪《ゆが》める格好でね。……頭にくるわ、誰でも使える工作キットの完成を目指した身としては」

「だから、私をどうできると？」

「あれあれ？　ここまで戦ってきて分からなかったかな。わたしの魔術はあらゆる術式や霊装を誰にも想像のできない形に置き換える。すなわち『雲』、真実を覆い隠すモノ。……あなたにとっては当たり前の魔術にしか見えなくても、わたしにとってはイレギュラーな科学に誤訳してしまう事もできるんじゃない？」

「……、」

ギッ、と軋《きし》むような音があった。

それはダイアン＝フォーチュンの周りを取り囲むワイヤーか、あるいは神裂《かんざき》自身の奥歯を噛《か》み締《し》める音か。

「そしてあらゆる魔術の上に才能だけで君臨する気に喰《く》わない『聖人』でも、全く異なるお隣さんのピラミッドである科学のてっぺんからぶちかましを受けた場合はどう揺らぐか分からない。だってそうでしょ、科学サイドなんて言葉ができてからどれくらいの歳月が過ぎていったの？　あなた達がどこまでエリート様だったのかは知らないけれど、それでも結局は駆逐できなかったんでしょう、科学という言葉そのものを。だったら、『聖人』だから大丈夫はもう通じない。あらかじめ決められたランカーだけが粛々と勝利のおこぼれを頂戴するだけじゃない。誰でも当たり前にしのぎを削って勝ち負けを争う事のできる、自由な戦いが見えてきたはずよ！」

根本的な所が違う。

科学と魔術とか、誰かが決めた線引きなどダイアン＝フォーチュンはタブー視しない。

神裂《かんざき》は苦痛の中に怪訝《けげん》を滲《にじ》ませて、

「あなたは、怖くはないのですか？」

「勝手な偏見でわたしをあなたの枠に収めないでよね。わたしは『黄金』の魔術師ダイアン＝フォーチュン、愛と美の女教師にして悩める皆の文通相手。わざわざ難しく記述された魔術を、誰でも分かりやすい工作キットへ置き換える事に腐心したその一人。古文書を古文書のままに、なんて考えているようじゃもはや魔術ですらないわ。フォーチュンの愛に満ちた魔道書はラテン語でもヘブライ語でもなく現代英語だったし、魔術については文通や通信教育で弟子達に伝授してきた。……囚《とら》われるなよ末裔《まつえい》。人は本来、その全てを利用したって構わないはずだった。魔術だの科学だのなんて大雑把なくくりは、本来人が望むままに知識をもぎ取るためには不要な線引きに過ぎないのよ」

強引にでも魔道書を叩《たた》き切《き》ろうとする神裂火織《かんざきかおり》か。

『聖人』としての質をも組み替えようとするダイアン＝フォーチュンか。

合図はなかった。

ゴォッ!! と。

七天七刀《しちてんしちとう》と黒い箱。両者共に必殺の得物を携えて、魔術師達が真正面から激突する。

「……、」

「……。」

しばしの間、二人とも無言だった。

フォーチュンの掌《てのひら》の先で浮いていた黒い箱は大顎のように蓋を開いていた。しかし『聖人』

としての神裂《かんざき》の方が動きは上。七天七刀《しちてんしちとう》を捉えて食い千切る事はできなかったのだ。

女教皇《プリエステス》の動きを止められなくては、七本のワイヤーもまた止められない。

切れ味を持つ防護の魔法陣。

大地からの供給は、ガスや水道と同じく場所や状況によってポイントが変わる。その変更の一瞬を突かれて攻撃されたら、ダイアン＝フォーチュンは形を保てずに七八枚一式のカードの束に分解されてしまう。

しかし、

「搦《から》め捕《と》られたわね。あるいはわたしが天才過ぎた？」

「……、」

笑ったのは、むしろ白いドレスで細過ぎるシルエットを無理矢理に膨らませた赤毛の少女、ダイアン＝フォーチュンだった。

「あなたは自分の『聖人』って体質そのものを喰《く》われる可能性に脅《おび》えて、行動を縛られた。本当の本当にその体質を憎んでいたら、チャラにして自由を謳歌《おうか》するチャンスだったかもしれないのに。結局、ギフトなんてそんなものよ。どれだけコンプレックスを持っていて自分で自分を憎んでいても、じゃあ今すぐ捨てられるかと迫られればそう簡単には頷《うなず》けない。このわたしが、いつまで経《た》っても世界最大の魔術結社なんて大きなハコにこだわるように。あなたが特別汚いって訳じゃないわ、人間なんて誰でもそんなものなのよ」

確かに七天七刀《しちてんしちとう》には届かなかった。

だけどそんな所では誰も勝負をしていない。

そもそも神裂《かんざき》はまだ刀を抜いていない。ダイアン＝フォーチュンの黒い箱は、そこかしこでピンと張られた七本のワイヤーの内の一本に噛《か》みつき、食い破っていたのだ。刀が来ると思っていたら、タイミングを外されて致命的な『一瞬』を斬られていただろう。

『雲』を、逆手に取る。

あまりに独特の解釈をするものだから、もはや『黄金』ではなくオリジナルの論理なのではないかと評価されたダイアン＝フォーチュンが、意図せず完成させてしまった黒い箱。

そして。

下準備が不発に終わったとなれば。

至近だった。ぐるんっ!!　とドレスのスカートを翻《ひるがえ》す格好でダイアン＝フォーチュンの体が大きく回り、神裂火織《かんざきかおり》が腰の鞘《さや》から解き放った本命、恐るべき刃の一撃をかわしていた。前後左右、というよりは見えない回転扉で背中合わせに出入りするような、密着の移動。抜刀とは、もちろん刀を抜いた直後が一番ハイリスクとなる。偽装に使っていたワイヤーの『七閃《ななせん》』は、そもそもこのタイミングをズラすために織り込んだ手札なのだから。

神裂火織《かんざきかおり》が一息に長い刃を鞘《さや》へ納めるより先に。

ゴッッッ!!!!!!　という鈍い音がポニーテールのこめかみで炸裂《さくれつ》していた。

黒い箱。

その尖《とが》った角の部分で思い切りぶん殴ったのだ。

くらり、と。

『聖人』っていうのは『神の子』と似たような体質を持つのよね？」

いったん真横に揺れた神裂火織《かんざきかおり》はそのまま姿勢を回復せず、棒切れのように倒れていく。

「つまりどれだけ奇跡を扱おうが、集団に囲まれて捕まる事もあれば仲間に裏切られる事もあるし、人の手で殺されてしまう脆《もろ》い面もそのまま継承しているって話なのよ。全てはたった三〇枚の銀貨をきっかけにしてね。その辺ちゃんと分かってた？」

返事はなかった。

横に倒れた神裂火織《かんざきかおり》の口元は、全身の力が抜けて弛緩《しかん》している事もあって、どこかうっすらと笑っているようにも見えた。

人を殺す側に回るくらいなら、殺される方がマシだとでも言わんばかりに。

ここまで来るともはや呆《あき》れたような調子でフォーチュンは息を吐き、赤い前髪を片手でかき上げていた。

「……似たような体質、ね」

（嘘《うそ》が苦手なのもそういう話なのかしら。『聖人』は能力者に似ている、そんな訳ないのにね）

これもまた『雲』。

ただしそいつも使いようだ。古い『薔薇十字《ばらじゅうじ》』の魔術師が、己に降りかかった偏見を嘆く事なく逆手に取って結社の秘匿性に役立てたのと同じように。

「慣性の力をわざと逆手に取って全身ボロボロ、か。わたしの回復魔術で何とかなるかしら。元が『聖人』なんだから血に回復作用はありそうなものだけど」

そしてここでは終わらせられない。

ダイアン＝フォーチュンはその場で屈《かが》み、倒れた神裂《かんざき》の顔を覗《のぞ》き込《こ》むようにして、

「ま、わたしも世界最大の魔術結社『黄金』の魔術師だし。これくらいの難所は越えてこそ尊敬の念を集められるってものよね！」

10

意識が明滅する。

視界は横に倒れていた。そして全身が熱い。しかし上条当麻《かみじょうとうま》が注意深く自分の肌の感覚に集中していくと、いくつか熱の中心となるじくじくとした傷の存在を感じられた。

シャンデリアそのものに押し潰される展開だけは避けたはずだ。

だけどとっさに転がった彼の全身へ、床に叩《たた》き付《つ》けられて砕け散った水晶の鋭い破片が容赦なく突き刺さってきたのだ。それこそ、横殴りの雨のような勢いで。全身、服も肌も血にまみれていない場所などなかった。有翼のトカゲ、スカイブルーとレモンイエローの外殻さえなければ上条《かみじょう》はあくまでも生身の少年でしかない。

当然、幻想殺し《イマジンブレイカー》に吹き散らされた今となっては、都合の良い《い》肉の鎧《よろい》などない。

スカイブルーにレモンイエローの右腕だけでは、防げる数にも限りはある。

それでも今日の自分は幸運らしい、とツンツン頭の上条《かみじょう》は考える。最悪の状況に、せめてもの救いがあった。頭が沸騰していてまともな痛みの感覚が残っていなかったのだ。

だから、まだ立てる。

戦える。

囚われた少女達のために。

「……だ、終わんねえのかよ」

重たいテーブルが床に落ちる音があった。

ショッキングピンクにエメラルドの怪物。鰐《わに》のような大顎を持ちコウモリにも似た巨大な羽を広げる、有翼のトカゲ。ヤツもヤツで無傷ではいられなかったらしい。破片の嵐は全方位へ均等にばら撒《ま》かれた。上条《かみじょう》同様、その全身に被弾の痕跡があった。

そうなっても構わないと。

だから黒幕は、躊躇《ちゅうちょ》なくシャンデリアを落としたのか。

全身からショッキングピンクの光を瞬《また》かせ、もう一人の怪物はその大顎で吼《ほ》える。

「もう終われよッ!!　とっととテメェがくたばりゃ全部丸く収まるんだから!!　それともなんだっ、これが俺に取りついた不幸だってのか!?」

「結局、アンタは一体何なんだ……？」

血まみれの服を張りつかせる上条当麻《かみじょうとうま》には、そこまでする理由があった。

奪われたものを取り返す。

理不尽な殺し合いを強要されている少女達を助けて、死に瀕《ひん》した誰かを救急車に乗せるための道筋を作る。それも一秒でも早く。だから痛みも恐怖も頭の中から焼き切って立ち向かえた。

自分以外の命を背負った以上、絶対に負けられない。

だけど、こいつは？

ゆっくりとこちらへ近づいてくるこいつの原動力は、一体……？

「こうまでして、こんなに多くの人を苦しめて。それで何が手に入るって言うんだ!?」

「……だって、そうすりゃ助けられるだろ」

呪詛《じゅそ》のような響きがあった。

わずかな言葉の中からでも弱点や突破口を見出《みいだ》す。頭が焼けるほど思考に没入していく上《かみ》条当麻《じょうとうま》だったが、

「今すぐ戦いが終わってくれれば‼　食蜂《しょくほう》のヤツを助けられるだろッ‼」

「な……」

流石《さすが》に、だ。

二の句が継げなかった。

だけど聞き間違いではない。悪意の塊のような怪物は、しかし確かにその大顎でこう叫んだのだ。

「インデックスだってそうだった‼　本当なら『心理掌握《メンタルアウト》』できちんと『自動書記《ヨハネのペン》』をコントロールできるはずだったんだ。御坂《みさか》のヤツだって！　A.A.A.に小細工さえなければ危険な事なんか何もなかったッ‼　……何で脱線していくんだ。誰も疑問を持たずに従ってくれれば、それで何事もなく終わっていたのに‼‼‼」

根底が回る。

上条当麻《かみじょうとうま》の脳裏にそんな考えがよぎる。

「そもそもほんとはもっと粘れたはずだった。命を諦める必要なんかなかった、右手をちゃんと使っていれば‼　『黄金』の魔術師達はどうなった？　アレイスターは、コロンゾンは⁉　本当の本当に、あんな結末が一番だったって言えるのかよ⁉　なあっ‼」

思ってもいない事態が起きてしまったとしても、今さら後ろへ下がる事はできない。これは失敗だったと認める訳にはいかない。

「……上条当麻《かみじょうとうま》ってのは、そういう生き物だったろうが」

だから、悪ぶる。

初めからこうするつもりだったと言い張って、躍起になって取り繕おうとする。

とにかく時間を稼げばリカバリー案が頭に浮かぶと信じて。

「逃げる先がなければ迷わず小萌《こもえ》先生を頼る。腕で勝てなきゃ情にすがって魔術師を押《お》し留《とど》めようとする。苦しむ女の子のリミットなんて知った事じゃねえ、自分が全てを失うのが怖くてうろたえる。そんな情けねえ生き物が っ、でもそれが、確かに上条当麻《かみじょうとうま》だったじゃねえか!!」

ビリビリ中学生と初めて出会った時、あるいは魔道書図書館と遭遇した瞬間。記憶喪失の上《かみ》条《じょう》にはもう思い出す事もできないその場面で、果たして一人の少年はどんな態度や言動を取ってきたのだろう。

人間が能力を見ているのか、能力が人間を見ているのか。

目の前の全てが丸ごとひっくり返るようですらあった。

(たすけ、たかった……?)

思考が空白で埋まる。

自律した思考を保って人間のコントロールから外れた能力の存在は、上条《かみじょう》も知っている。学園都市第二位、未元物質《ダークマター》。だけど自分の身に降りかかってみれば心臓への圧迫感は並大抵のものではない。

（……おまえ、も？？？）

人間は環境を観察する事で意図して確率を変動させて様々な能力を生み出し、操る。そのために見える世界を歪《ゆが》めて『自分だけの現実《パーソナルリアリティ》』と呼ばれるまでに成長させていく。これが学園都市製の科学的な超能力の基本ロジックだ。

しかし、では。

能力の方が人間をじっと眺めていたとしたら？　観測者としてそこで確率を操る力があるのなら、その未知なる力は上条《かみじょう》本人のみならず、人類全体の誰であっても思考する存在の内外を操る事もできるのではないか。

たとえ『魔神』オティヌスのような存在であったとしても、人知れずパズルのように組み替えて。

『魔神』は世界の重要な歯車であり、上条《かみじょう》は彼らを採点する存在だった。そして必要なら歯車の間隔を調整する。そんな風に言っていたのは僧正《そうじょう》だったか。

竜、財宝の番人。

善悪の二元論を丸ごと横断する存在。

すなわち。

それこそが。

（……神浄《かみじょう》の、討魔《とうま》……？）

世界を癒《い》やす薬。

セカイの良くない部分を優しく癒やすか、あるいは冷たく切り取るための。

パナケア仮説。

……最初に提唱したオティヌス自身がすでに自分で否定していた話なのだから、これ自体は何の役にも立たない妄想のはずだけど。何かが引っかかる。ここは、三日前の夕飯に何を食べたかなんて扱いにはできない。絶対に記憶に留《とど》めておかなくてはならない、とてつもない何かが混ざっているような。

かつて『神の子』の処刑を専門に研究していた左方のテッラは、幻想殺し《イマジンブレイカー》の正体について勘付いているような素振りだった。

……右手の力がそこと関係しているのだとしたら、彼が見ていたのは優しく癒《い》やす力だったのだろうか、それとも冷たく破壊する力だったのか。

ショッキングピンクにエメラルド。

やはり、その怪物は上条当麻《かみじょうとうま》とは真逆。

少年の体を外から包み込んでスカイブルーやレモンイエローに輝く有翼のトカゲに作り替える上条《かみじょう》とは違って、こいつは元からショッキングピンクやエメラルドの異形を少年の輪郭を持つ肌で丁寧に覆って隠してきた。

同時に、こういう話だったのだ。

少年が能力を操っているのか、能力が少年を定義づけているのか。

ヤツはヤツなりの方法で、全部背負おうとして。

でも目の前で崩れていって。

それをどう受け止めて良いのか分からなかったから、悪ぶって冷淡に振る舞うしかなかったのか。最初からお見通しですと、かつてのアレイスターのように。

「……たかだかカラフルな外殻で体を覆う程度の能力だなんて思ってねえだろうな」

「……、」

「俺は望まれてここにいる。だからこんな形になった。祈っただろ、上条当麻《かみじょうとうま》。取り留めがないと分かっていても、あの戦争のどこかで。もっとスマートに幻想殺しを扱えたら、なくした記憶のどこかにそんな操縦方法は埋もれていなかったか。お前がそんな未練を持たなければ!! 俺はなくした記憶を頼りに上条当麻《かみじょうとうま》と成り代わって、もっとスマートに振る舞おうだなんて馬鹿げた事を考える必要さえなかった!!!!」

「かんがえる、ひつようさえ？」

「本質はただの能力、量子を歪めるモノだ。それ自体には何もない。『俺』なんていう主観自体も、どんな逆境も乗り越える人格も足りない部分を補う記憶も。そうであってほしいとすがらなけりゃ、こんなオプションはつかなかった」

つまり、これは、何だ？

今まで『魔神』オティヌスや『人間』アレイスターが説明していた内容と食い違う。

彼らが右手に宿る幻想殺し《イマジンブレイカー》について、読み違えていた部分でもあったのか。

いいや。

そうではないとしたら。

「お前……」

十字教で全てを考える右方のフィアンマの理屈は、魔術と科学の全てをその視野に収めたアレイスターには通じなかった。

僧正《そうじよう》やネフテュスら戦闘狂の『魔神』らの身勝手な願いは上条《かみじよう》には受け止められず、結果、上里翔流《かみさとかける》の『理想送り《ワールドリジエクター》』のように力の一部が洩《も》れて別の属性を得た事もあった。

ではそのアレイスターの理屈は？

ドラゴン。

地底の支配者にして財宝の番人。

分かりやすい善悪論を嫌い、全てを横断して物事を考えようとした、あの『人間』が理想とした何か。

ネフテュスや娘々《ニヤンニヤン》は上条当麻《かみじようとうま》に何を期待していた？

彼女達は、右手は付属物だと言っていた。神浄《かみじょう》の討魔《とうま》とは右手ではなく、少年自身につけられた名前だと。

結局は破綻してしまったモノを思い浮かべる。だからこそ、今こうして暴走しているのか。そもそも学園都市統括理事長アレイスターが多大な犠牲を払ってでも進めてきた大仰な『計画《プラン》』。そいつをフルに使って本当に育てたかったモノは、

「幻想殺し《イマジンブレイカー》、じゃ、な、かっ、た、の、か？」

「そんな安い言葉で説明できるだなんて思ってんじゃねえよ、クズ」

11

爆音が立て続けに炸裂《さくれつ》していた。

もはや一方通行《アクセラレータ》とエリザードの戦いは地面だけに留《とど》まらない。城の石壁を蹴り、平たい屋根の上まで飛び上がり、その上でもまだ執拗《しつよう》に激突を繰り返している。

この場合恐るべきは、触れただけで相手を殺す『反射』を備える一方通行《アクセラレータ》からの攻撃をいなし続けているエリザードか、全次元同時切断を可能とするカーテナ＝セカンドと真っ向からぶつかっても傷一つつかない一方通行《アクセラレータ》か。

白い怪物の首っ玉に両腕を回してしがみつく、新聞紙のドレスを纏《まと》う少女からの声があった。

『……第三の樹《クロノオト》とアクセス、計算式への代入を確認』

そう。

得体の知れない魔術を使っていても、もはや『反射』が不自然に歪《ゆが》んで第一位の肌が傷つく展開はありえない。

小石や鉄の杭《くい》など、物質的な手段を使った迎撃だけではない。

『魔術があなただけの特権だなんて思うなです。そんな世界はすでに解析済みだぁ!!』

ギィン!! と。

実体を持つ剣、カーテナ＝セカンドそのものの軌道さえ、ぶつかった途端にねじ曲げられる。

ただし、

「どうやら、全次元同時切断という結果までは覆《くつがえ》せないらしいな」

「チッ」

英国女王《オトナ》からの指摘に、学園都市第一位《コドモ》の舌打ちがあった。

「カーテナ＝セカンドはこの国にある限り、他の何にも優先してあらゆる次元を切り捨てる。『反射』だか何だか知らんが、その壁のある座標ごと切断してしまえばダメージは通ってしまう。そういう話なのだろう?」

切っ先のない剣が、翻《ひるがえ》る。

構えを変えてエリザードはこう囁《ささや》いた。

「ひとまず、倒せぬ敵ではないとだけ分かれば結構。……後は己の機転と研鑽《けんさん》がそこへ届くか否《いな》かの話でしかないのでな」

ヒゥン、と風を切るような音があった。

途端に、エリザードが消える。

一方通行《アクセラレータ》は首を振る事すらなかった。

気のない調子で後ろへ一歩下がった途端、真横からの振り下ろしが全次元切断という巨大なギロチンを生み出す。鼻先を掠《かす》めるような勢いであったが、いちいち表情を変える第一位ではない。

「どォせ、闇雲に振り回すだけじゃねェンだろ」

「動きが遅れたな」

看破に対し、敬意でも表したのか。

カーテナ＝セカンドを構える英国女王《クイーンレグナント》は告げたのだ。

「あらかじめ計算を終えている箇所については何をしても間に合わんが、結局、情報を仕入れているのは普通の目と耳と鼻と舌と肌に過ぎん。故に、やはり顔の向きは重要となる。この差は微々たるものだが、少しずつ重ねていけばやがては無視できない溝へと広がっていきそうだ」

「ああそォかよ」

ついこの前までなら、死活問題になっていたかもしれない。

どれだけ強大であってもたった一つの能力に頼るしかない一方通行《アクセラレータ》にとって、そのクセや死角を読まれるのはあまりにもリスキーだ。

ただし。

ヤツはズボンのポケットからスマートフォンを取り出すと、親指を使って気軽な調子で操作した。

ガカァッッッ!!!!!! と。

直後に英国女王《クイーンレグナント》エリザードの頭上へ落雷にも似た電子ビームが落ちたのだ。

無論。

この程度でくたばるエリザードではない。

「おおアッ!?」

吼《ほ》えて、カーテナ＝セカンドを振り上げる。三日月でも描くような軌道でもって全次元同時切断を放ち、地下核シェルターすら真っ二つにしかねない電子攻撃を一撃で斬り捨てる。

天から一直線に降り注ぐ青白い光の束が、飛沫《しぶき》のように吹き飛ばされた。

「これくらいでいちいち驚いてンじゃあねェよ。やるなら総力戦だ。オマエがイギリス全部の力を自分のために使って勝利をもぎ取るつもりなら、俺だって容赦なく使わせてもらうぜ。学園都市、いいや科学サイドの全てってヤツを、たった一回の勝利のためになァ!!」

「き、さま……ッ!!」

しかしそこで終わらない。

莫大《ばくだい》な電子ビームなど目晦《めくら》まし。実際のところ、マカロニのように空洞を持った円筒形の形で落としていたのだ。となると中空部分に何かを通す余地がある。

すでに『それ』はステーションから地表に向けて放たれている。

「言ったろ。人の上に立つべき第一位と第一位の衝突だ。能力、だから何？　そンなモンは科学サイドが抱えているチカラの一ジャンルに過ぎねェンだよ!!」

「……自分自身すら、部品の一つだと？　カーテナ＝セカンドを弾くだけの力を持っていながら……ッ!!」

「トップとトップが真正面から鍔迫《つばぜ》り合《あ》いするっつってンだろ。オマエのそれも、国の全部を背負って運用されてる剣だろォがよ。なのにこっちだけ生身一つで戦えってか？　まったく戦争の勝者ってのはおっかねェな、いつまでも都合の良《い》い事考えてンじゃあねェぞ!!」

「っ」

「この国を守る？　そのためなら何でもするだァ？　卑怯者《ひきょうもの》の言い訳にされちまったオマエの国の国民とやらは、それを聞いて感動の涙でも浮かべると思ってンのか。自分で背負う覚悟がねェなら、悪業《あくごう》なンかに手を染めよォとするンじゃァねェ!!」

　これみよがしであった。

　あるいは自分の体や衣服を使って隠しながらでも操作できたかもしれないのに、学園都市の頂点を名乗る怪物は鍵となるスマートフォンを表にさらしたのだ。

「俺は、何があっても学園都市に帰る」

　極悪であっても。

　非道には陥らないよう、正々堂々と。

「そして科学サイドの仕組みを全部変える。もう二度と、あンな事が起きねェ世界を作ってみせる。背負ったモンは五分五分だ。だから出し惜しみなンかしねェぞ、女王様。俺は自分の持ってるモノを全部使ってオマエを叩《たた》き潰《つぶ》す。何故《なぜ》なら俺とオマエは、一対一だからだ」

「……、」

「今のがただの光の塊だなンて思うなよ。俺は、全部使う。オマエがトンネルをぶっ壊した以上、辺り一面にばら撒《ま》かれたぞ。……確か学園都市じゃあ、オジギソウなンて呼ばれてやがったかな」

　ザザザザザザザザザザ!!　と木の葉を擦り合わせるような音が全体を取り囲んでいった。

　しかしここは石造りのウィンザー城、その屋根だ。人工林と違ってそんな音を鳴らす枝葉など生い茂っていない。

目に見えないほど細かい微細な金属の粒で。

それでいて電磁波に呼応して細かいアームを開閉する事で、人間から細胞の一つ一つを毟《むし》り取《と》る事すら可能なミクロ兵器。

「チッ!!」

その正体までエリザードは看破していただろうか。

それとも、何が迫っていようが全次元同時切断で空間ごと切り捨ててしまうか、残骸物質で彼我の間を密閉してしまえば脅威を排除できると考えたのか。

エリザードが吼《ほ》える。

「世界を変える？　強大な力を振り回して？　ふざけるなよ怪物、時代を変えるのは民の力だ!!　私達はただその道筋を見せてやるに過ぎん、個人の力で歴史をねじ曲げられるとでも思ったか……ッ!!」

英国女王《クイーンレグナント》が改めてカーテナ＝セカンドを両手で振り回す。

「私は自分で世界を変えるなんてギャンブルはしない。勝てるかどうか分からない戦いなどしない。その賭け事でテーブルに載せられるのは、何より愛する国民の命だからだ!!」

それでミクロな兵器を全てすり潰せるとは思えない。だが近隣にあるアンテナ塔を全て破壊してしまえば、軌道上だのミクロだのの兵器はコントロールを失う可能性も高い。

綿埃《わたぼこり》が空中で散らばるようだった。

そしてまだ終わらない。無数のオジギソウがコントロールを失った事で、綿のような牢獄《ろうごく》が壊れる。奥から真なる脅威が顔を出す。

その正体は、可憐《かれん》な花。

ただし鋭い鎌や頑強な顎を備えた、草と花でできた捕食者の植物だ。

ハナカマキリとは似て非なる。

擬態しているのではなく、本当に植物質で作られた昆虫である。

「ッ⁉」

「食物連鎖の反逆者《フラワーレジスタンス》。クローンだの遺伝子操作だのは動物だけの特権じゃあねェ。むしろ品種改良って意味じゃあ植物の方が活発に行われてきたってよ。……正直見ていて胸糞悪《むなくそわ》りィが、あの街に帰らねェとこォいうモンものさばったままだ。それじゃ世界は何も変わらねェ」

ぶわっ‼　と。

人の肉すら貪る、それでいて宝石のように美しいカマキリの群れが、砂嵐にも似た勢いで一斉にエリザードへ襲いかかる。植物が動物より速く動き、植物が動物より力強く体を動かして、植物が動物を養分とする。……それだけで現実に作られてしまった異形のモノ達が。

「心配すンな、オマエの国の生態系までは崩さねェよ。ある程度はリモートで言う事聞かせられるンだとさ、電磁波の影響を受けやすい仕様らしい」

かえってカーテナ＝セカンドの持ち主は荒々しく笑っていた。

ここで笑えるから、彼女は確たるカリスマ性を備えているのかもしれない。

「形が見えている方が、分かりやすい!!」

しかし。

その声が、そっと滑り込んできた。

「ああそォかよ、分かりやすい？　その割にゃどこ見てンだ」

「ッ!?」

「言ったろ。一方通行《アクセラレータ》なンてな科学サイドのテクノロジーの一つに過ぎねェ。だからこンな浅いトコを眺めたって本質なンか見えねェぞ。こっちだって科学サイド、惑星の五割を丸ごと背負わさせられた身の上なンでな」

学園都市、第一位。

だけでは……ない？

「学園都市統括理事長・一方通行《アクセラレータ》」

宣言があった。

そしてその怪物は、真正面から突撃してきた。

どれだけリスクがあっても、最前線の懐《ふところ》に向かって、誰よりも速く真《ま》っ直《す》ぐに。

ドンッ！　という音が遅れて炸裂するほどの勢いで。

合理性の話ではない。

ここからでも良《い》い。

誰かが目指そうと思える誰かになるために。

だからこそ、最後の最後で出すべき切り札はこれなのだ。第一位の一方通行《アクセラレータ》。軌道上兵器でもオジギソウでも肉食の植物でもない。そんな次世代兵器が飛び交う中でも、トドメの一発として最も相応《ふさわ》しい破壊力を持っているのなら、迷わず使い切らなくてはならない。

それが。

それこそが。

かつて誰かの背中を追い駆けながら、同じ道を歩むだけでは終わらなかった、とある怪物が羽化すべき何者かの像なのだから!!

「手前勝手な理屈を並べてウチの生徒に手ェ出しておいて、無傷で帰れるなンて思ってンじゃあねェだろォなアッッッ!!!?!??」

真正面から。

小細工抜きで懐《ふところ》へ飛び込んで、英国女王《クイーンレグナント》エリザードへ右の拳を振り抜いていく。

余計な轟音《ごうおん》などなかった。

ベクトルを完全に掌握しているからだろう。

攻撃に使った衝撃を余さずエリザードの体内で炸裂《さくれつ》させたため、むしろその終わりは静かなものだった。

ツンツン頭の少年とは種類が違う。

後ろへ大きく弾《はじ》き飛《と》ばされるのではなく、真下に向けてストンと落ちるような倒れ方だった。

「……ふン」

『あれえ？　トドメは刺さないんですか、ご主人様』

「アホ、刺しちまったら誰でも彼でも殺すヤツになっちまうだろォが」

一方通行《アクセラレータ》は呆《あき》れた素振りで首の横に手をやった。

電極のスイッチを指で弾《はじ》きながら、

「俺は学園都市の統括理事長だ、俺の行動で外から見た街全体のカラーが決まっちまう。そォいう意味じゃここが外交デビュー、いや、の初仕事だぜ。クロウリーズ・ハザード？　その賠償だの何だのでイギリスから延々毟《むし》り取《と》られちまったら学園都市の経営なンか成り立たねェ。ここで両成敗にして貸し借りを帳消しにするべきだ。下手な泥沼なンかにしちまうよりもな」

『はあー、今日のご主人様はオトナですう』

「……、」

『あのう、ご主人様？』

しばし、現代的なデザインの杖《つえ》をついたまま夜空の月を見上げていた統括理事長。

その時だ。

ぱこりと近くの天窓が真上に開いた。

潜水艦のハッチみたいな格好で顔を出してきたのは、長い金髪を頭の後ろでまとめた小動物系のお姫様だった。

しかしあれは学園都市製だろうか？　なんか日本語で安全第一と書かれた黄色いヘルメットを被《かぶ》っているが、サイズが合っていないようだ。斜めにずり落ちている。

「だっ、第三王女のヴィリアンです！　鎮圧部隊が身柄の保護にやってきました。どっ、どこのどなたか存じませんがご無事でしたか？」

「そりゃどっちに対してだよ。少なくともオマエの母親なら無事だ」

一方通行《アクセラレータ》は顎で倒れたエリザードを指しながら、

「どいつもこいつも頭に血が上っていて話にならねェ。戦後処理の話し合いはオマエを窓口にしても構わねェか？」

「は、はあ」

「とぼけてンじゃねェ。エリザードの戦術は間違っちゃいなかった、辺りのアンテナ塔片っ端からぶっ壊された状態じゃスマホがあっても兵器とアクセスできねェ。無線電波の繋《つな》ぎ役《やく》を買って出たのは、オマエの子飼いだろォがよ」

ふわりと、であった。

大きな月と重なるように、UFOを模したバルーンにぶら下がるウサギアンテナ少女の烏丸《からすま》府蘭《ふらん》が漂っていたのだ。

「……あれが絡ンじまうと学園都市のテクノロジー『だけ』で勝利をもぎ取ったとは言い難《がた》くなっちまう。逆に言えば、オマエのおかげでギリギリの所でイギリス側は面子《メンツ》を保ったって訳だ。見た目は天然みてェな顔して、喰《く》えねェ姫様だぜ」

一方通行《アクセラレータ》は必ずしも全ての顛末《てんまつ》を眺めてきた訳ではないが、大悪魔コロンゾンが全ての黒幕だったと仮定するとパーカービキニにウサギアンテナの府蘭《フラン》は扱いが微妙だったはずだ。学園都市の中では、頭に宝石を埋め込まれて操られていたのも目撃している。

逃亡生活に終止符を打つためには、組織的な後ろ盾が必要になる。

先に白い怪物がコンタクトを取っていれば、科学サイドに取り込んで『学園都市の力だけで』ケリをつけた事にできてしまえたのに。これではイギリス側にも理性が残っていたと、イギリスの協力がなければ勝てなかったと、連中を擁護しなくてはならなくなってしまう。

(……暴力だけが国や組織の盤面に切り込めるって訳じゃァねェ、か。無駄働きに終わるのもうざってェ、せいぜい学ばせてもらわねェとな)

鼻から息を吐いて、一方通行《アクセラレータ》は現代的なデザインの杖《つえ》で足元の屋根を叩《たた》いた。

学園都市第一位にして、統括理事長。

だけど最強の白い怪物にできるのはここまでだ。

「後は、ヤツ次第か」

12

即答。

上条当麻《かみじょうとうま》。彼と対峙する怪物からの、一言。

ドラゴン。

財宝の番人。悪魔でありながら家や組織の象徴としても掲げられる、奇妙な記号性。

幻想殺し《イマジンブレイカー》しに抑え込まれていた、別の何か。

もちろん、現在進行形で敵対している相手からの言葉なんて、必ずしも鵜呑《うの》みにするものではないのかもしれない。慎重に見定めなければならないのは分かっている、けど。

フォーチュンは、魔術の側面からしか語れないと言っていた。

魔術と科学をまたいだオティヌスも、パナケア仮説で足踏みしていると白状してくれた。

では。

これは、ど、の、側、面から見た上条当麻《かみじょうとうま》の力なのだ？

「俺は望まれてここにいる……」

同じ言葉を、繰り返した。

呪詛《じゅそ》の源となる言葉を。

「お前さえ邪魔しなければ、お前さえ横槍《よこやり》を入れなければ、幸せな時間は壊れたりしなかった。今日この一日だけ入れ替わって、俺がそっと立ち去っていれば誰も傷つかなかったんだ。たとえそれがピンクだのエメラルドだのを覆い隠したモノだったとしても、あの時だけは。お前が出てくるにしても、あのタイミングじゃなかった!! あれは、正真正銘!! 単なるテメェのエゴでしかなかったろうが!!⁉⁇」

上条当麻《かみじょうとうま》は、知らない。

そもそも覚えている事ができないのだから、配慮のしようもない。

例えば蜂蜜色の髪の少女が、自分の顔と名前を覚えてくれているという絶対にあってはならない現象を前にして、悲愴なまでにその奇跡が続いてくれる事を祈っていた、などと。

そんな原動力なら、戦える。

「だから守る」

矛盾しているかどうかなど、もはや気にしていないはずだ。

ツンツン頭の上条当麻《かみじょうとうま》だって、正しいか否《いな》かで線引きしてここまでやってきた訳ではない。

誰もそんな次元で物事を語ったりなんかしていない。

「望まれてここにいる以上は完成させる。やっぱりこれまでの道のりは悪い夢で、幸せな時間はこれからも続いていくんだって。表と裏をひっくり返してでも! 俺は守らなくちゃあならねえんだ‼　テメェの手で取りこぼしたものを拾い集めて‼」

「……そうかよ」

　それでいて。

　上条《かみじょう》もまた、柔らかい肌に突き刺さった鋭い水晶の破片も気にせず、ゆっくりと息を吸う。

　じゃり、と床で鋭い水晶片同士がぶつかる硬質な音があった。

「誰がなんと言おうが、お前がどれだけ自分を感動的に仕立てあげようとしたって。お前が余計な事さえしなけりゃこんな話にゃならなかった。俺にも原因はあったかもしれない、だけどそもそもの元凶はテメェだろ。勝手にスタッフロール流して良い雰囲気にしたって終わってなんかやらねえぞ。問題をすり替えて自分だけ安全地帯に逃げようなんて考えた時点で滲み出てんだよ、脅《おび》えが‼」

　互いの欠点なんかいくらでも突ける。

　ある意味において、彼らは一番近くから互いを眺めてきたのだから。

　だけど。

　論を語って道理を通すような段階は、とっくの昔に過ぎている。

　彼らは彼らなりの方法で身近な人を助けようとして、でも、その道は絶対に交差しなかった。

　両者共に異形でサイケデリック。

　それでいて血まみれの拳を、確かに握る。

過去と現在が、幻想と真実が、薄情と激情が、簒奪《さんだつ》と返還が、破滅と終末が。

そして救命と救出。

善と悪まで。

世界の基準点。たとえそんなものが目の前にあろうが、そこを軸として、全ての価値観が天体運動にも似てぐるりと回っていく。

人間が能力を見ているのか、能力が人間を見ているのか。

丸ごと入れ替えるように。

視線の形で全てぶつかり合って、トドメに二人は同時に叫んだ。

明確に、決着をつけるために。


「俺は!!　テメェが許せないッッッ!!!!!!」


再びの爆音。

床の上の三毛猫が驚いて逃げていく。

走り込む上条当麻《かみじょうとうま》のスカイブルーの右腕がほどけてその全身を包み込む。ヤツの基本スペックがこっちと同じなら、スカイブルーとレモンイエロー、有翼のトカゲの鉤爪《かぎづめ》は素手で押さえ込めない。ガードした腕ごと切り飛ばすくらいの威力はあるから、ヤツは幻想殺し《イマジンブレイカー》に頼ら

ざるを得ないはずだ。

ぱんっ!! と。

叩《たた》き込《こ》むのではなくとりあえず接触して確実に解除するのが狙いだったのだろう、ショッキングピンクの輝きが唸《うな》った。拳で一点を殴るというより振り回すような右の掌《てのひら》によって、上《かみ》条当麻《じょうとうま》の外殻がほどけていく。

それで構わない。

そしてヤツは言っていた。

インデックスは『心理掌握《メンタルアウト》』で『自動書記《ヨハネのペン》』をコントロールしきれなかったからああなった。では、御坂美琴《みさかみこと》は? A.A.A.に細工をしていなければ暴走は起こらなかった、とヤツは言っていなかったか。

つまり、

(暴走しているのはインデックスの方だけ。機械的なプログラムは人の心が専門の『心理掌握《メンタルアウト》』だと対処不能なだけで、御坂《みさか》自体がヤツのコントロール下で誰彼構わず攻撃している訳じゃあない!!)

「A.A.A.!! 御坂《みさか》を守りたければ力を貸せぇ!!」

絶叫に、すぐ近くの黒幕の肩がわずかに震えた。

バギキン!! と。

異様な音を耳にして、そういう使い方もあるのかとツンツン頭の上条《かみじょう》は半ば感心していた。鉤爪《かぎづめ》は両腕だけではない。ヤツはその足でもってスパイクシューズのように床を突き刺し、より強力なグリップを確保して左右へ急激に回避しようとしているらしい。

上条《かみじょう》と似ているようでも、やはり違う。

外から全身をスカイブルーに呑《の》み込《こ》まれる少年と、皮膚を裂いて中からショッキングピンクを噴き出すヤツとでは。

「こ……」

しかし。

だけど。

「この野郎……ッ!?」

太い尻尾を振り回し、ヤツが吼える。

A.A.A.は当然のように、御坂美琴《みさかみこと》以外の言葉には反応しなかった。

構わない。

協力がなくたって。

ヤツが『その可能性』に脅《おび》えて、自分で自分の選択肢を封じてしまえば。

上条当麻は、幸運なんか、か、かに期待しない、い、い。

そんな自分を取り戻して、囚《とら》われた人達を解放したいと考えてここまでやってきたのだから。

鰐《わに》のような大顎を持ち、背中に薄膜の翼と太い尾を備えた、ショッキングピンクとエメラルドのトカゲ。だけどこれだって初めて目にした訳じゃない。上条当麻《かみじょうとうま》だって身《み》に纏《まと》って、自分の武器として使ってきたのだから。

特徴も。

弱点も欠点も。

分からないとでも思ったか!!

「おおアッ!!」

吼《ほ》えて。

どこにでもいる少年はスカイブルーの繊維を束ねた右拳を容赦なく突き込んだ。

ヤツの、大き過ぎるが故に狙いやすい、鰐《わに》のような大顎の中まで。

ばぐんっ!! と。

当然のような嚙《か》み千切《ちぎ》りがあった。

頭の奥がスパークするようなとてつもない激痛が襲いかかってくる。

だけど元から生身とは程遠い異形の右腕。

そしてシャンデリア攻撃から身を起こし、血まみれの拳を握り込むまでに、本当に何も策を講じなかったとでも思っているのか。

ぼたぼたっ、と。

赤黒い血をこぼすのは、腕を食い千切られた上条当麻《かみじょうとうま》だけではなかった。

「が……っ!?」

その大顎。

凶悪な乱杭歯《らんぐいば》の隙間から、上条《かみじょう》とは別の鮮血がとめどなくこぼれ落ちる。

ふらふらと体を揺らして後ろへ身を引きながら、脂汗にまみれた上条《かみじょう》はうっすらと笑う。

「……味を教えてくれよ、化け物」

幻想殺し《イマジンブレイカー》は使えない。

それでも絶対に勝たなければならない。

どんなに卑怯《ひきょう》で姑息《こそく》な手を使ってでも、少女達を解放しなくてはならない。

だから。

「鋭い水晶の破片をしこたま握り込んだ拳の味は？　はあ、はあ。今さら吐き出そうとしたってもう遅いぞ。喉も胃袋もズタズタだろうしな……ッ！」

右手で。

その拳を使って、異能を殺す。

「おぶっ、お前、かはあ……」

ぎゃりんっ、と。

ツンツン頭の上条当麻《かみじょうとうま》は残った左手で何かを摑《つか》む。元はと言えば料理を振る舞うための道具だったのだろう。ローストビーフ辺りを薄く切るために用意された、大振りのカーヴィングナイフ。不良が掴《つか》むようなお飾りではなく、プロの現場で使われる磨き抜かれた刃物だ。

左。今まで頼ってきたのとは、逆の手で。

異能の力を殺すだけでは、決着はつけられない。

もう一つ。

今回ばかりは、体の方も殺す必要がある。

オティヌスは、上条当麻《かみじょうとうま》の強さは直接的な暴力の大小ではなく、人を諦めずに手を伸ばすところにあると言ってくれたけど。

ここだけは。

きっちり決着をつける。

「そうか。だからアレは、お前を選んで……外から、飛来し……」

どすりと。

内側からズタズタに裂かれた異形の怪物の胸の真ん中を、外からもう一度貫いていく。

余計な力はいらなかった。

体ごと、寄りかかるようにして。いっそ緩慢な動きで全体重を掛けていく。

「……へっ」

ヤツは、倒れなかった。

胸に大振りの刃を受けたまま、その翼を大きく広げて。ほとんど力をなくして壁に身を預けるような上条《かみじょう》の体を押《お》し留《とど》めたのだ。

「これで終わりじゃねえぞ」

「分かってる……」

「俺は望まれてここにいる。テメェは、分かりやすい答えを蹴ってでも我を通すって示したんだ。もう死なせるな……。テメェがきちんと『こいつ』を使っていりゃあ、『黄金』の連中は助かったかもしれない。少なくともアレイスターのヤツが娘を置いてくたばる必要なんかなかったんだ。あんなミスは、二度と許さねえぞ」

ぎゅるりという何かがよじれるような音があった。

ショッキングピンクにエメラルド。もう一人の少年は形を崩し、空中で渦を巻いて、そして食い千切られた上条当麻《かみじょうとうま》の右肩へと収まっていく。

始めから、そういった形であった事を思い出したように。

右腕だけが、元のままだった。

スカイブルーで補っていた断面にぴたりと合わさって、一滴の血も許さずに繋《つな》がっていく。

これまでのサイケデリックな外殻とは違う。

その拳に幻想殺し《イマジンブレイカー》を宿した、肌色の少年の腕が。

久しぶりの五指は、何かを握り込んでいた。それは自分の手元から離れていたはずの、携帯電話だった。

ありふれたプラスチックの感触が、こんなにも人を安心させてくれるとは思わなかった。

「……はあ」

息を吐く。

痛みは引いているし、元の腕の感覚も戻っている。

でも、まだだ。

ズズンッ!! という低い震動がウィンザー城のダンスホールを揺さぶっていた。

あいつを殺すのが目的じゃない。

囚《とら》われた少女達を助け出すために城の奥までやってきた。

だから。

「……ここから先が本番だ」

『心理掌握《メンタルアウト》』の少女は意識を失ったままだ。そしていったんコマンドを出してしまえば自然に解除はされないのか、インデックスと御坂美琴《みさかみこと》はまだ衝突を続けている。彼女達のどちらかが決着をつけてしまう前に、間に割って止めなくてはならない。

より正確には、『自動書記《ヨハネのペン》』とA.A.A.。

あれはもう、言葉なんかでは収まらない。

元々の思惑なんてどうでも良《い》い。大仰な『計画《プラン》』が破綻してしまって、そもそもの役に立つ事はできなくなったとしても、一向に構わない。

血が足りない。

右手が元に戻っただけで、全身に突き刺さった鋭い水晶の破片もそのままだ。

だけど上条当麻《かみじょうとうま》はふらつく体を動かして、爆心地へ一歩踏み出す。

それはすぐにでも勢いをつけて、全力疾走へ変わっていく。

その拳を、強く強く握り締める。

善も悪もどうでも良《い》い。

世界の行方じゃない、人類の未来でもない。

もっと小さなもののためでも、少年は命を賭ける事ができる。

「決着をつけても悲劇は止まらない。どこにでもいる平凡な高校生になんか何も変えられない。どこかの誰かが、そんな風に勝手に諦めているんなら……」

だって、何故《なぜ》なら。

こいつは、そういう想《おも》いに具体的な形を与えるための『力』なのだから。

「まずは、その幻想をぶち殺す!!!!!!」

13

『自動書記《ヨハネのペン》』モードに振り回されるインデックスと、意識のないままA.A.A.に振り回される御坂美琴《みさかみこと》。

魔術と科学。

互いが互いにぶつかり合う二人は、放っておけばどちらかが完全に動きを止める……つまり死ぬまで戦い続けるだろう。そしてそれまでの間に無秩序な流れ弾の嵐でどれだけ被害が拡大していくかも分からない。

いくら上条当麻《かみじょうとうま》でも、できる事は限られている。

右手は戻った。

つまり逆に言えば、今まで全身を包んでいたスカイブルーの外殻はもう使えない。

それで良《い》いとも思った。

力加減によってはうっかり相手を殺してしまうかもしれない暴力の塊よりは、異能の力を打ち消す右手の方が一〇〇倍安心して命を預けられる。そんな気がした。

望まれてここにいる。

記憶と人格を与えられ、そこだけに留《とど》まらずメチャクチャになっていく世界で誰かを守ろうとした誰かがいた。ヤツが譲ってくれた席だ。こんな所で躓《つまず》く訳にはいかない。

その上で。

全体を観察し、上条当麻《かみじょうとうま》が即座に向かったのはここだった。

標的は一つ、

「インデックスッッハ、ハ、ハ、ッッハ!!!!!!」


こういう事になる。

白地に赤紫のラインで彩《いろど》られた、絵本のお姫様のようなドレスを纏《まと》う少女。

首輪のようなレースの飾りに縛られた魂。

元は争いを好む人間ではなかった。どこから見つけてきたのかは分からないが、旅行用の歯磨きセットにも似た応急セットを持っていたのも、それだけ周りの人が心配だったからだろう。

それはオティヌスの手に渡り、実際に蜂蜜色の少女の命をギリギリのところで繋《つな》いでいる。

もちろん、純粋な銃弾や重金属のブレードなどを取り扱うA.A.A.は、上条《かみじょう》の幻想殺し《イマジンブレイカー》では対処不能というのもある。

だがそれ以前に、そもそも根本的な部分でだ。

背中の大きく開いたランジェリードレスに身を包む美琴《みこと》は、意識がないまま機械製品のA.A.A.に身を預けているだけのはず。そしてA.A.A.はユーザーへ降りかかる危険に反応・抵抗しているだけで、ハードやソフトの機能そのものが壊れて暴走している訳ではない。

つまり。

どういう訳かミナ＝メイザースが破壊したはずの『自動書記《ヨハネのペン》』が再び浮かび上がっているインデックスさえ攻撃の手を止めれば、対となっているA.A.A.もまた勝手に動きを止める。そしてそれは、言葉の説得で何とかできるものではない。

上条当麻《かみじょうとうま》の頭の中にある、どうしても思い出せない部分が疼《うず》いている。

あれは『首輪』。

一人の少女から自由と尊厳を奪い、道具としてコントロールするために埋め込まれた、ありとあらゆる悲劇の源泉。

絶対に壊さなくてはならないものだと。

「おおアッ!!」

叫んで、走る。

今まさに自分の体を横へスイングする事で真正面からのA.A.A.の攻撃をかわし、青系のランジェリードレスや乳白色の背中を隠そうともしない学園都市第三位の少女の脇腹へ致命的な一撃を叩《たた》き込《こ》もうとしたシスターに向かって。

爆音のような足音を耳にしたのか、死の門番の首が回った。

こちらへ向く。

「警告、第四三章第六二五節。記憶情報を検索、対抗手段保存済み。リザーブ枠から呼び出して迎撃します」

その両目から光が生じ、魔法陣が二つ空間中に浮かび上がった。

交差するポイントで縦に黒い亀裂が生じ、そこから『何か』が覗《のぞ》き込《こ》んでくる。

アレは、ダメだ。

安易に右手に頼るなと、何かが訴えていた。

でも。

い、い、い。

だからこそ。

訳なんか分からなくても、全てはノイズの向こうにある思い出の話だったとしても。

(ここだけは……)

右手が。

今までにないくらい強く強く、握り込まれていくのが分かる。

上条当麻《かみじょうとうま》は己の心に抗《あらが》わなかった。

(ここだけは、今度の今度こそ。挑んで乗り越えなくちゃあならねえんだッ!!)

ゴッッ!!!!!!　と。

真っ白な閃光《せんこう》が解き放たれた途端、上条《かみじょう》は全力で体を横に振っていた。

しかし追いすがる。

城の壁を壊しながら、サーチライトのように破壊の閃光《せんこう》が回る。横薙《よこな》ぎの一撃だが、

(これだけなら、よけるっ!!)

走り込みながらも、腰を曲げて身を低くして、真上にやり過ごす。

右に左に、S字を描くようにして自らの軌道を修正する。

狙いは操られているインデックスじゃない。

二つの魔法陣が重なり合うエッジの部分。縦に広がる黒い亀裂の奥からこちらを覗《のぞ》く、正体不明の怪物。

「やり残しなんか、いらない……」

かつて、上条当麻《かみじょうとうま》の思い出せないところで敗北を喫した何か。

いつか必ず乗り越えなくてはならなかったはずのモノ。

「もうここでっ!!　全部終わらせてやる!!!!!!」

このまま突っ込む。

ものが何であれ、インデックスがインデックスである以上頼っているのは魔術……つまり異能の力だ。接触さえできれば破壊はできる。もう一度、食いしん坊でわがままで、それでいて誰よりも人の事を心配してくれるあの少女を取り戻す事ができる。

あの笑顔が見たい、それだけで良い。身勝手でも!!

「修正、第九一章第五五節。学習情報を基にリザーブ枠にある対抗手段を上書き。補強して再度攻撃します」

「ッッ!!⁉⁇」

腰の高さで修正された。

真上に跳んで避けようにも足がぶつかり、真下に身を屈《かが》めても頭が蒸発する程度の、一番避けにくい高さ。しかし下手に右手を使えばそこから絶望的な鍔《つば》迫り合《あ》いが始まる。床に伏せてその場しのぎで避けたとしても、次は上から下への振り下ろしでも待っているだろう。チェックメイトが決まってしまう。

あと一歩が、届かない。

その時だった。

ゴッキィイインッッ!! という鈍い金属音が真横から炸裂《さくれつ》した。

御坂美琴《みさかみこと》。

いいや、彼女を守るA.A.A.。翼のように広がる無数のアームが蠢《うごめ》き、『自動書記《ヨハネのペン》』に縛られたインデックスへと突撃したのだ。一瞬でも動きを食い止めて、少年に時間を与えるために。

わずかに、甘い香りが少年の鼻をくすぐった。

ショートの髪を後ろでまとめた、彼女のうなじの辺りから振《ふ》り撒《ま》かれているものか。

「やめろよ、御坂《みさか》……」

思わず声が出た。

不幸なのに。もう右手は元に戻ったのに、

「幸せなのにには慣れてないいんだ。揺らいじまうだろうが」

人の心を操る能力がどう作用しているか、正確なところを上条《かみじょう》は知らない。こんな声を放ったって相手に聞こえている可能性は恐ろしく低いだろう。

だけど。

理論を超越したところで、ぴくんっ、と。一瞬だけ、確かに青いランジェリードレスの少女の細い肩が震えた。外から支えているAAAではない、間違いなく一人の少女本人が。

それで、繋《つな》いだ。

身近な誰かの協力を取り付けて、自分一人では届かなかった場所へ。

上条当麻《かみじょうとうま》はさらにもう一歩。

今度の今度こそ、銀の髪をたなびかせる無機質なシスターの懐《ふところ》へと踏み込んでいく。

右の拳を。

最大最強の力で握り締める時がやってきた。

「……もう終わらせよう、インデックス」

今度の今度こそ、ピリオドを打つ。

全部片付ける。

これ以上は、何も失わない。

記憶も思い出も、何一つ。代償なんか入り込む余地など許さない。

「大丈夫。みんなで笑って、学園都市に帰ろうぜ」

決着の音が響き渡った。

ただそれだけだった。

空間に直接開いた黒い亀裂が砕け散る。いいや、その奥に潜んでこちらに出ようともしなかった『何か』を、確かにその拳は捉えていた。硬質なものが砕ける音と共に、魔法陣も亀裂も見えざる『何か』も、一息に全てを粉砕していく。

後には何も残らなかった。

くらり、と。

糸の切れた人形のように力なく倒れ込んでくる銀髪の少女を、上条《かみじょう》はそっと抱き寄せる。

辺りには、何かが舞っていた。

雪のように降り注ぐのは、天使のような。

白い、羽根。


でも。

だけど。


ぱんっ、という本当に小さな音があった。

上条当麻《かみじょうとうま》の後頭部に接触する、まさにその直前の話だった。

少年は振り返らず、そのまま右手を使って最後の悪意を跳《は》ね除《の》けたのだ。

いつかどこかで。

本来だったら、こうすべきだった事を。

「言ったろ、もう終わりだ」

終章　黄金と薔薇《ばら》　Change_the_Rail.

「ひどいよー。結局アラスカまで行ってオーロラ見えないってどういう事？　やっぱり地球温暖化ってあるんだわ、異常気象よ異常気象」

なんか白衣の（元？）研究者、芳川桔梗《よしかわききょう》がぶつくさ言っていた。

たらふくサーモン食べてりゃ満足な（見た目は）一〇歳くらいの少女・打ち止め《ラストオーダー》はお土産の缶詰をしこたま抱えながら、

「むしろここまでやって見えなかったという気象条件と遭遇した方がメチャクチャレアだった、ってミサカはミサカは確率と統計の話をしてみたり」

「サイコロを振ったら出る目の確率はどれでも一緒なんて理屈じゃ嬉《うれ》しくありませんッ!!　やっぱり六の目が出ないとダメでしょーう!!」

ともあれ彼女達は東京湾ルートからこの街に帰ってきた。

東京西部。

二三〇万人が暮らす能力開発機関・学園都市へ。

「もう電気が点《つ》いてる、ってミサカはミサカは喜んでみたり！」

「意外に物取りは塀を乗り越えてこなかったみたいね」

これについては、道中で護衛も兼任していた目つきの悪い少女がこう口を挟んできた。

番外個体《ミサカワースト》である。

「ま、『外』の人にとっては得体の知れない薬品の巣窟《そうくつ》って扱いなんだから、管理者達がネズミの群れみたいに逃げた後じゃあそう簡単に踏み込む勇気も出なかったって事っしょ。知識って大切だよ、誰だって廃病院を探検して大量被爆なんて目には遭いたくないでしょうしね。学園都市の場合は、それよりもっとひどくなる」

学園都市の『外』は『外』で、全世界的に謎の怪物が暴れ回るなどおかしな報告が上がっていた。何か、はあったのだろう。だがそういったトラブルを飛び越していつもの日々は戻ってきた。

何もしないで問題が解決する事はない。

三段飛ばしに見えるのは、人知れずその隙間を埋めた人達がいたからだ。

「あっ!!」

打ち止め《ラストオーダー》が何かに気づいた。

ありふれた雑踏だった。

「おかえり、ってミサカはミサカは一番乗りで言ってみる!!」

お土産をしこたま両手で抱えた女の子がとてとて走っていくと、向こうもこちらに気づいたようだった。

現代的なデザインの杖《つえ》をついて。

気だるげに空いた手を上げて、そしてその人は言った。


「おう。戻ったぜ」


流石《さすが》にこんな所でまで水着ではない。

ていうかみんな忘れているかもしれない。今はもう一二月なのだ!!

そしてもちろん中学生にとって冠婚葬祭全部いけちゃう万能フォーマルウェアと言えば普通に学校の制服である。社会人になると逆に羨ましくなる例のアレだった。

飛行機の中でジャージという生き恥を味わってきた御坂美琴《みさかみこと》としては、

(……空港にこんなの持ってきてくれるだなんて、用意が良《い》いなあ、最大派閥。制服貸してもらった私が言う事じゃないけど。やっぱりてっぺんのこいつ以外は超優良なのよね)

「ハァっああ!! はふう。や、やっぱり学園都市製は出来が違うわぁ☆」

両手を上に上げて背筋を伸ばし、腰の調子を確かめている食蜂操祈《しょくほうみさき》はまるでどっかの温泉にでも浸《つ》かっているような声を出していた。ただでさえ大きな胸は、背中を弓なりにするととんでもない事になってしまう。

どうやら一般の病院を待たず、第二三学区国際空港の医務室を頼って腰回りを守る医療用コルセットを付け替えたようなのだが、

「……疲れて地金が出てきたのかしら。いよいよババア化が止まらなくなってきたわね、食蜂《しょくほう》」

「(ひっ、人の脇腹に風穴空けておいてぇ……ッ⁉)」

「？」

いくら恨み言がこぼれようが、そもそも『心理掌握《メンタルアウト》』によって意識が奪われていなければあんな暴走は起こらなかったのである。こうなると食蜂《しょくほう》の方としても抗議のしようがない。

(傷痕一つないっていうのも逆におっかないけど……)

「しかし、お腹《なか》の傷はしっかり治っているくせに、腰の方《ほう》が放ったらかしっていうのはどういう理屈なのかしら……。あのお医者様、どうせだったら全部奇麗に治してくれれば良かったのにぃ‼」

「話についていけないけど天罰じゃないかしら」

「ぐ……ッ‼　ま、まあ？　長くても回復まで一週間程度ですし？　せいぜいそれまで無駄に勝ち誇っているが良《い》いわ御坂《みさか》さぁん。転落力というのは、高ければ高いほどダメージが大きくなるものなのよぉほほほ‼」

「ええと、腰痛《ようつう》は原因を確かめもせず闇雲に患部を温めるとむしろ逆効果になる場合があるので要注意です？　となるとこの辺、背中からハロゲンヒーターを当てるのが大正解かしら……」

「やめて御坂《みさか》さんほんとやめてっ!!　何でもしますっ、お願いケータイから顔を上げて雑に扱わないでこんなクライシスを年明けまで引っ張るなんて真っ平なのよぉ!!」

やたらと広い国際空港だからか、大雑把なエアコンだけではカバーできない死角を追加でサポートしてくれる暖房機器を摑《つか》んでの攻防であった。しかし人の心が絡《から》まない分野になると、やはり食蜂操祈《しょくほうみさき》は分が悪い。

蜂蜜色の髪の少女は、何かしら自分の気持ちに整理をつけたのだろうか。

世の中には学園都市中に一斉アナウンスして自分の恋を終わらせた少女もいたようだが、みんながみんなそうなるとは限らない。

そして何が正解かなんて誰にも言えないのだ。

「ひやすっ！　これ以上こんな煩わしい痛みを引きずるくらいならいっそ自分から冷やしてやるんダゾ☆　どうせ今は一二月ですもの、氷や冷却スプレーなんかいらないんだからぁ!!」

「待て待て馬鹿馬鹿!!　公共の場で錯乱すんなっ、そのビジュアルで脱ぎ始めると笑い話にならないのよ!!」

なんか両目をぐるぐるさせているグラマラスな少女は放っておくとブレザーもブラウスもやっちまいそうだ。顔を真っ赤にした美琴《みこと》が慌てて細い両手首を掴《つか》んで押し倒し、ひとまずマウントだけ取っておく。

ばさばさばさ、という謎の音が響いたのはその時だった。

上になった美琴《みこと》が音源へ目をやってみれば、手荷物を足元に落とした後輩のツインテールが小刻みに震えている。

「……前から私のパイが奪われているとは思っていましたが、このどろぼうねこ、知らぬ間に私のお姉様に一体何を……？」

「待って黒子《くろこ》、警備の厳しい空港なんだから風紀委員《ジャッジメント》としてもっと先に注目すべきところがあると思う。ていうかこういう役回りって私じゃなかったと思うんですけどーっ!?」

「別に絶対戻ってこなくちゃならないって話でもなかったんだけどね」

そんな風に呟《つぶや》いたのは麦野《むぎの》沈利《しずり》だった。

絹旗最愛《きぬはたさいあい》と共に一度は学園都市を出たはずだが、そのまま広い世界の雑踏に紛れてしまう道は選ばなかったようだ。

理由は美談でも何でもなく、

「『外』には『外』のルールがありますからね。ギャングとかマフィアとか、主に大人達が作る裏街道の掟《おきて》が。はっきり言って把握するのも溶け込むのも超大変です。あれなら学園都市の裏に潜っていた方が楽だって分かったんですよ」

「……本当にどうしようもねえ理由だ」

浜面《はまづら》は帰ってくるなりそんな風に呻《うめ》いていた。

学園都市の『闇』を嫌ってそこからの脱却を願って足掻《あが》いてきた浜面達《はまづらたち》だったが、蓋を開けてみればご覧の通りだ。高山植物の咲き乱れる避暑地から年中カンカン照りの南国まで世界はどこまでも広がっていたのに、自由を与えられてみれば結局ここへ逆戻りしている。

自分の意思で戻ってきた以上、ここからは言い訳もできない。

大人達をダシに使って、悪行は全て彼らのせいだったとは。

「はまづら」

恋人の滝壺理后《たきつぼりこう》が話しかけてきた。

ここに戻ってこられた人もいたし、共には歩けなかった者もいた。

ダイアン=フォーチュンに大悪魔コロンゾン。

彼女達の事を考え、それから浜面《はまづら》は静かに肩の力を抜いた。

そっと息を吐いて、彼は笑う。

「生きたいように生きていく。俺達みたいなガキにできる事なんて、結局そんなもんか」

そこで麦野《むぎの》が素っ気なく尋ねてきた。

こういう時、彼女のドライさに救われる事もある。

「別にどんな感傷に浸ろうが知ったこっちゃないけどさ、結局、『外』で何か見つかったの？

しつこい暗部の連中を牽制《けんせい》するようなモノをさ」

「ああ、それについちゃ心配いらねえよ」

厳密には違うのかもしれない。

アレイスターは約束を守らずに散っていった。浜面達《はまづらたち》の立場が保証された訳でもない。

ただし。

人脈という意味でなら、確かに浜面仕上《はまづらしあげ》は摑《つか》んできた。

アレイスターではないが、統括理事長としてなら。

「なんかとんでもない事になりそうだぜ、学園都市」

学園都市に街の光が戻ってきた。

それに合わせて、今まで世界中で散り散りになっていた生徒達も再び集まってくる。

大人達の頂点だったアレイスターはもういない。

『人間』が掲げていた大仰な『計画《プラン》』だってどこにもない。

それでも、その『人間』が作った街に魅力を感じ、どうしても捨てられなかった人達が自然と帰ってきたのだ。

街の不良達から能力開発の名門常盤台中学《ときわだいちゅうがく》のお嬢様達まで。

第二三学区の国際空港で、彼らは別れた。

学園都市の第一位は科学という言葉とは無縁な悪魔の少女を引き連れて雑踏の中へと消えていった。

『心理掌握《メンタルアウト》』の少女を抱えた御坂美琴《みさかみこと》は説明に四苦八苦しているかもしれない。

ぼーっとした恋人を伴って、無能力者《レベル0》の不良少年もまたどこかへ消えていった。

そして。


「おー。何だかお久しぶりな感じなんだよ」

小さな三毛猫を頭の上に乗っけた白いシスターがそんな風に呟《つぶや》いていた。

そこは、学園都市ならどこにでもあるような学生寮だった。

どちらかと言えばオンボロで、ランクの低い建物かも知れなかった。

でも。

だけど。

本当に帰ってきた、と上条当麻《かみじょうとうま》はそっと息を吐いた。

右手の秘密について、魔道書図書館から眺めるとどう映っているのか。それについては、状況が安定してから聞けば良いだろう。

ポケットから取り出した鍵を挿して、回す。

扉を開けると懐《なつ》かしいような、そうでないような、不思議な匂いが鼻につく。

白い修道服の少女が両手で抱えた三毛猫がにゃあと鳴いた。

彼女は満面の笑みを浮かべてこう言ったのだ。

誰もが当たり前に日々繰り返している、こんな言葉を。

「ただーいまー、なんだよ！　とうま!!」

あとがき

一冊ずつの方はお久しぶり。全部合わせての方は……何冊くらいになるんだろう？

鎌池《かまち》和馬《かずま》です。

22のリバース!! とちょっと不思議なナンバリングになりました。旧シリーズでは右方のフィアンマを軸として、世界が終わる『まで』の話で綱引きをしておりましたが、こちらの新約ではオティヌスがやらかした、この世界は滅びる時は容赦なく滅びる、と提示したのが大きな特徴だったでしょうか。

他にも前述のオティヌスも当てはまるのですが『神』と呼ばれる存在が表舞台に出てきたり、上里翔流《かみさとかける》の『新たな領域』、さらには上条当麻《かみじょうとうま》が記憶喪失になったが故になかなか作りにくかった『過去』についても、食蜂操祈《しょくほうみさき》とアレイスターの双方で挑戦してみました。新約全体を読み直してみると、やはり世界が終わって『から』の方が状況もダイナミックに動きましたな。

食蜂《しょくほう》自身も、小説内で本格的に登場したのはこの新約からですね。

外伝のレールガンから出発した佐《さ》天涙子《てんるいこ》と同じく、設定だけはあっても厳密に言えば私自身のキャラクターとは言《い》い難《がた》い子だったので、何とか動かせるようになってホッとしています。

全体的に、『現在の上条《かみじょう》が一本道を進む』旧シリーズと比べるといろんな方向に自由度を獲得できたかなと思うのですが、旧シリーズからナンバリングを一新した新約、その意味をきちんと作れたかどうかについてのジャッジは皆様に委ねたいと思います。


それでは今回の22リバースについてのお話を。

この巻では、徹底的に上条当麻《かみじょうとうま》を中心に立たせています。

戦う理由に追い立てられている上条当麻《かみじょうとうま》と、理由は持っていないけど黙っていられない一方通行《アクセラレータ》と浜面仕上《はまづらしあげ》。何気にこの構図も珍しいのでは？　これまでは逆でしたよね。

また、アレイスターが表の舞台から退場してしまったので、世界の根幹をMagickから別の方式へぬるっと変換していく狙いもあります。イメージとしては、ビッグデータやＡＩスピーカーのような、明確な言葉でビフォアとアフターを区切れない変化と考えています。

……あと前々から思っていましたけど、完璧女王食蜂操祈《しょくほうみさき》、むしろ予期せぬダメージ負って追い詰められている時の方がキャラクターが映えますよね？　錘《おもり》を乗っける事で天秤《てんびん》の釣り合いが取れるというか、何というか。属性的には囚《とら》われのお姫様なのかしら。

以前から『常盤台中学最大派閥の女王《ときわだいちゅうがくさいだいはばつ》』という言葉で語られていた食蜂《しょくほう》ですが、今回はあれがああというか、要約すると彼女がどこまで転げ落ちるかもストーリー上で大きな意味を持ちます。その落差を一番強く出すためには……残酷であってもやっぱりいったん持ち上げるべきですよね。そんな訳で見た目をゴージャスなドレスに、上条《かみじょう》の昔の事を知っていて周りのみんなより一歩リード、という空気を作ってみました。

ドレスだからなのか、美琴《みこと》からアンナまで軒並み背中祭りでございます。

インデックスや美琴《みこと》もですが、彼女達にお姫様のドレスを着せたのは、救い出すべき象徴、敵を倒して獲得する手柄としての『お姫様』という記号性を乗せるため。この辺りは、旧一七〜一八巻のテーマだった竜退治をイメージしていただくと分かりやすいかもしれませんね。

今回は幻想殺し《イマジンブレイカー》に頼れない状況が続くので、何だか久しぶりに泥臭いバトルが書けて新鮮だったかなと。でも、本当に本来の上条当麻《かみじょうとうま》ってこうでしたよね。新約20から22までは特に大きな戦争の話が続いてしまって、上条当麻《かみじょうとうま》という一人の少年の心境を描きにくい部分もありましたので、ここでどっさりやっておきました。

上条当麻《かみじょうとうま》が、そして幻想殺し《イマジンブレイカー》が自覚的に牙を剝《む》いてきたら、どれほどおぞましい事になるか。これもまた、少年が乗り越えるべき壁の一つなのかなと。

イラストのはいむらさんと担当の三木《みき》さん、阿南《あなん》さん、中島《なかじま》さん、山本《やまもと》さん、見寺《みてら》さん、それから伊藤《いとう》タテキさんにも感謝を。初手からドレスの大盤振る舞い、そして盛大なパーティ！……大変だったと思います。今回もありがとうございました。

そして読者の皆様にも感謝を。新約というシリーズ、いかがでしたでしょうか。世界が粉々に吹っ飛んだり『魔神』がたくさん出てきたり、上里《かみさと》が暴れたり『黄金』の魔術師がロンドンを埋め尽くしたり、人物の他に世界情勢も忙しかったと思います。一人でも心の中に残った人物がいましたら、これ以上の事はありません。

それでは今回はこの辺りにして。

次回はどうなるのか、ともあれまた表紙を開いてもらえる事を願いつつ。

ここで筆を置かせていただきます。

何度勢い余って食蜂操祈《しょくほうみさき》を死なせそうになった事か

鎌池《かまち》和馬《かずま》

太平洋に浮かぶ陽気な島、タヒチでの話であった。

元々は偽装として使っていたサングラスやアロハシャツだが、ここの陽射《ひざ》しを浴びていると かえって特徴が消えてしまう。ただ、純金のアクセサリは強い日光を浴び続けると熱を持つので あまりオススメできないと分かったが。

椰子《やし》の木の間に渡したハンモックで仰向けに揺られながら、魔術師・土御門元春《つちみかどもとはる》はそっと息を吐いていた。

（メイドと言えば何かと涼しげなヨーロッパさんを連想しがちと思うが、ここは敢《あ》えての南の島。エアコンの効いたレストランやカジノでクラシックメイドを嗜《たしな》むもよし、照りつける太陽の下白い砂浜で水着の義妹《めい》を愛でるもよし……。我は寒と暖、北風と太陽の極意を会得《えとく》せし者。完璧だ。完璧な光景がここに広がっているッ!!）

くわあっ!! とサングラスの奥で無駄に両目の瞼《まぶた》に力を込めるド変態。無理もない、何しろ夏の暑さにやられた義理の妹が着の身着のままとりあえず旅行カバンに詰めてきた着替えの中から対症療法的にチョイスしたという事で、スクール水着の上から白いエプロンとメイドの頭にのってるアレを組み合わせた謎のカクテル攻撃をぶちかましてくるなんていうパラダイスは世界広しといえどこの南の島のみである。さっきからこいつ文章が壊れてててサッパリ分かんねって人はきっと正常だからそのままで良《い》い。

と、そこで彼は鳥の羽音を耳にした。

白い羽根が乾いた空気に舞う。

カモメではなく鳩《はと》のものらしい。人に好かれているせいか、この鳩《はと》というのは世界中どこにでもいるものだ。生産性がある訳でもなし、それなのに下手すると鶏よりも多いかもしれない。特に観光地となるとふてぶてしさが増すのか、犬を連れた若奥様がその辺をジョギングしていても全く逃げる様子を見せない。

ハンモックの方にやってきたのは、三羽の鳩《はと》だった。

それだけなら誰も気《き》に留《と》めないかもしれない。

だけど土御門元春《つちみかどもとはる》にとっては違う。

銀の髪をたなびかせるあの『人間』と、ヤツが呼び出されたとされる大悪魔について通り一遍調査をした事のある魔術師なら、この時点でピンとこなくてはならなかった。

近代においては、オカルトの世界でも邪法に数えられる。

Cから始まる大悪魔を呼び出す際、あの『人間』は何を何羽犠牲に捧《ささ》げてその血を利用したか。

「……、」

鳩《はと》の脚に小さな紙切れが結んであった訳ではない。

だが見る者が見れば、その羽毛のむらがいくつかの英数字の形に浮かび上がっているのが分かるはず。いいや、あるいは、壁の染《し》みが人の顔に見えるのと同じく、土御門元春《つちみかどもとはる》にしか分からないよう調整されていたのかもしれない。

(歪《ゆが》められたのはこちらの認識か。今なら月を眺めてもウサギの模様には見えないかもしれんな)

ソフト・ハードの両面から追跡不能な形に組み替えたスマホを取り出し、英数字を打ち込んでいく。その作業が終わったタイミングで、何もきっかけがないのに不自然に三羽の鳩《はと》は飛び立っていった。

画面に表示されたのは、やはりネットニュースだった。

『new! 学園都市・機能復旧が完了
数日前より致命的なインフラ不具合に見舞われていた学園都市ですが、先頃、報道官から正式な機能復旧のアナウンスがありました。

原因は目下調査中との事。

教員生徒を中心とした同都市住人があたかも集団疎開のように街を離れる光景から様々な憶測が飛び交っておりましたが、新宿《しんじゅく》にほど近い東側ゲートには続々と住人達が帰還していくところが確認され……（続きを読む）』

重要なのはこのニュースそのものではない。

記事の下に表示されているいくつかのコメント欄だった。誰でも自由に書き込める形になっているが、その中にいくつか気になるものが混じっている。

画面上に表示される以上、あらゆる文字は○と一に置き換えられる。この膨大な数列の『区切り方』を変えて、とある『お作法』に従ってもう一度文字の形に組んでみると、だ。

『学園都市は「私」の手を離れた。統括理事長はよそへ譲った以上、アレイスター＝クロウリーの影響はもうない』

そもそも土御門《つちみ》元春《かどもとはる》がタヒチでくつろいでいるのは、ヘマをしたからである。義理の妹の舞夏《まいか》ともども科学サイド全体から追われる身になったため、行方を晦《くら》ましていた。大ボスである統括理事長が、あの戦いでどうなったかは情報が錯綜《さくそう》し過ぎていて摑《つか》み切《き》れない部分もあった。

しかし、だ。

土御門《つちみかどもとはる》元春はこう考える。あの『人間』の手によるメッセージなら、そうストレートで分かりやすい展開にはならない。もう安全だから帰れば良いなんて絶対に言わない。

続いてのコメントを分解・再統合してみると、だ。

『つまり「私」は科学の外を歩いているという意味でもある。本当の本当に「私」とかち合いたくなければ、むしろ科学サイドの中心、学園都市に帰りたまえ。それ以外の全ての領域はグレーゾーンだと伝えておこう』

『Ungrund を超えた者が現れた。アレはむしろ外から学園都市を取り囲んで侵食を進めていく事だろう。つまり、今君がいる場所だ。弾幕から逃げ延びたと思っていたのに地雷原へ押し出されていた、ではしのびなくてな。そこにいれば、真っ先に死ぬぞ。信じろとは言わない、情報については自分で精査してから判断すると良《い》い』

そこまで黙読で読み進めたところで、ハンモックの土御門元春《つちみかどもとはる》は眉をひそめた。

訳語がブレている。

癇癪持《かんしゃくも》ちのくせに妙な所で凝り性なあの『人間』がこの手のお遊びで数の変換を間違えるとも思えない。

Ungrund。

底の底。だがどこまで降りても終わりは見えない。

しかし。

ヤツ好みの言葉で言えばAbyssではなかったか？

『つまり、元となる何かが変わったのさ。此度《こたび》の一件、全てはそのためのアクションだった。だるま落としのように、上に乗っているものへは影響を与えずにな』

怪訝《けげん》な顔の土御門《つちみかど》だったが、さらに続きがあった。

間違いではなかった。

あらかじめ把握した上で、こう注意を促してきたのだ。

『ホルスの時代《アイオーン》でも予測のできなかった何かだ。あの女が今度の今度こそ「雲」だの詐欺師だのでない場合は、正真正銘の十字と薔薇《ばら》、男と女の象徴が世界を埋めていくぞ』

返答など期待されていなかった。

最後までスクロールしたところでデータが更新され、コメント欄に混ざっていた不可解なレスだけ奇麗に消えていた。

これでようやく、イギリスを中心とした戦乱に終止符が打たれた。

ロンドン郊外、国際空港も封鎖が解除される。とはいえどいつもこいつもパスポートの有無すら怪しい連中ばっかりだった。こうなると、余計な出入国審査を飛ばしてしまえる王室専用機を飛ばす他あるまい。

「……よくもまあ、八つ当たりで上条当麻《かみじょうとうま》を逮捕しなかったものね」

呑気《のんき》に呟《つぶや》いたのは『黄金』の魔術師ダイアン＝フォーチュンだった。

そんな空港の、特別ゲートだった。

普段からファーストクラスでのんびりくつろぐ自称セレブ程度ではその存在すら知る事のできない非公開区画。英国王室専用のゲートだ。

それ自体がリラクゼーション施設のような、広いスペースだった。

ガラス張りの壁の向こうでは、垂直尾翼に国旗が描かれた大型旅客機が飛び立ったところだった。

フォーチュンは結局、あの飛行機には乗らなかったのだ。

とはいえ。

彼女とて戦争の行方については無関係でいられない。何故《なぜ》なら、元を正せば元凶の側に立っていた最大主教《アークビショップ》ローラ＝スチュアート……つまり大悪魔コロンゾンがその手で作った防衛装置の一つなのだから。

敵側の兵器を鹵獲《ろかく》して分解精査した上で、悪《あ》しき殺戮兵器《さつりくへいき》を廃棄する。

もしもそんな決定が出ていれば、その時点で未来はなかったはずだ。

ただし、

「そもそものアレイスター＝クロウリーの出自も含めて、震源地はこのイギリスにある。今回ばかりは頭が痛いよ。何が対魔術師戦闘の本場だ、今回の不手際《ふてぎわ》を国際会議の場でつつかれたら魔術サイド全体のパワーバランスが崩れるかもしれないな」

英国女王《クイーンレグナント》エリザードはそんな風に息を吐いていた。

そのまま、

「……済まなかったな、上条当麻《かみじょうとうま》。私はいつも、貴様《きさま》を利用してばかりだった」

「それは、本人に聞こえる所で言わなきゃ意味がないわ」

事実、国民全体の命を盾に取られた状況とはいえ、彼女も彼女で『黒幕』からの指示に従ってしまった負い目がある。ここで正論を撒《ま》き散《ち》らして終止符を打った者達を片っ端から投獄するほど恥知らずではないようだ。

ふわりと、だ。

ガラス張りの壁の向こう、開けた大空をＵＦＯ型のバルーンが舞っていた。パーカービキニにウサギアンテナの少女、烏丸府蘭《からすまふらん》。いつの間にか第三王女の子飼いとして契約を結んでいたようだが、実際、あの介入がなければイギリスは『科学サイドや学園都市から、毟《むし》り取《と》られるだけ毟《むし》り取《と》られる』展開から逃れられなかっただろう。

もっとも、

「貴様《きさま》こそ、東洋人どもと消えなくて良かったのか？」

「分かっているくせに」

やや痩せすぎの感もある細身の体を白いドレスでもこもこに膨らませた赤毛の少女は、くすりと大人びた笑みを浮かべていた。

「流石《さすが》に何の交渉材料もなく、あの連中をお咎《とが》めなしで出国させるほど世界のルールは甘くないでしょ。誰かがそいつを担《にな》わなくちゃあならない。それに、忘れているかもしれないけど誉れ高きこのわたしだってこの国で生まれたのよ。タロットとしてのわたしも含めてね。世界最大の魔術結社を育んだイギリスの行く末について、何も思っていない訳じゃあない」

「具体的に、何を持ちかける？」

「ふふん。わたしの慧眼《けいがん》に戦《おのの》く準備はできたかしら、女王陛下。世界的なパワーバランスもそうだけど、問題なのはむしろ国内の体制じゃない？　『王室派』『騎士派』『清教派《せいきょうは》』、この三本柱の一角がぐずぐずに腐っていたって言うんだもの。真っ当な方法で次の最大主教《アークビショップ》に誰を据え置くかでも紛糾するだろうしね」

「……、」

「それから聞いたわよ。ブリテン・ザ・ハロウィン？　あなた達、ここ最近『王室派』主導で『騎士派』を巻き込んで大きな事件を起こしているらしいわね。となると今回の戦争を経て、国民は三本柱のどれも信用できない状態に陥ってしまった。わたし達の『黄金』から派生した後世の魔術結社どもがここを焚《た》き付《つ》けてきたら、イギリス国内から大きな火柱が上がるかもしれないわ」

『黄金』は、ダイアン＝フォーチュンにとっても大きな意味を持つ言葉だ。

決して完璧ではなかったし、大きなトラブルを何度も起こしてきたけど。

それでも、その名を引き継ぐ魔術結社に無用な争いを起こして欲しくないのは事実だった。

「……だとすれば、貴様《きさま》は何を提供できる？」

「次の最大主教《アークビショップ》に、この美しいわたしを据え置きなさい」

自分の胸の真ん中に掌《てのひら》を押し付けて。

ありえない提案を、赤毛の少女は真顔で突き付けてきた。

「オリジナルの『黄金』として、魔術の腕は確か。イギリス生まれだからこの国を守りたいという気持ちも嘘《うそ》じゃない。何より、人間以外の存在ならあなた達を裏切らない。少なくとも、この機に乗じて権力の簒奪《さんだつ》を狙う輩《やから》が付け入る隙は封殺できるわ」

「……、」

「言っておくけど、隙は怖いわよ。ホレグレスとかいう騎士だって、隙さえ見つけなければあんな事はしなかったでしょうし。あなただって終盤では結構揺さぶられていたわよね」

「だけど貴様《きさま》は……」

「ええそう。今の今まで『清教派《せいきょうは》』を牛耳っていた大悪魔コロンゾンの技術体系を引き継ぐ人工物」

にやりと笑って。

むしろプラスの交渉材料として、彼女はこう突き付ける。

「だからこそ、罪の意識があるとは思わない？　人を真摯にさせる一番の動機は勇気でも愛情でもないわ。罪悪感よ。適度なという冠は必要だけどね」

エリザードとしても判断の難しい案件だった。

魔道書が信用ならない、ローラの遺《のこ》した者に背中を預けられないとなってしまった場合、それはつまり魔道書図書館のインデックスも廃棄するという事だ。もちろん経過の観察は必要だが、一律で切り捨ててしまうにはあまりに惜しい。

「……不審な動きがあれば即座に斬るぞ」

「当然。ただしそいつに権力がスライドしても困るわ。このわたしを監視するのはあなたが直接、欲なき者を任命なさい。はっきり言って、それくらいしないと立て直せないわよ、この国は」

「なら、ヴィリアンにでも頼むか」

「そいつが適任ね。このわたしを中心として、大悪魔コロンゾンの痕跡が生きたまま残っているか否《いな》かについては、同じように操られていた烏丸府蘭《からすまふらん》とやらが一番詳しく調べられるでしょうし」

エリザードは息を吐いた。

こういう時、彼女の決断は迅速だ。

「しかしまあ、こちらは純粋な質問なんだが、本当に良かったのか？　あの東洋人は文字通り命を投げてでもお前を助けたかったようだが」

「あら、意外と古い考えの持ち主ね。知らなかったの？」

赤毛の少女は肩をすくめて、自然な調子でこう告げたのだ。

携帯電話。

そこに宿るアプリケーションの名前はアネリ。

形を変えた魔道書の『原典《オリジン》』は最先端のガジェットを軽く振って、

「絆《きずな》の獲得に、距離の長短なんて関係ないわ。愛と美と知を全て備えるこの魔術師ダイアン＝フォーチュンは、文通と通信教育の権化《ごんげ》なんだから☆」

学園都市は、その機能を取り戻した。

しかしそれでも、全ての問題が解決した訳ではない。

そもそも『窓のないビル』が存在しない。

そこに収まっていた統括理事長アレイスターが国外で死亡したという報告も受けている。遺体は滞在国で国葬された。顔写真や歯型のサンプルなどは学園都市まで届けられたが、果たしてこの情報をどこまで信じて良いのか、この街の裏側で蠢《うごめ》いている者達にも測りかねた。何故《なぜ》なら、届けられたデータでは長い銀髪をたなびかせる可憐《かれん》な少女だったからだ。ただでさえ『人間』アレイスターと直接接見できた者は少ないが、そのごく少数の側近さえ『これが、明確に統括理事長アレイスターである』とは断言できなかったのだ。

とはいえ、だ。

アレイスターが不在であるという事実は事実。

中途半端《ちゅうとはんぱ》な結果しか確定しなかったとしても、『裏側』は構わない。

重要事項は別にある。

「……以上の決議をもって、我々統括理事会は同理事長アレイスターに職務執行能力があるとは考えられないと判断する。付随して、速やかに後任人事を策定し学園都市の行政機能を完全な形で復旧させなくてはならない」

蠢《うごめ》いていた。

次の統括理事長は誰になるか。

それはすなわち、科学とネットワークの網で何重にも覆い尽くされたこの惑星の王を決める話と同義だ。

統括理事会の人間は、一二人。

普通に考えればそれが資格持ちという事になるが、当の理事会の一人、貝積継敏《かいづみつぐとし》は頭が痛かった。

(誰も彼もが欲の皮を突っ張りおって。ここでもう一度全世界を巻き込む戦争でも始める気か……)

平和主義(と自分で名乗ると苦笑せざるを得ないが)の貝積《かいづみ》と立ち位置が近い場所には親船《おやふね》最中《もなか》がいるはずだが、この二人だけで全体の流れをねじ曲げるのは流石《さすが》に厳しい。そして彼は親船《おやふね》と違って、最後まで博愛を貫けるほど『強く』もない。争乱が起きると分かれば、速やかに準備して徹底的に抗戦する。そうやってこれまでも生き抜いてきた。必要とあらば、ブレインの雲川芹亜《くもかわせりあ》を中心とした『実力行使部隊』の連中に声を掛けなくてはならなくなるだろう。

戦争に勝つためでなく。

そもそも戦争が起きる前に、危険分子の喉笛を刈るために。

「……念のため尋ねておくが、『窓のないビル』及び統括理事長の行方については並行して追跡調査を続けても？」

「構いませんよ」

「彼の生存が確認された場合は、諸君が決めた新統括理事長の存在は白紙に戻る。そういう話をしているんだが」

「それは論が通らない。元統括理事長はこうしている今も無断で職務を放り出して会議にも欠席しているのですから。生存していようがいまいが、すでに職務能力ナシという結果は覆《くつがえ》らないと見て構わないでしょう」

この応酬の一つ一つで、老人の中で生と死の天秤《てんびん》が揺れているという事実に、慇懃無礼《いんぎんぶれい》な若者は気づいているだろうか。

苦労知らずの若者ほど、年功序列という言葉を嫌うものだ。貝積《かいづみ》自身、この辺りは実力主義で決めてしまっても構わないと考えている。

だが実力主義という言葉は無条件で老人を排除できるという話ではない。

老いた虎の牙を侮《あなど》るなら、実力に基づいて頭から喰《く》われるのを待つが良《い》い。

「何でしたら、多数決で総意の確認を取りますか？」

潮岸《しおきし》に、薬味《やくみ》。

現実に消えた者も少なくない。学園都市におけるヒエラルキーの頂点とも言える統括理事会だが、同時に消耗も激しいポジションではあった。やましい事をしていれば命を狙われるという因果関係でもない。現にまっさらな親船最中《おやふねもなか》は複数回にわたって銃撃事件にさらされている。

この椅子を得て、そいつを他には譲らない。

すでにその時点で『力』がなければ不可能なのだ。

ほとんど孫に近い歳《とし》の若造は、くすくすと笑ってこう続けた。

「誰も、特に異議を唱える者はいないようですね。貝積《かいづみ》さん、わがままはその辺りにしてください。これ以上は会議の進行に障《さわ》りますから」

こちらの思惑には気づいていないのか。

あるいは、わざとピエロでも装《よそお》って油断を誘っているのか。

いきなり『窓のないビル』や統括理事長アレイスターの消息が消えた状況に乗っただけにしては、動きが早過ぎる。相当大掛かりな準備や積み立てをしてきたとしか思えない。元々隙あらばアレイスターを蹴落としててっぺんを奪う用意くらいはしてきたのだろう。

「この場の誰が王を名乗るかは知らんが、コードリストはどうする？　街を管理していた『窓のないビル』はないし、個人認証を集約していた長の遺体も信用するのは難しいしな」

「元々、改革が必要な時期でもありました。不要な機材や設備を更新して新しいインフラを敷き直すには良《い》い機会でもありますよ。戦争直後でもありますし、公共事業の拡充は産業を活性化させてくれます。波に乗りましょうよ、戦後復興特需という大きな波に」

見え透いた嘘《うそ》を、と貝積《かいづみ》は息を吐いていた。

学園都市は復活した。だがどうしてこのタイミングで機能が息を吹き返したのかは、実際誰にも分からないのだ。だからこその探り合いでもあった。それくらいの事情でもなければ、会議などネット越しに済ませてしまう。

コードリストを持っているのは、誰だ。

実質的に、そいつが学園都市の長だ。何も考えず戦争に打って出たところで、矛を向ける先を間違えれば手痛い打撃を受ける羽目になる。味方としてすり寄るにせよ、共闘関係を構築するにせよ、そう見せかけて寝首を掻《か》くにせよ、事を始めるにあたってこの情報だけは絶対に知っておきたい。伏せられた一二枚のカードの中で、無敵のジョーカーを担《にな》っているのは誰なのか。だから全員がこの場に集まった。ネット越しの応酬では足りないと考えて。

(何かあるな……)

冷静に、老人はポーカーフェイスの群れを観察していた。

疑心暗鬼に陥っては意味がない。

今は感情に振り回されて特定の誰かを決め打ちで敵視するのではなく、フラットにあらゆる可能性をテーブルに載せる段階だ。

つまり、

(必ずしもジョーカーを持っているのは、同じ統括理事会だけとも限らない、か)

かつん、と。

硬い足音が響いたのはその時だった。

統括理事会の面々が飼っている秘書、ブレイン、護衛達ではないだろう。杖《つえ》をつくような音が混じっていたからだ。貝積《かいづみ》は最初怪訝《けげん》な顔をして、それから誰何《すいか》の声と無視して殴打《おうだ》が連続した事で大体の予測をつけた。

「よォ」

顔を出したのは白い怪物だった。

学園都市第一位の超能力者《レベル5》、一方通行《アクセラレータ》。

「『窓のないビル』っつーランドマークがなくなるとやり辛れェな、やっぱ。ここが統括理事会の会議場なンだろ。急場とはいえしみったれた日陰でコソコソしやがって。あるいは襲撃を避ける意味合いでもあったのか？」

「どうやって、ここを見つけた……？」

空気が変わる。

主導権を奪われた……とでも信じているのか。今まで退屈な演説をしていた若造がうろたえた声を発する。

「ここは貴様《きさま》のようなモルモットが踏み込んで良い聖域ではない!!　つけ上がるなよ怪物が。所詮は我々に管理された箱庭の中で配給された付加価値を与える事しかできない『子供達《あすか》』が!!」

「ああ、ああ」

気にする素振りもなかった。

とんっ、と。

いかなる能力を使っているのか、長いテーブルの上へ気軽に足をつけた一方通行《アクセラレータ》は、皆が唖《あ》然《ぜん》と見送る中、花道でも歩くように足を進めていく。

「そォいう考え方からして全廃するつもりなンだが、今日のところは無礼講で構わねェよ。オマエ達みてェな頭の軽い野郎にいちいちキレてたンじゃこっちの頭の血管が保たねェからな。これでも成長したンだぜ。褒めろよ、なァ？」

その先にあるのは、まるでお誕生日の特等席だった。

長テーブルの左右に居並ぶ統括理事会の面々とは別に一つだけ用意されていた、縦軸に置かれた空席。

主賓の席にどかりと腰を下ろすと、白い怪物はテーブルの上に足を投げ出す。

摘《つま》み出《だ》せ、とは誰も言えなかった。

もちろん第一位の超能力者《レベル5》という武力の塊に懐《ふところ》深《ふか》くまで潜り込まれた時点で手に余るという部分もあった。だけどより重要なのは、やはり武力よりも情報だ。本来なら管理される側だった『子供達』の一人が、一体どうやって『大人達』の奥の奥、統括理事会の密談の場を突き止める事ができたというのだ。

「ロッカーに預け物があるンでな。今日はそいつの引き出しにやってきた」

解答は、ヤツが取り出した何の変哲もない機材にあった。

イギリスの地で、ある『人間』の死《し》に際《ぎわ》に受け取ったスマートフォン。

学園都市の全権を操るコードリストを詰め込んだ『王の証《あかし》』を弄ぶ怪物は、革張りの椅子の背もたれに悪魔の少女を侍《はべ》らせて、そして余裕の笑みと共にこう告げたのだ。

能力者をモルモットと呼んで。

決して晴れない暗闇に多くの罪を隠している者にとっては、死刑宣告に等しい挨拶を。

「それじゃ注目、学園都市統括理事長の一方通行《アクセラレータ》です。みンなよろしくね☆」


「負けたわね」

「神浄《かみじょう》の討魔《とうま》、蓋を開けてみればあっさり負けてしまったじゃない」

『おや。君が予想を外すとは珍しい』

「ええまったく」

アレイスター＝クロウリーはもっと早くリリスを消費すると思っていた。

神浄《かみじょう》の討魔《とうま》の方が勝つと考えていた。

そういう推測の下で、常人には見えない何かを賭けていた。

であれば。

かの存在は、取り戻すために動き出す。

音もなく、だ。

その小さな手の中で薔薇《ばら》の花を握り潰し、どんな奇跡を呼び起こすかも分からない赤い雫《しずく》を垂らしながらも、彼女は確かに笑ってこう言ったのだ。

「でもだからこそ、この世界にはまだ隙がある」


魔術と科学、双方で世界に激震が走る。

そして各々《おのおの》の椅子に座った者達は、すでにこの先を見据えている。

アンナ＝シュプレンゲル。

聖守護天使エイワス。

それらをまとめて、古き魔術結社『薔薇十字《ローゼンクロイツ》』。

だから彼らは言ったのだ。

躊躇《ちゅうちょ》なく、挑みかかるようにして。

「これで終わりと思うなよ」

［特報!!!］

物語に、
開かれる――!!

『禁書目録《インデックス》』
2020年始動!

「これで終わりだと思うなよ」

『新約』編、終幕。そして——

科学《上条当麻》と魔術《インデックス》の新たな扉が

『とある魔術

新シリーズ、

◉鎌池和馬著作リスト

「とある魔術の禁書目録《インデックス》①〜㉒」（電撃文庫）

「とある魔術の禁書目録《インデックス》SS①②」（同）
「新約　とある魔術の禁書目録《インデックス》①～㉒　㉒リバース」（同）
「ヘヴィーオブジェクト」シリーズ計16冊（同）
「インテリビレッジの座敷童①～⑨」（同）
「簡単なアンケートです」（同）
「簡単なモニターです」（同）
「ヴァルトラウテさんの婚活事情」（同）
「未踏召喚：／／ブラッドサイン①～⑩」（同）
「とある魔術のヘヴィーな座敷童が簡単な殺人妃の婚活事情」（同）
「最強をこじらせたレベルカンスト剣聖女ベアトリーチェの弱点①～⑦
その名は『ぶーぶー』」（同）
「とある魔術の禁書目録×電脳戦機《バーチャロン》　とある魔術の電脳戦機《バーチャロン》」（同）
「マギステルス・バッドトリップ」（単行本　電撃の新文芸）

本書に対するご意見、ご感想をお寄せください。

電撃文庫公式ホームページ 読者アンケートフォーム
https://dengekibunko.jp/
※メニューの「読者アンケート」よりお進みください。

ファンレターあて先
〒 102-8584　東京都千代田区富士見 1-8-19
電撃文庫編集部
「鎌池和馬先生」係
「はいむらきよたか先生」係

本書は書き下ろしです。

電撃文庫

新約《しんやく》 とある魔術《まじゅつ》の禁書目録《インデックス》㉒ リバース

鎌池和馬《かまちかずま》

2019年7月10日　初版発行
2020年7月25日　5版発行

発行者　郡司 聡
発行　株式会社KADOKAWA
〒102-8177　東京都千代田区富士見2-13-3
0570-06-4008（ナビダイヤル）
装丁者　荻窪裕司（META＋MANIERA）
印刷　株式会社 KADOKAWA
製本　株式会社 KADOKAWA

ISBN978-4-04-912667-9　C0193　Printed in Japan

電撃文庫　https://dengekibunko.jp/

電撃文庫創刊に際して

文庫は、我が国にとどまらず、世界の書籍の流れのなかで〝小さな巨人〟としての地位を築いてきた。古今東西の名著を、廉価で手に入りやすい形で提供してきたからこそ、人は文庫を自分の師として、また青春の想い出として、語りついできたのである。

その源を、文化的にはドイツのレクラム文庫に求めるにせよ、規模の上でイギリスのペンギンブックスに求めるにせよ、いま文庫は知識人の層の多様化に従って、ますますその意義を大きくしていると言ってよい。

文庫出版の意味するものは、激動の現代のみならず将来にわたって、大きくなることはあっても、小さくなることはないだろう。

「電撃文庫」は、そのように多様化した対象に応え、歴史に耐えうる作品を収録するのはもちろん、新しい世紀を迎えるにあたって、既成の枠をこえる新鮮で強烈なアイ・オープナーたりたい。

その特異さ故に、この存在は、かつて文庫がはじめて出版世界に登場したときと、同じ戸惑いを読書人に与えるかもしれない。

しかし、〈Changing Times,Changing Publishing〉時代は変わって、出版も変わる。時を重ねるなかで、精神の糧として、心の一隅を占めるものとして、次なる文化の担い手の若者たちに確かな評価を得られると信じて、ここに「電撃文庫」を出版する。

1993年6月10日
角川歴彦

電撃文庫DIGEST　7月の新刊

発売日2019年7月10日

新約　とある魔術の禁書目録《インデックス》㉒ リバース

【著】鎌池和馬　【イラスト】はいむらきよたか

コロンゾンとの戦いを制した上条達は、イギリス・ウィンザー城の祝勝会にて熱烈な歓迎を受ける。そこでインデックス、美琴、食蜂らの無事も確認するのだが……!?　『新約』編の結末を見届けよ!

キノの旅XXII the Beautiful World

【著】時雨沢恵一　【イラスト】黒星紅白

キノとエルメスは国の南側で、一つのドームを見つけた。薄暗いドームの中で、無造作に散らばっているのは、多種多様な白い骨。骨はまるで、ちりばめた宝石のように光っていた。「行くよ」「あいよ」（「餌の国」）他全11話収録。

つるぎのかなた②

【著】渋谷瑞也　【イラスト】伊藤宗一

団体戦まで残り二週間。部員を鍛える為、悠は再び心を殺し「剣鬼」となる。傷心を隠し闘う悠に呼応し城崎と黒瀬も己が道を信じて進む。全ては部長・江坂と予選を勝ち残る為に。激戦の末に流した涙は、勝利か、それとも——!?

湖底ゆらめく最果て図書館 光の勇者と涙する姫君

【著】冬月いろり　【イラスト】Namie

魔王を倒し「めでたしめでたし」を迎えた《最果て図書館》の平和な日々……のはずが、《地底湖の博物館》館長マリーが「世界がほしい」と突如侵攻してきて!?　どこか寂しくどこまでも優しい王道ファンタジー第2弾。

錆喰いビスコ4 業花の帝冠、花束の剣

【著】瘤久保慎司　【イラスト】赤岸K
【世界観イラスト】mocha

紅菱——キノコを喰らい雅な花を咲かす一族。ビスコたちが九州の巨大監獄『六道囚獄』に捕われた彼らと出会う時、錆喰いで救われたはずの日本にさらなる「進化」が訪れる——!?　新たなる戦いに、括目せよ。

数字で救う!　弱小国家4 平和でいられる確率を求めよ。ただし大戦争は必須であるものとする。

【著】長田信織　【イラスト】紅緒

最後の内乱から数年。女王となったソアラと、正式に彼女の伴侶となったナオキ。愛し合い（なぜかナオキにはメイドの愛人もいるが）子を設け、二人は平穏な日々を送る——はずだったが、世界情勢はそれを許さず……!?

そして異端の創換術師《アセンブラ》II 現代魔術師、千年前に転移させられたので新たな歴史を創る

【著】えいちだ　【イラスト】あやみ

未来に戻るため魔力塔の中で時間魔法をかけて眠りについたエリオット達。次に目覚めるのは大災厄後——のはずだったのだが、魔力塔が敵国に襲われ絶対絶命の大ピンチ。果たしてこの窮地を脱する事は出来るのか!?

新作　ワールドエンドの探索指南《あるきかた》

【著】夏海公司　【イラスト】ぼや野

ボクは今日も仲間たちと探索に出かける。未開の地を調べ、『ミサキ』を倒し、ポイントを稼いで〈学園〉に貢献する。これが〈学園〉で暮らすボクらの日常。ところがある日、この世界に違和感を持つ女の子が現れ……。

新作　淫らで緋色なノロイの女王

【著】岩田洋季　【イラスト】鍋島テツヒロ

女王が帰ってきた、囁かれる不気味な噂。そして故郷の街で起こる不可解な自殺事件。俺の手で"殺した"はずの美しき女王は、再び現れ、妖しく微笑む。もう一度私を殺して、と。淫らで緋色な呪われた青春が幕を開ける——。

新作　異世界帰りの俺（チートスキル保持）、ジャンル違いな超常バトルに巻き込まれたけれどワンパンで片付けて無事青春をおくりたい。

【著】真代屋秀晃　【イラスト】葉山えいし

異世界スキルを手に入れ現代に帰還した武流は、どんな困難も排除する。機械少女の悲愴な運命も、異能力者の凄惨な宿命も、彼はワンパンで解決!　お前らのジャンルに巻き込むな、おれは日常ラブコメがしたいんだ!

新作　破滅の義眼と終末を望む乙女 〈方舟〉争奪戦

【著】秋月陽澄　【イラスト】桑島黎音

適合者に異能をもたらすレヴェリー（装飾具）。ある日、「世界を終焉へと導くレヴェリー」が出現し、適合者が主人公の幼馴染みだと判明する——。彼女を巡って、強力な異能力者たちによる容赦ないデスバトルが開幕!

新作　秋山野要は愛されている。

【著】石崎とも　【イラスト】阿古わざき

目覚めたら病院だった。周囲には好意を寄せてくれる幼馴染の女の子たち。記憶を失い、まるで別人になってしまった要は、記憶が戻ったフリをして誰からも愛される完璧高校生『秋山野要』として生活するが——。

世界最強の吸血鬼に迫る、
新たな誘惑と〝終焉〟への
カウントダウン！
三雲岳斗
イラスト／マニャ子
ますます盛り上がる、
新章・終焉篇に刮目せよ!!
ストライク・ザ・ブラッド
STRIKE THE BLOOD
聖殲《せいせん》の祭壇である絃神島を手に入れるため、集結する三体の真祖たち。
そして復活した〝十二番目〟のアヴローラ。
〝第四真祖〟暁古城と〝監視役〟姫柊雪菜は、〝領主選争〟で分断された
絃神島を救えるのか？
最新20巻好評発売中!!
電撃文庫

SAO
SWORD ART ONLINE
ソードアート・オンライン
川原 礫
イラスト／abec
「これは、ゲームであっても遊びではない」
《黒の剣士》キリトの活躍を描く
究極のヒロイック・サーガ！
電撃文庫